L'HOMME QUI VOYAIT À TRAVERS LES VISAGES

Né en 1960, normalien et docteur en philosophie, Eric-Emmanuel Schmitt s'est d'abord fait connaître en tant que dramaturge avec *Le Visiteur*, devenu un classique du répertoire théâtral international. Plébiscitées tant par le public que par la critique, ses pièces ont été récompensées par plusieurs Molière et le Grand prix du théâtre de l'Académie française. Son théâtre, qu'il met parfois en scène lui-même, est traduit dans plus de quarante langues et désormais joué dans le monde entier. Sa carrière de romancier, initiée par *La Secte des Égoïstes*, s'est poursuivie avec *L'Évangile selon Pilate*, *La Part de l'autre*, *Lorsque j'étais une œuvre d'art*, *Ulysse from Bagdad*, *La Femme au miroir*, *Les Perroquets de la place d'Arezzo*. Il pratique l'art de la nouvelle avec bonheur : *Odette Toulemonde*, *La Rêveuse d'Ostende*, *Concerto à la mémoire d'un ange* (prix Goncourt de la nouvelle 2010), *Les Deux Messieurs de Bruxelles*. Son Cycle de l'invisible (*Milarepa*, *Monsieur Ibrahim et les fleurs du Coran*, *Oscar et la dame rose*, *L'Enfant de Noé*, *Le sumo qui ne pouvait pas grossir*, *Les dix enfants que madame Ming n'a jamais eus*) a remporté un immense succès en France et à l'étranger. En 2006, il écrit et réalise son premier film, *Odette Toulemonde*, suivi, en 2009, de sa propre adaptation d'*Oscar et la dame rose*. Mélomane, Eric-Emmanuel Schmitt est aussi l'auteur de *Ma vie avec Mozart* et *Quand je pense que Beethoven est mort alors que tant de crétins vivent*. En 2015, il publie un récit autobiographique, *La Nuit de feu*. Il a été élu à l'académie Goncourt en janvier 2016.

ERIC-EMMANUEL SCHMITT

de l'académie Goncourt

L'homme qui voyait à travers les visages

ROMAN

ALBIN MICHEL

ISBN : 978-2-253-07366-6 – 1re publication LGF

1

— Tu dors ?

À la voix qui me parle, je voudrais crier « non »
mais je me tais en gardant mes paupières closes. Prononcer un mot m'arracherait au rêve qui m'enchante.

Dans une clairière éclaboussée de lumière, un vieillard à barbe crayeuse vient de m'offrir un iris et m'indique du doigt un cheval. À ma grande surprise, je
saute sur son dos fauve – j'ignorais que je pouvais
monter à cru ; j'ignorais même que je savais monter – puis je promets à l'ancêtre d'accomplir la mission qu'il m'a confiée. Il sourit et ses fines lèvres en
s'écartant déclenchent des chants d'oiseaux. Le soleil
brille.

— Dort-il ?

J'attends quelques secondes. Si la pause dure, je vais
poursuivre mon objectif et gagner le château. Tendu,
les rênes en main, j'ai conscience d'être suspendu entre
deux mondes, l'un concret où mes mollets pressent le
poitrail chaud d'un alezan, l'autre abstrait où j'ai à
peine risqué mes yeux fermés et une oreille distraite.
Face à moi, le druide penche la tête contre son épaule,
déçu que je ne m'élance pas. Oh, comme la voix me
contrarie, cette voix qui me paralyse, cette voix qui, si
elle insistait, me catapulterait ailleurs !

Heureusement, le silence s'étire… Je replonge, apaisé, dans l'univers où mon destrier fonce à travers la forêt. J'aime sa vitesse, sa légèreté, la grâce avec laquelle il enjambe les flaques, contourne les obstacles, se baisse pour éviter les branches. Ses sabots ne touchent plus le sol.

— Tu dors, mon chéri ? chuchote la voix soudain adoucie.

Un frisson me réchauffe. Il me semble reconnaître ce timbre. Sur le ciel, derrière les cimes des arbres, le visage de ma mère m'apparaît, immense, tendre, rayonnant, bienveillant. Elle m'encourage. Elle m'invite à accélérer. Bonheur… Tout en galopant, je reçois la caresse de sa présence.

— Debout, crétin !

Coup sur l'épaule. Je vacille. Déséquilibre.

Dans le premier monde, je tombe de cheval ; dans le second, je glisse de ma chaise.

La chute me laisse hagard, engourdi, la bouche pâteuse, le cul endolori.

Mes paupières s'ouvrent. Adieu route, bocage, coursier ! Autour de moi, je retrouve l'étroit bureau que l'on m'a assigné à la rédaction de *Demain*, le quotidien de Charleroi. Ma mère a disparu – évidemment, elle est morte à ma naissance – ; à sa place, la trogne rougeaude de Philibert Pégard. Gros, fort, sanguin, aussi gonflé de rage qu'un taureau, le directeur me jauge avec mépris, ses yeux roulant de bas en haut sans me voir.

— Augustin, on ne te paie pas pour dormir !

En me levant, j'imagine lui répliquer que mon travail de stagiaire au journal n'est même pas rémunéré, mais la timidité m'ôte la répartie tandis qu'un élancement déchire mon coccyx. Je me malaxe l'arrière-train.

— Excusez-moi, monsieur Pégard.

Les rires fusent des pièces voisines.

Poussant un soupir écœuré, le patron détourne son regard, ainsi que les collègues qui se régalaient de la scène. Je les dégoûte.

Englué dans leurs attentions fielleuses, je renverse de nouveau mon siège en tentant de m'y asseoir.

— Oh pardon, pardon…

J'ai murmuré des excuses à la chaise, mon cas s'aggrave.

J'ai l'air minable, je le sais… Davantage long que grand, je ne dispose pas d'un corps mais d'une tige, une tige qu'incline le poids de mon crâne ; la nuque bossue, le cou cassé, ma silhouette évoque celle d'un portemanteau ; même droit, je gîte. Chez moi, la maigreur dépasse la minceur : lorsque je dévoile mes bras, j'expose des tendons, aucun muscle ; à la piscine – lieu de supplice que j'évite –, j'affiche des creux là où les individus normaux arborent des reliefs, sur la poitrine et sur les fesses ; si j'enlève mes chaussettes, j'exhibe des pieds décharnés dont on compte les vingt-six os. Quant à la nudité intégrale… je ne possède qu'une couleur, le beige – peau beige, tignasse beige, iris beige, toison beige – ; sur fond de sable, je deviens transparent. Insipidité garantie !

Même si j'y ai consacré peu de temps, j'ai parfois cherché dans le miroir ce qui, en moi, pouvait plaire ; un dérangement a toujours interrompu l'enquête avant résultat.

Selon l'assistante sociale que l'on m'oblige à rencontrer, je ne m'aime pas. Faux… Je serais enclin à m'apprécier, ce sont les autres qui me vomissent ! Mon insignifiance manque de discrétion, je gêne, j'agace, j'exaspère, ma fadeur suscite le commentaire. Alors que je me souhaiterais invisible en rasant les murs, les gens me remarquent ; ils me contemplent puis, avec un rictus malveillant, lâchent le crachat, l'insulte. « Une tête à claques », avait résumé un éducateur lors de mes seize ans. À vingt-cinq ans, je certifie la pertinence de sa définition.

Pour une raison qui m'échappe, on m'estime coupable de mon anatomie, on me reproche d'infliger mon ingratitude. Je reste la victime qu'on accuse, sans jamais provoquer la moindre compassion. Peut-être vaudrait-il mieux que je sois affublé d'une véritable infirmité ? Aveugle, paralysé, manchot, j'appellerais éventuellement le respect… De temps en temps, je soupçonne qu'on devine aussi ma lâcheté…

— Eh bien, que nous suggères-tu, Augustin ? Un jeune apprenti dévoré d'ambition, ça grouille d'idées, non ? J'espère que tu ne considères pas ton séjour ici comme l'occasion de dormir au chaud, même si c'est la troisième fois que je t'épingle en flagrant délit.

De sa voix de clairon, Philibert Pégard utilise un ton comminatoire, persuadé que je ne réagirai pas. J'aperçois le piège qu'il me tend. Vais-je y tomber ? Ça le comblerait.

Devant mon silence, il commence à s'amuser. En réalité, s'il est déçu par moi, il est charmé par lui.

— J'ai pensé à des entretiens…

Il sursaute, étonné que j'aie bafouillé quelques mots.

— Pardon ?

— Nous pourrions interroger des personnalités locales, leur demander leur avis sur l'état du monde, la crise, l'insécurité, le…

— Nous ?

— Le journal.

— Toi ?

— Pourquoi pas ?

J'ai pâli, conscient de mon audace. Le directeur apostrophe les journalistes :

— Craignez pour votre poste, mes amis : notre stagiaire vermicelle se propose de consulter les grands de ce monde. Bientôt, non seulement vous bosserez dans un quotidien au rayonnement international sans rapport avec l'actuel torchon qui vous permet de payer votre gaz, mais vous pointerez au chômage parce que monsieur Augustin Trolliet vous aura remplacé.

Il n'octroie du monsieur à personne, sauf lorsqu'il veut écraser son interlocuteur.

— Qui Sa Suffisance va-t-elle interviewer ? Étale ton carnet d'adresses, que nous profitions de ton réseau ! Qui ? Le pape ? le roi de la lune ? As-tu ressuscité de Gaulle, Gandhi ou Gengis Khan ? Tu n'as jamais questionné quelqu'un d'important, misérable ver de terre !

Il me toise, le front froissé.

J'ouvre la bouche pour riposter mais mes lèvres n'émettent aucun son. Je me fige mollement. Cruelle, la vitre d'en face me renvoie un reflet où je note ma contenance niguedouille. Les disputes se déroulent toujours ainsi : quand l'insulte m'atteint, je prends ma respiration, j'appuie mon souffle, je recule ma langue…

et la réplique ne vient pas. Physiquement, tout fonctionne ; intellectuellement, ça tarde. Si je possède l'arc, la flèche me manque.

Le patron grogne, débordé par l'irritation :

— Allez, dans la rue !

Les collègues, cessant de nous observer, s'absorbent, qui dans son écran, qui dans son article, qui dans ses dossiers ; ils ont déjà vécu l'humiliation de la rue et craignent que, par ricochet, l'ordre de Pégard ne leur retombe dessus.

— Je suis nul dans la rue, monsieur.

— Tu es nul partout. Ouste, sur le trottoir ! Ramène-nous ce que tu auras déniché au fond du caniveau. Ramasser des ordures, ça, tu y arrives, non ?

Obéir. Obtempérer vite, avant qu'il n'invente un raffinement de vengeance. Saisissant mon imperméable, mon bonnet et mes gants de laine, j'ai pourtant envie de lui expliquer pourquoi la chaleur m'engourdit, pourquoi je me suis assoupi, pourquoi, ces derniers jours…

Pégard est déjà parti.

Piteux, je reste planté au milieu du tapis usé. Les murs ne résonnent que d'un silence studieux.

Lorsque je longe leurs bureaux, mes collègues baissent la tête, serrent les coudes, s'amenuisent ; ils se protègent de moi comme si je véhiculais un virus néfaste. La poisse, peut-être…

Je m'engouffre dans le couloir, effectue un détour aux toilettes, tire péniblement quelques gouttes trop foncées de ma vessie, puis m'arrête au niveau de la kitchenette. Là, j'hésite. Mon cœur s'affole. Personne alentour ? S'il traînait quelque chose à manger, une barre chocolatée, un gâteau sec, un croûton de pain, un bonbon… Depuis combien de temps n'ai-je rien avalé ? Je parcours des yeux l'étagère et l'évier : vides. Avec discrétion, je tire la porte du réfrigérateur qui recèle une canette de bière entamée. Pourquoi pas ? La bière contient plus de calories que l'eau. Même si dans mon état, la moindre goutte d'alcool risque de…

Une grosse main couverte de bagues se pose sur la canette. La femme de ménage récupère son bien et le porte à sa large bouche, laquelle traverse une tête dépourvue de cou, vissée sur le torse. Sans que clignent ses épaisses paupières où s'écrase un fard bleu et gras, elle ingurgite le liquide d'un trait, claque la langue, s'essuie les lèvres, soupire de contentement, et rote…

Après ce spasme, elle braque sur moi ses yeux d'éthylique, semble m'apercevoir au loin – alors que je suis planté à cinquante centimètres d'elle –, esquisse un sourire flou puis, les savates lambinantes, les bas en tire-bouchon, la démarche imprécise, attrape ses ustensiles et lave le sol à la serpillière. À voir comme elle s'accroche au manche, j'ai l'impression que le balai a été conçu pour l'empêcher de trébucher, pas pour nettoyer.

Certain qu'elle m'a déjà oublié, je sors la canette de la poubelle où elle l'a jetée et lape ce qui y stagne encore. Le goût amer du houblon régénère ma langue sèche, une vague de plaisir parcourt ma gorge, une lame de fond inversement proportionnelle aux minimes gouttes qui la provoquent. Ah, si je découvrais où cette fichue Oum Kalsoum dissimule sa réserve…

Je fixe l'employée de *Demain*. Souvent, en me concentrant sur une personne, je perce ses secrets. De manière générale, j'évite l'expérience, car j'ai appris trop d'horreurs dont je me serais aisément dispensé, mais aujourd'hui, j'ai si faim que je n'hésite plus. Mon regard harponne sa nuque adipeuse.

— Où planques-tu ta réserve de bière ? répète mon cerveau en la détaillant.

Oum Kalsoum me résiste.

Aucune information ne me parvient.

Avec son corps carré aussi large que haut, empaqueté dans une robe en jersey aux motifs nénuphars, elle offre un bloc indéchiffrable. L'alcool dont elle est bourrée me tient à distance – de toute façon, il y a danger à s'approcher d'une cuve pleine.

J'insiste.

Elle appuie son menton sur le manche, ferme les yeux, cesse de frotter et donne d'infimes coups de hanche sur la gauche. Elle doit rêver qu'elle danse. Autour d'elle, je ne perçois que de la musique, des violons en glissades, des pincements de cithares, des percussions ouatées et quelques mots ésotériques, *Hayart Albi Ma'ak, Fat al-ma'ad...* Elle chante sûrement à l'intérieur d'elle-même ; la mélopée protège ses énigmes et la transforme en donjon inabordable.

Oum Kalsoum me domine. Elle domine d'ailleurs tous les membres du personnel ici, quoiqu'elle se situe au bas de l'échelle. Si elle astique mal et répond distraitement au téléphone – ses deux seules tâches –, Pégard ne la réprimande jamais ; il admet qu'elle méprise la poussière dans les coins, qu'elle oublie de vider les poubelles, qu'elle boude son standard et ne remercie pas les livreurs ; il se tait.

14

Lorsque je suis entré à la rédaction il y a un mois, j'ai rapidement interrogé les collègues : pourquoi Oum Kalsoum possédait-elle le privilège d'échapper à la tyrannie du patron ?

« Aucune idée. Si elle te l'explique, viens vite nous affranchir. »

Aujourd'hui, au novice qui se renseignerait auprès de moi, je rétorquerais de façon identique.

Oum Kalsoum reste un mystère, un mystère que les rares éléments qui l'éclairent rendent encore plus opaque.

Oum Kalsoum est née garçon et s'appelait au départ Robert Peeters. Un matin, à quarante ans, en jouant aux dames dans un bistrot de Châtelineau où la radio braillait *Ozkorini – Souviens-toi de moi –*, Robert Peeters a subitement compris que, lors d'une vie antérieure, il avait été une femme, et pas n'importe laquelle, Oum Kalsoum, l'incomparable chanteuse arabe, l'étoile de l'Orient, le rossignol du Caire, l'Immortelle, celle que l'on surnommait la « quatrième pyramide » ! Boule-versé par cette révélation, il a changé du jour au len-demain, chaussé des talons, mis des robes, entouré son crâne d'un turban, puis s'est converti à l'islam et a quitté son métier de tonnelier pour une profession plus féminine. Nul ne sait s'il s'est fait opérer. Per-sonne n'a envie de le vérifier, car à part son aplomb, ses vêtements, sa coiffure et son maquillage specta-culaires, Oum Kalsoum n'a rien de féminin : une sil-houette tassée de camionneur, des poils aux bras, une barbe bleue qui troue en fin de journée le fond de teint bistre, un bide d'alcoolique et une voix de gen-darme. Lafouine, le rouquin qui traite les sports chez nous, assure qu'elle a conservé ses attributs masculins et qu'elle ne s'injecte pas d'hormones.

Oum Kalsoum règne à la rédaction de *Demain*. Trônant derrière un haut comptoir d'acajou, elle contemple d'un œil vitreux mais impérial quiconque entre ou sort. Celui qui passe dans son périmètre se sent obligé de la saluer – voire d'esquisser une révérence –, hommage auquel elle ne répond jamais. C'est avec respect, et même un rien de servilité, que nous lui demandons quelque chose – d'ailleurs, en sa présence, le quelque chose cesse aussitôt d'être son devoir pour devenir une faveur qu'elle accorde ou pas. Quand le téléphone retentit, elle le scrute avec désapprobation et attend quinze sonneries avant de décrocher, histoire de s'assurer que l'intrus tient vraiment à son appel. Rien ne démonte Oum Kalsoum. Comme les gens qui l'entendent dans le combiné lui servent du « monsieur » dès que son organe résonne, elle les corrige invariablement – « madame ! » – avec un calme souverain. Lafouine lui lança perfidement un jour :

« Décourageant, non, d'expliquer à chacun que vous êtes une femme ?

— C'était pareil dans mon existence précédente. »

Où vit-elle après son travail ? avec qui ?

Au milieu de l'étroit couloir, je la frôle en gagnant la sortie. À mon contact, elle sursaute, sidérée qu'un humain se faufile dans sa rêverie, me toise, le corps raide, cherche une centième fois qui je suis, renonce, puis étale la serpillière sur le linoléum.

Juste avant le vestibule, j'aborde le bureau du chef qui a oublié de fermer sa porte. Je ralentis : à quoi vaque-t-il lorsqu'il ne nous crie pas dessus ?

Une fesse sur sa table de travail, monsieur Philibert Pégard fume un havane en fixant la rue qu'encadrent des rideaux de velours sombre. Il se croit seul au monde. Au lieu de vitupérer ses employés, il médite. La fumée monte sereinement du cigare brun terminé par un anneau de cendre blanche ; il n'active pas la combustion, il ne le porte pas à sa bouche, il le laisse se consumer en douceur, son but consistant à le garder intact aussi longtemps que possible.

Malgré moi, je stoppe devant ce tableau inhabituel.

En avisant mieux, je me rends compte qu'il n'est pas tourné vers la fenêtre mais vers une petite fille qui se dresse dans la pénombre, une petite fille de sept ans aux nattes blondes et à la robe en tissu écossais. Pendant qu'il lui sourit, elle lui adresse des mines de coquette.

Qui est-ce ? On n'autorise pas les enfants au journal…

La gamine décèle ma présence et m'envoie un signe joyeux.

Je rétorque spontanément :

— Bonjour.

La petite fille porte ses deux mains à sa bouche, consternée, comme si j'avais commis une grave bêtise, puis s'abrite derrière le torse de Pégard. Celui-ci pivote vers moi.

— Quelle mouche te pique ? Pourquoi me dis-tu bonjour ?

— Oh, pas à vous, à la petite fille.

Du doigt, je désigne la fillette derrière lui, même si, maintenant, je ne la vois plus. Pégard insiste :

— Quelle petite fille ?

— La petite fille assise à côté de vous qui se cache.

Où est-elle ? J'ai beau me pencher à droite ou à gauche, avancer d'un pas dans la pièce afin de repérer l'endroit où elle se dissimule, elle a filé. Incroyable ! Je ne la déniche nulle part. Du coup, je tombe à quatre pattes et j'examine l'arrière de la table, le dessous du fauteuil, j'écarte les rideaux.

— Augustin, tu débloques ?

Impossible de savoir où et comment elle est partie.

— Il y avait une petite fille, ici ! Une petite fille de sept ans, avec des nattes blondes et une robe écossaise !

Le visage de Pégard s'empourpre, ses yeux s'éteignent, ses mains tremblent.

— Tu plaisantes ? murmure-t-il.

— Pas du tout. Je ne m'explique pas comment elle a disparu.

— Comment elle a disparu ?

Alors que je m'approche pour débusquer le tour de magie, Pégard m'arrête et me saisit au col. J'ai peur. Il n'est plus qu'un bloc de hargne. Je panique. Je sens qu'il va m'étrangler.

— Comment oses-tu ?

Il est tellement bouleversé qu'il parle difficilement :

— Comment oses-tu !

En scandant cette phrase, il me soulève, me trimballe jusqu'à la porte de son bureau, me jette dans le vestibule.

— Tu le paieras ! Tu le paieras très cher…

Je crois apercevoir des larmes au bord de ses paupières. Il virevolte et claque le battant en me laissant au sol.

La clé tourne dans la serrure. Les pas de Pégard s'éloignent vers la fenêtre, au fond de la pièce.

Le silence s'abat.

Je n'ai pas saisi ce qui vient d'arriver : la présence de la fillette, sa volatilisation, la réaction de Pégard…

En me relevant, je tente de mettre un peu d'ordre dans mes vêtements. De derrière la porte sourdent des reniflements, des pleurs. J'y colle mon oreille.

La petite fille serait-elle revenue ?

Les bruits se précisent, une respiration lourde, les hoquets d'une large poitrine, des gémissements d'homme : c'est Pégard qui pleure, pas l'enfant inconnue.

S'il me découvre là, témoin de sa faiblesse, il m'exécutera sur-le-champ : je déguerpis.

Dehors, l'humidité du boulevard Audent me jette un drap froid sur les joues. Bien qu'il n'ait pas plu, une sorte de vernis laque les pavés.

Un ivrogne bâille sur un banc. Quelques ménagères finissent leurs courses. Deux adolescents capuchonnés crapotent sous un porche. Les badauds restent rares à onze heures du matin. Un chien s'étire. « La rue ! » s'est exclamé Pégard, comme si j'allais rejoindre une foule animée, bruissante de désirs, d'excitation, d'ambitions, mêlant des milliers d'individus qui vivent à cent à l'heure, un brouhaha aux richesses incessantes d'où j'extrairai des perles dignes de figurer dans les colonnes du journal. Or Charleroi n'est ni Paris, ni Londres, ni New York. Veille-t-elle, la ville de Charleroi dort ; elle cligne des yeux au moment du déjeuner, montre de courts signes d'activité en fin d'après-midi, à l'heure de pointe, même si les voitures agglutinées les unes aux autres donnent l'impression de l'arrêt plutôt que de l'impatience. L'immobilité s'est domiciliée depuis longtemps à Charleroi, ainsi que les nuages laiteux et la pluie lente.

Je regarde autour de moi. Un pigeon s'envole, maussade.

Quelles informations vais-je récolter ?

Je devrais entrer dans un bistrot, m'appuyer au bar, siroter un verre en écoutant les ragots distillés par le tenancier ou les clients. Seulement cette opération exigerait que j'y consacre quelques euros. Or mes poches bâillent, vides. Pas uniquement mes poches, mon ventre aussi.

Le trottoir se termine sans que je l'aie vu et je me tords la cheville.

Je m'écroule.

Ah, si je pouvais m'évanouir ! Être réveillé par des pompiers, emporté aux urgences où l'on me nourrirait d'un sandwich, d'une soupe, d'une compote…

Je frotte ma jambe. Raté. J'ai seulement mal. Et la douleur partira. Plus vite que ma faim.

Je me redresse. Devant moi, à vingt mètres, une femme élégante sort une pomme de son panier, la mordille. Son téléphone vibre. Elle pose la golden sur le bord d'un banc pour répondre.

Profiter de son inattention et dérober le fruit ?

— Augustin, retiens-toi.

Ma conscience morale préfère la faim à la honte.

— Pêche des informations. Regagne le journal avec des news. Sinon…

Une part scélérate de moi a envie d'objecter à ma conscience :

— Sinon quoi ? Je ne suis ni payé ni reconnu. Ce stage ne mène à rien. Je ferais mieux de mendier.

Haussant les épaules, je remonte le boulevard. Les cloches carillonnent. Un office se déroule place Charles-II.

Mes pas empruntent cette direction car un fast-food borde la route. Certes, je n'y entrerai pas mais – sait-on jamais ? – quelqu'un pourrait en sortant jeter des frites dans une poubelle, ou la moitié d'un burger. Je me suis nourri comme ça, hier ; la récupération ne me répugne pas.

Un homme me bouscule.

J'ai failli m'affaler, il ne le remarque même pas.

Renonçant à exiger des excuses – je serais incapable de me battre –, je m'appuie contre une façade et masse mon épaule.

Fiévreux, l'homme traverse brusquement la rue. Je le distingue mieux : il a vingt ans, une volumineuse parka sur un corps fluet, une crinière brune sous un bonnet, une barbe fournie mais taillée, l'œil sombre légèrement dilaté. Il jette des regards inquiets, sa tête pivotant sans cesse de droite à gauche.

Il m'intrigue.

Qu'a-t-il derrière lui, tout près de son épaule ?

Il cesse d'avancer, tripote sa montre. J'entrevois mieux l'oiseau qui volette autour de lui.

Qu'est-ce ? Un corbeau ? un merle ?

J'ajuste ma rétine.

Une bête à plumes ?

Je deviens fou… Suis-je le jouet de mon imagination ? Je vois un homme miniature à la place de l'animal, une forme humaine en djellaba anthracite qui bouge les bras de façon furieuse.

J'avale ma salive et écrase mes paumes contre le crépi sur lequel je m'appuie, histoire de vérifier que je me trouve bien dans la réalité.

En face, le jeune homme s'essuie le front, tremble, hésite, puis décide de revenir sur ses pas. Sur son épaule, l'homoncule se met à trépigner, à grimacer, à hurler. Je ne perçois pas les mots mais je saisis que la minuscule créature engueule le jeune homme.

Il se raidit, immobile. Il écoute ce que lui dit la créature en djellaba, ferme les yeux, respire. Voilà maintenant qu'il opine du chef. Il approuve. Au bout d'une minute, le calme l'atteint, l'inonde. La créature, sentant qu'elle gagne, perd de sa véhémence, parle d'un débit régulier, plus sûre de son ascendant à chaque instant.

Regonflé, le jeune homme sourit et lui glisse un mot. Tout s'arrange. Ils s'accordent.

Les cloches cessent de sonner.

Le jeune homme consulte sa montre et inspire une bouffée d'air, résolu. Il continue sa première route en progressant à grandes enjambées et tourne.

Je le piste. Certes, cela ne me fournira pas de nouvelles mais la créature qui l'escorte en glissant à travers l'atmosphère, tel un cerf-volant dans un ciel sans brise, m'intrigue.

Le jeune homme débouche sur l'hexagonale place Charles-II. Sous le porche de l'église Saint-Christophe, des familles endeuillées se regroupent en sortant de l'office. Un cercueil apparaît.

Le jeune homme poursuit son chemin et longe les marches où la foule s'immobilise.

Je pénètre la place à mon tour quand un détail retient mon œil : à ma gauche, une barquette de frites gît en haut d'une poubelle. Elles semblent encore chaudes. On vient de les déposer.

Incapable de résister, j'abandonne ma filature et je les prends par poignées pour les enfourner dans ma bouche. Je n'ose croire que, dans quelques minutes, je n'aurai plus faim.

Mes dents écrasent la pulpe farineuse. Je revis. Ou plutôt, je vais revivre.

Au fait, où est mon homme avec son étrange créature volante ?

Je me retourne et l'aperçois, au-delà des jets d'eau, à un mètre des employés des pompes funèbres qui glissent le cercueil dans la limousine.

Il ouvre alors sa parka, crie une phrase d'une voix déchirée et exécute un geste brusque.

Une détonation retentit.

Quelque chose raye le ciel.

Une vague d'air me soulève.

Je plane.

Je tombe.

2

— Il reprend des couleurs…

— Il revient à lui…

Je perçois des voix. Pour une fois, je ne suis pas en train de rêver, je me repose dans un gouffre noir, sans parois, un pur volume de ténèbres au sein duquel je flotte, béat.

— Monsieur !

J'ai chaud dans ma nuit. Plus rien ne pèse, ni mes membres ni mes pensées. Délesté de mon corps et de mon esprit, je ne suis plus moi. Cet allègement me plaît.

— Ouvrez les yeux !

Encore…

— Ouvrez les yeux !

Je décèle l'angoisse sous les phrases que l'on m'adresse. Vais-je réagir ?

— Ouvrez les yeux !

Déjà ?

— Je vous en supplie !

Pour me délivrer de cette ambiance de panique, j'entame la manœuvre, m'estimant capable d'exécuter l'ordre.

— Ouvrez les yeux, s'il vous plaît.

— Crois-tu qu'il nous entend ?

Mais oui, j'entends. Oui, j'ouvre les yeux. Un peu de patience. Ça vient… J'y consacre mes forces.

— Monsieur, ce n'est pas le moment de flancher, réagissez !

À la ténacité des voix, je mesure ma faiblesse. Mes paupières résistent, telles des plaques de plomb inertes, chauffées, rougeoyantes. Les soulever nécessite une énergie d'haltérophile. J'aspire l'air et – han ! – fournis un ultime effort.

Voilà !

La lumière m'envahit.

Penchés vers moi, deux visages se découpent sur le ciel gris.

— Très bien, monsieur.

— Bravo !

— Comment vous sentez-vous ?

J'essaie d'articuler une réponse mais mon larynx se dérobe, encombré, oppressé. J'ai envie de vomir.

En guise de réplique, j'esquisse une grimace affable.

Les visages me remercient en me rendant le sourire.

— Arrivez-vous à respirer correctement ?

Inquiet, je me concentre sur ma ventilation, inspire, expire, recommence avec lenteur, mobilise mes côtes, ma poitrine, mon nez, comme si j'inventais la respiration.

— Pas de gêne aux poumons ?

Je secoue négativement la tête.

— Mal au thorax ?

Je dénie.

Les deux visages marquent leur soulagement. J'ai l'impression de les contenter. Voici que je distingue plus nettement les traits de mes secouristes : le garçon arbore une face ronde d'adolescent aimé, tandis que la fille, pâle, gracile, me dévore de ses iris en porcelaine bleue. Comme j'ai hâte qu'ils énoncent de nouvelles requêtes, afin de les exaucer !

— Pouvez-vous parler ?

J'ai voulu dire « oui » mais le mot n'est pas sorti de ma bouche. Je m'en étonne. Je récidive :

— Mm.

Un grognement nasal, voilà le maximum que j'arrive à produire. Ça ne m'alarme pas. Les deux visages, eux, l'acceptent moins.

— Désolés de vous importuner, monsieur : en temps normal, parlez-vous ?

Je souris.

— Vous nous confirmez qu'habituellement vous n'êtes pas muet ?

Je souris davantage.

— Est-ce le choc ?

— Ou une douleur…

— … qui vous empêche de parler ?

Je réfléchis et me tourne vers le garçon, celui qui a dit « choc ».

— Pouvez-vous vous mettre debout ?

Je n'ai pas du tout envie de me mettre debout. Je devine pourtant que c'est crucial pour les deux visages cousus de bonté. Reconnectant mes membres à ma conscience, j'entreprends de redresser le torse.

Leurs bras m'aident à m'asseoir.

— Bravo !

— C'est parfait !

— Continuez.

— Allez, sur vos jambes !

— Ne paniquez pas, ne craignez rien, nous vous aidons.

Voilà longtemps qu'on n'a pas été si gentil avec moi.

Je décide de me lever en mobilisant ma volonté à l'extrême, comme jadis, à six ans, lors de mon premier plongeon.

— Courage !

Les cuisses tremblotent, les genoux oscillent, les bras moulinent, mais les anges gardiens soutiennent mon dos… j'y arrive. Me voici debout.

Ce que je découvre devant moi me sidère : des éclats de verre, des débris, des déchets, du sang, des corps à terre, certains gémissant, d'autres enveloppés d'un linceul, le corbillard en feu autour duquel s'agitent les pompiers, l'abribus disloqué, des vitrines éventrées, de la poussière, des brancardiers qui vont et viennent, des ambulances qui démarrent, des policiers qui délimitent des zones, des agents qui photographient, et, plus loin, derrière les barrières de sécurité, la foule compacte des badauds. Une odeur de brûlé attaque les narines. En suspension, des cendres blanchâtres répugnent à se poser. Les bruits déferlent sur moi, plaintes des blessés, ordres des agents, pleurs d'enfants, hululements de sirènes. En une seconde, je comprends ce qui s'est passé. La place Charles-II ne se présentait pas ainsi, la bombe l'a réaménagée.

Les secouristes perçoivent mon désarroi.

— Aviez-vous des affaires sur vous ?

— Avec vous ?

De la tête, je démens.

Je ne détache pas mon regard du corbillard. Je cherche ce qu'est devenu l'homme qui a causé ce cataclysme, mais le carrousel des pompiers, les amas de mousse extinctrice, les draps, le désordre s'y opposent.

Soudain, je détecte un bras déchiqueté sur le sol.

C'est le sien. Par sympathie, j'éprouve une douleur à l'épaule.

— Aïe !

— Avez-vous mal, monsieur ?

Je n'avais jamais vu un bras orphelin de son corps. Je détourne les yeux.

— Pourquoi criez-vous ?

Je souhaiterais répondre, or ma vision se brouille, des larmes dévalent mes joues.

— Nous vous transportons à l'hôpital.

Qu'ils me laissent le temps de réfléchir, de ressentir ! Ils ne veulent qu'agir, toujours agir, concentrés, efficaces. Un grave malentendu court sur les anges : nous croyons qu'ils veillent sur nous pour soigner notre anxiété, alors qu'en réalité c'est nous qui devons les rassurer.

Ils m'épaulent jusqu'à une ambulance jaune citron. Des individus s'empressent à l'arrivée de notre trio. On m'étend sur un brancard pliant que l'on glisse à l'arrière du véhicule.

Avant que les portes ne se ferment, j'entrevois à dix mètres sur ma gauche, au niveau de l'hôtel de ville, Philibert Pégard et les journalistes de la rédaction maintenus, malgré leurs véhémentes protestations, par les policiers derrière un cordon de sécurité.

Lorsqu'il m'aperçoit, Pégard se fige. Il hésite à me reconnaître. Son visage demeure un instant dépourvu d'expression puis l'enjouement s'y dessine. Il flamboie. En un éclair, je deviens un atout. Avec une amabilité forcée, il m'adresse une mimique qui signifie à la fois « tu vas bien ? » et « on se rejoint tout à l'heure ? ». Les mains se frottent au-dessus de son estomac. Il jubile. Un reporter de *Demain* se trouvait sur les lieux de l'attentat et racontera l'événement de façon exclusive ! Sans doute, au fond de son cerveau, Pégard cherche-t-il déjà le bon titre.

Les portes claquent.

L'ambulance déclenche son mugissement, s'ébranle et, avec une lenteur précautionneuse, longe la place Charles-II en contournant les lampadaires déracinés. À travers la vitre, je contemple le chaos. Immunisé par l'émotion ressentie tantôt à la vue du membre isolé, je scrute le sol entre les coulées de suie et de sang, les experts de la police scientifique accroupis ou les médecins qui auscultent.

Quand nous empruntons la rue Vauban qui nous éloigne du sinistre, j'ai acquis une certitude : parmi les déchets, il n'y a aucune trace de la créature en djellaba qui voletait sur l'épaule du terroriste.

Aux urgences, on m'a remisé, couché sur mon brancard, dans un coin au milieu du couloir émeraude. Comme d'habitude, on me néglige.

Comme d'habitude, j'y consens. En attrapant des bribes de conversation, en relevant au passage les remarques des infirmières affolées, je me rends compte que les équipes médicales soulagent d'abord les BBB – blessés, blastés, brûlés –, groupe à haut risque auquel je n'appartiens pas. Autour de moi affluent des victimes gravement atteintes. Le souffle de l'explosion a multiplié les dégâts. Même si le corps humain, mou et déformable, résiste mieux aux ondes de choc que les objets solides, beaucoup ont reçu des débris, clous, grenaille, boulons, tôles, planches, lesquels ont criblé, voire traversé les chairs. J'entends parler d'orbites lacérées, de torses perforés, de jambes à couper. « Garrot, vite ! », « Au bloc ! », « Appelez Notre-Dame ou Sainte-Thérèse pour savoir s'ils ont de la place ! », « On ampute ! », « Garrot ! »… La pression monte, les médecins de l'hôpital sont mobilisés, même ceux qui profitaient d'un repos ou d'un congé. À la gestion technique s'ajoute la gestion humaine : des malades rugissent, tempêtent, réclament. Si, place Charles-II, l'attentat n'a pas également frappé tous les corps, il a atteint tous les cœurs. Chez certains, la terreur l'emporte sur la douleur, les amenant à délirer de souffrance.

En permanence, les talkies-walkies grésillent et annoncent une liste de morts revue à la hausse. Le personnel se plaint de l'équipement insuffisant, il manque de salles d'opération, il a besoin de médicaments, il appelle désormais les cliniques privées. Parfois, un cri poignant nous apprend qu'une mère, dans le hall d'attente, vient de perdre son enfant.

J'assiste à cela, muet, tremblant, pénétré par l'horreur.

Un brancard me frôle. Allongé dessus, un homme nu, ensanglanté, la peau brûlée, déchirée, se raidit, secoué de spasmes, et roule des yeux d'effroi. Je sens qu'au fond de lui, il résiste. « Non, pas moi ! clame son visage. Pas moi ! Pas ici ! Pas maintenant ! » Il mène un violent combat intérieur. Les infirmiers, frénétiques, l'emportent en courant.

C'en est trop. Je me retourne contre le mur, dos aux remous, effaré par ce que je vois autant que par ce que j'imagine.

Recroquevillé, je ne bouge plus. À intervalles réguliers, quelqu'un me touche l'épaule en me rappelant qu'on ne m'oublie pas. J'aime sentir ce cran, cette constance, cette générosité des hommes qui se vouent à leur prochain ; cela m'apaise. Telle l'ombre de la montagne qui recouvre le champ, l'engourdissement me gagne.

J'y cède.

En fin d'après-midi, un interne libanais aux sourcils charbonneux me réveille :

— À nous !

Il glisse ma civière dans un box et m'interroge. Je lui fournis mon nom, mon âge, l'adresse du journal *Demain*, puis je me prête à son auscultation leste et précise.

Après chaque palpation, chaque mesure, il coche des cases sur un dossier. Quoique épuisé, il ne néglige aucun détail.

— J'ai faim, lui dis-je.

— Myriam, un plateau-repas pour monsieur !

C'était si simple... Pourquoi ne l'ai-je pas exigé plus tôt ? Myriam, une femme joviale, tire le rideau pour demander si je consomme de la viande. Je hoche la tête. Toutes les viandes ? Je confirme.

— Nous allons vous installer dans une chambre au troisième étage, conclut l'interne libanais.

Je ne sais s'il faut m'en réjouir ou m'en inquiéter.

— Mais… pourquoi ?

— Mesure de prudence. Nous tenons à vous garder en observation. À l'issue de mon premier examen, vous ne présentez aucun symptôme traumatique, sinon une tension basse et une faiblesse due au choc. Mais nous préférons nous assurer que vous n'avez pas de lésions internes.

— Par exemple ?

— Des lésions digestives, les plus lentes à diagnostiquer.

J'ai envie de lui crier que ce dont pâtit mon ventre, c'est de ne plus manger à sa faim depuis longtemps, mais je m'abstiens. Personne ne doit apprendre pourquoi je me réjouis de rester ici.

— Avant de rejoindre votre chambre, voulez-vous passer par la cellule psychologique de crise ?

— Après le repas peut-être ?

— Oui, pardon, excusez-moi.

Myriam et le Libanais me transvasent de la civière dans un fauteuil roulant puis l'infirmière me conduit à la chambre 313.

Après les urgences, les autres parties de l'hôpital paraissent sereines. Rien ne trouble la paix des larges couloirs sinon le son humide qu'impose le linoléum moelleux aux pantoufles des soignants ou aux roulettes des chariots. Nous progressons dans un univers liquide.

Troisième étage. Des photographies de paysages alpestres ornent les parois qu'éclairent doucement les veilleuses.

— Nous y voici, chambre 313.

Lorsqu'elle pousse la porte, je me trouve en face de Philibert Pégard, bouquet de fleurs à la main, qui m'attend, assis dans la chaise jouxtant le lit, une grimace flagorneuse peinte sur la figure. Myriam le toise.

— Appartenez-vous à la famille ?

— Je suis son ami et son employeur, affirme Pégard avec son autorité coutumière.

Sitôt la phrase énoncée, il se donne un maintien humble qui exprime une émotion sincère.

— En dehors de la famille et de la police, personne n'a le droit de parler aux victimes, rappelle sévèrement l'infirmière.

— Augustin n'a pas de famille.

Elle se tourne vers moi afin que je confirme l'information. Je baisse les yeux.

— Ce serait quand même affligeant, rétorque Pégard, qu'il reste seul pour traverser cette épreuve. Quant au commissaire Terletti, il me connaît et m'envoie m'occuper d'Augustin. Je me présente : Philibert Pégard, directeur du journal *Demain*.

L'infirmière, qui lit la gazette de la ville et qui, surtout, a d'autres chats à fouetter, décide de ne pas interférer, hausse les épaules, m'installe. À plusieurs occasions, Pégard se précipite pour l'aider, ou plutôt pour démontrer qu'il serait disposé à le faire ; chaque fois, elle le refoule.

— Quel est le diagnostic ? susurre-t-il.

— Consultez le médecin. Pour l'instant, monsieur a besoin de repos et d'observation. Ne le fatiguez pas. J'apporte le plateau-repas.

Elle sort.

Pégard prend une mine de miel.

— Comment vas-tu ?

J'hésite… Et si je prolongeais mon aphasie ?

— Choqué ?

Je sens qu'il faut répondre « oui ». J'acquiesce donc et j'ajoute aussitôt :

— J'ai faim.

— Elle apporte le plateau d'ici peu. Étais-tu loin de l'explosion ?

Avec surprise, je découvre que, depuis des heures, je n'ai guère songé à ce qui est arrivé, comme si les souvenirs de l'attentat s'étaient retranchés dans une pièce de ma mémoire dont j'ai condamné l'accès.

— Je me tenais à l'entrée de la place.

— Assez loin, donc. Ouf, tant mieux pour toi… Et tu l'as vue ?

— Quoi ?

— L'explosion.

— Je l'ai vue, je l'ai entendue, et je suis tombé. Au sol, j'ai perdu connaissance.

En disant cela, je me demande ce que sont devenues les frites, ces croustillantes frites que j'avais commencé à dévorer.

Ravi, Philibert Pégard brandit les fleurs afin que je comprenne qu'elles me sont destinées, disparaît dans la salle de bains, déplace des objets, râle, jure, fait couler de l'eau, puis revient avec un urinoir transformé en vase.

— Ne me remercie pas et raconte-moi.

Il se rassoit vigoureusement sur le fauteuil : il ne regrette plus d'être venu ni d'avoir dépensé le prix d'un bouquet.

— J'ai rencontré le terroriste boulevard Audent. Il était si nerveux qu'il m'a bousculé en traversant. Là, sur l'autre trottoir, je l'ai étudié.

— Quel comportement avait-il ?

— Fébrile. Bizarre.

— En quoi bizarre ?

— Il consultait sa montre plusieurs fois par minute. Logiquement, une fois suffit.

Pégard sort un calepin de son imperméable et note ce que je lui rapporte.

— Et puis ?

— Alors qu'on devinait à ses jambes et à sa tête qu'il était très maigre, il portait une doudoune énorme, démesurée.

— Pour cause, elle dissimulait la ceinture d'explosifs. Quel âge ?

— Vingt ans.

— Une barbe ?

— Oui.

— Noire ?

— Oui.

— Un individu de type maghrébin ?

— Oui.

Pégard affiche la mine satisfaite du chat qui vient d'avaler une souris.

— Était-il seul ?

Je le dévisage. Le moment compte. Puis-je tout lui dire ? Et si j'essayais ?

Le torse en avant, l'œil liquide, il répète d'une voix douce :

— Était-il seul ?

— Non.

Philibert Pégard s'éclaire : enfin, un scoop ! Il détient une information que la police ignore. Du coup, il jette un regard furtif derrière lui pour s'assurer que personne ne nous écoute.

— Qui l'accompagnait ?

Je me tâte encore... Me croira-t-il ? Je lance avec prudence :

— Un homme en djellaba, plus âgé que lui.

— Grand ? Petit ?

Je réfléchis et prononce lentement :

— Petit.

— Gros ? Maigre ?

— Ni l'un ni l'autre.

— Parfait ! Continue. Que faisaient-ils ?

Je me tortille dans le lit. Cette conversation s'avère inconfortable car, en même temps, je confesse et je cache ce que j'ai vu. Où cela me conduira-t-il ?

— Augustin, que faisaient-ils ensemble ?

— Ils parlaient mais je ne les entendais pas. Ils semblaient se disputer. L'homme âgé tentait de convaincre le jeune. En fait, je crois que le jeune se rétractait.

— Donc, le vieux, c'est l'endoctrineur.

— Si vous voulez...

— Oui, à l'évidence, c'est le recruteur, le laveur de cerveau, le chef de l'opération. Combien de temps a duré la discussion ?

— Deux ou trois minutes. Le vieux a gagné et le jeune est parti vers la place Charles-II.

— Seul ?

— Non, le vieux le suivait.

— Ah bon ? Curieux...

J'aurais envie d'avouer à Pégard qu'il y avait des éléments encore plus curieux, tels la taille du vieux, le fait qu'il volait. Mais si je les lui livrais, il n'accorderait plus aucun crédit à mes propos.

— Donc, ils sont partis vers la place ?

— Oui. Ils se sont dirigés vers l'église Saint-Christophe. Les gens sortaient de la messe. On chargeait un corbillard.

— Puis ?

Je me tords les mains. Mon regard se fige sur les draps. Je ne désire pas dévoiler la suite. Pégard m'encourage :

— Augustin, ton témoignage est capital. Je me rends compte que te rappeler cette abjection te coûte, que c'est… douloureux, mais tu dois nous aider, nous les journalistes, les policiers, les politiques, les citoyens, le pays, le monde. Toi seul, peut-être, sais ce qui s'est réellement passé.

— Eh bien…

Je ne décrirai pas l'épisode des frites. Si je lui révèle que je ne mange pas à ma faim, il risque de découvrir le reste.

— Concentre-toi, mon petit Augustin.

Quel bon acteur, ce Pégard ! À cet instant, je croirais presque à sa commisération.

— Une scène, sur ma droite, a détourné mon attention… Quelqu'un s'est mis à jurer parce qu'il avait glissé sur une crotte de chien…

— Non !

— Si.

— Non !

Comment Pégard flaire-t-il que je mens ? Est-il si fort ? Suis-je un si piètre comédien ?

Il se lève et toupille autour du lit, écarlate, le souffle court, en triturant son cigare.

— Non, ne me dis pas que tu as raté l'essentiel à cause d'une merde de clébard ! Ne me dis pas que tu as manqué l'attentat !

— Non, je l'ai vu.

— Ah !

Il se rassoit aussitôt, saisit son calepin, croise les jambes et se penche vers moi, quasi soumis.

— Raconte-moi tout, cher Augustin !

— Quelques secondes après, le jeune s'est approché de la foule massée près du corbillard, il a ouvert sa doudoune, il a braillé une phrase confuse et…

— *Allahou Akbar.*

— Pardon ?

— Il a gueulé *Allahou Akbar*. Je l'ai déjà appris. Cela signifie « Dieu est le plus grand ».

— Ah bon… Ensuite, il a tendu les bras d'un geste brusque et la détonation a retenti.

— Et le vieux ?

— Quel vieux ?

— Le vieux qui l'accompagnait.

— Je ne l'ai plus vu.

— Près du corbillard ?

— Non.

— Il se serait défilé au dernier moment ?

— Aucune idée.

— Mais après, l'as-tu repéré parmi les corps ? As-tu aperçu sa djellaba ? Des morceaux de tissu ?

Je demeure stupéfié qu'il me pose cette question. Comment soupçonne-t-il que la créature m'a obsédé au point que je l'ai cherchée en quittant la place ?

— Monsieur Pégard, je me suis évanoui. Lorsqu'on m'a réanimé, j'avais autre chose à faire qu'examiner si...

— Je suis persuadé que tu l'as fait !

Une fois de plus, je reste interdit, bouche bée. Il opine, les sourcils froncés.

— J'en suis certain ! Et sais-tu pourquoi ? Parce que tu es un vrai journaliste ! Oui, comme moi ! Tu es un homme intelligent qui range ses émotions dans sa poche pour se comporter d'abord en pro. Je me trompe ?

La tête baissée, je bredouille quelque chose qui passe pour un assentiment.

— Alors ? reprend-il sans attendre.

— Il ne s'y trouvait pas !

— Génial ! L'endoctrineur suit le radicalisé jusque sur le lieu de l'attentat et s'esquive dès qu'il s'est assuré que l'attaque va se produire. Prodigieux ! Voilà une nouvelle méthode dont personne n'a jamais parlé !

Il tape des pieds, bat des mains, ivre de bonheur. Les morts et les blessés dus à l'acte odieux n'ont pas d'importance pour lui... On dirait un fossoyeur se réjouissant d'une épidémie.

— Quoi, encore là ? s'exclame Myriam en entrant dans la pièce.

Pégard, les épaules basses, adopte l'attitude contrite d'un gamin pris les doigts dans la confiture.

— J'essaie de remonter le moral de mon ami.

Myriam pose le plateau sur mon lit.

— Voilà ce qui va lui remonter le moral !

Elle m'adresse un joli sourire, que je lui rends.

— Je t'ai mis deux desserts, murmure-t-elle.

Puis elle pivote, magistrale, et menace Pégard :

— Ouste, dehors ! Je ne veux pas que vous fatiguiez mon malade.

Philibert Pégard range son calepin en feignant d'obéir.

— Vous avez raison, chère madame. La Faculté commande. Je file. À demain, Augustin.

— C'est ça, à demain, répète-t-elle en le repoussant.

Elle ferme la porte derrière eux. Leurs pas s'amenuisent en écho dans le couloir.

Je soupire.

Devant moi brille le trésor des trésors, un plateau qui comprend, outre une tranche de pain, une salade de pommes de terre aux cornichons, un filet de dinde avec du riz, un yaourt nature et une compote de poires. Des picotements me parcourent le ventre : je vais enfin profiter d'un repas !

Un éclat de rire m'échappe. Certes, j'ai honte de m'esclaffer alors que tant de gens sont morts et que d'autres les pleurent, mais bon, si je n'ai pas claqué, je mange, non ?

Comme l'instinct s'avère indélicat… Quoique pantelant, abasourdi, j'existe, je suis là, mon sang circule dans mes veines, le choc ne m'a pas détruit, j'ai de l'appétit. Moralement, par simple compassion, je devrais m'effondrer, or je ne songe qu'à dévorer. La foudre n'a frappé que mon esprit, pas ma chair. La force têtue de mon corps l'emporte sur tout scrupule ou sentiment. Cet égoïsme vital, j'ignore si on m'en blâmera ou si on m'en félicitera : je m'y abandonne. Il témoigne d'une sagesse cosmique, plus éminente que mon infime sagesse.

J'attaque le repas. Presque sans ma volonté, ma main saisit le pain et le porte à ma bouche.

En redressant le cou, j'aperçois une enfant assise sur la chaise. C'est la fillette que j'avais entrevue dans le bureau de Pégard, sérieuse, silencieuse, l'air abattue.

— Mais… que fais-tu ici ?

Elle dirige vers moi ses grands yeux clairs.

— Il m'a oublié.

— Qui ? Monsieur Pégard ?

Elle remue la tête en signe d'acquiescement puis examine le plafond. Je tâche d'en savoir davantage :

— Il est gentil avec toi, monsieur Pégard ?

Elle surenchérit sans hésiter, d'une voix de flûte voilée :

— Oh oui.

Puis un tic lui soulève l'épaule, un autre relève sa pommette gauche, amenant l'œil à cligner. Pour se ressaisir, elle tend les jambes, fixe ses souliers vernis et lisse son kilt sur ses cuisses.

— Mais il m'oublie souvent…

Ennuyé, je contemple mon plateau.

— Rattrape-le vite, sinon il va s'inquiéter.

Après avoir mordu dans la mie moelleuse, je me tourne à nouveau vers la petite fille.

La chaise est vide.

3

Suis-je devenu un personnage important ?

Depuis l'aube, les visites se succèdent. Ont défilé devant mon lit d'hôpital une aide-soignante porteuse d'un petit déjeuner, un médecin-chef entouré d'une escouade d'internes, des infirmières assoiffées de prélèvements, et enfin deux inspecteurs à qui j'ai livré mon témoignage et qui s'empourpraient à mesure que je leur communiquais les détails ; ils m'ont vivement remercié en m'assurant que leur rapport serait vite transmis à leur supérieur.

La porte s'est refermée. Je souris au plafond. Ce qui m'émeut, c'est que tous considèrent cette chambre comme mienne : ils y entrent à pas feutrés, ils s'excusent du dérangement, ils se tiennent debout, face à moi et me quittent en me souhaitant un prompt rétablissement.

J'ai envie de visiter mon royaume.

Malgré l'interdiction du médecin, je me glisse hors du lit. Une fois sur mes pieds, je frissonne, car la fine chemise qu'on m'a obligé à enfiler s'attache à l'arrière, me laissant les fesses et le dos nus.

Je me rends dans la salle de bains que j'explore lentement. Moi qui d'ordinaire utilise des commodités collectives à l'aspect douteux où je crains de me salir

avant et après ma toilette, je la trouve d'un luxe ver-
tigineux : vaste, immaculée, supérieurement équipée,
elle m'est dévolue alors que je ne m'en sers même pas.
Quant au miroir qui surplombe le lavabo, je l'évite :
restons lucide, un logement de riche ne me donnera
pas un physique de riche.

De retour dans la chambre, je m'approche de la
fenêtre au double vitrage. À l'aplomb du bâtiment,
une femme en anorak traîne des poubelles sur la cour
pavée. Plus loin, les piétons se hâtent sous une pluie
froide et grasse pendant que les camions empruntent,
indifférents aux flaques, les ponts d'autoroutes qui
échafaudent un lacis de bretelles. Là encore, je savoure
mon privilège : au-dehors, chacun bataille au sein d'un
univers hostile, tandis que je paresse en liquette dans
mon salon particulier, silencieux et bien chauffé.

Je bâille.

Malgré le bonheur d'être rassasié, j'ai traversé une
vilaine nuit, l'esprit torturé par les images d'hier. Je ne
parvenais pas à savoir s'il valait mieux dormir ou veiller ; veiller me ramenait à l'explosion, aux membres
déchirés, aux faces sillonnées d'épouvante, et dormir
m'abandonnait à mon imagination, laquelle amplifiait
l'horreur en greffant des inventions aux vrais souvenirs. Ainsi me suis-je vu jeté sur une charrette de
cadavres ; quoique vivant, j'étais traité en mort, on lan-
çait sur moi des corps, du sel, du sable, des cendres, de
la terre, j'étouffais, je criais, mais personne n'y prêtait
attention. Chaque fois que j'émergeais du cauchemar,
en nage, la sueur au front, je m'efforçais d'écarquil-
ler les yeux pour repousser le sommeil, persuadé d'y

arriver jusqu'à ce qu'un nouveau tombereau de mac-
chabées m'écrase.

À six heures, j'ai entendu les cloches du beffroi dis-
tiller leurs notes liquides. Soulagé que la nuit et son
cortège d'atrocités s'achèvent, j'ai soupiré et ouvert
les yeux.

Un vieillard en pyjama rayé se tenait devant moi.
La lumière orangée qui venait des boulevards sculptait
les ténèbres, révélant le côté droit de sa tête chauve,
ravinée, au nez fort et aux orbites creusées. Le visage
tendu, le regard scrutateur, il me fixait, à l'affût,
comme s'il escomptait je ne sais quoi de moi.

— Que voulez-vous ?

Il ne cilla même pas. Menu, frêle, il effrayait. Bien
que centenaire, il avait quelque chose d'enfantin car
ses mains disparaissaient sous les manches et ses
épaules étroites retenaient mal la chemise de coton.

— Sortez de ma chambre !

Aucune réaction. Le menton pointé, le vieillard poursuivait son interrogation muette. Son faciès
devenait inexpressif à force de questionner. Tant sa
présence que son immobilité me glaçaient le sang.
S'agissait-il d'un patient fou, errant dans l'hôpital ?

Ou bien somnolais-je ?

Oh oui, je me mis à espérer que l'ancêtre à la figure
vide appartenait à mes songes.

Comment se débarrasser d'un rêve ? En passant à
un autre rêve ! Je baissai les paupières et décidai de
les garder closes quelques minutes.

Un, deux, trois… Je comptai les secondes…
cinquante-neuf, soixante… au début, j'avais bloqué
ma respiration… cent cinquante, cent cinquante et

un… j'entendais mon souffle, pas le sien… deux cent trente… Se dirigeait-il vers moi pour m'étrangler ?

À deux cent quarante, j'ouvris les yeux : plus de vieillard. Qu'il fût réel ou irréel, je m'étais débarrassé de lui.

Un bruit monotone atteignit mes oreilles, un son familier que je n'identifiai pas tout de suite ; puis les vitres se revêtirent de perles et je reconnus la pluie qui frappait les murs. Me lovant contre le ténu traversin de mousse, je plongeai dans le sommeil.

Ce matin, malgré les visites que j'ai reçues, du flou reste en moi. D'où venait l'inconnu ? J'appuie ma tempe contre la fenêtre. Une gouttière de zinc dégouline sur le flanc droit du bâtiment. À l'extérieur, pas de ciel, nulle couleur, rien que de l'eau glacée.

Des pas nets, martelés, retentissent dans le couloir. On toque.

Je bondis dans le lit, me recouvre du drap et prononce d'une voix dolente :

— Oui ?

Une femme sanglée dans un imperméable entre.

— Fichu temps… Un climat pour les grenouilles, pas pour les humains !

Elle porte un chapeau-cloche en toile cirée qui rend son visage plus long et plus étroit, un galure qu'elle arrache, une fois son cartable jeté sur la chaise. Secouant la tête pour dégager ses cheveux bruns, elle offre une physionomie banale où des yeux marron, trop ronds, surmontent un nez acéré.

— Bonjour, je me présente : Claudine Poitrenot, juge d'instruction. Et voici mon assistant, Mathieu Méchin.

Derrière elle apparaît un garçon large, maladroit et voûté, qui me salue en ayant l'air de s'excuser.

— Voilà, tout le monde se connaît, conclut la femme.

Sa voix est aussi rêche que son physique. Elle ne m'a pas encore regardé franchement, embarrassée par un court parapluie flasque qui goutte sur ses mocassins. Son assistant s'empare du fautif.

— Je le mets à sécher dans la salle de bains, murmure-t-il.

Elle le remercie sans le remercier, le front froissé, déjà préoccupée par la suite. Je ressens son intrusion comme une invasion.

Relevant la tête, elle tend son menton vers moi, les yeux plissés.

— Alors, il va bien ? Il a passé une bonne nuit ?

Sans attendre ma réponse, elle s'avance et plante son regard dans le mien.

— Est-ce qu'il a lu la presse ?

— Non.

De son cartable, elle sort une vingtaine de quotidiens qu'elle dépose sur mes cuisses.

— C'est un peu gênant, tout de même !

Elle se retourne vers son assistant qui est en train de déballer son clavier.

— C'est la honte ! Tout simplement la honte ! Je ne vois pas d'autres mots…

Elle cherche sincèrement s'il existe un terme différent, renonce, soupire.

— À cause de vous, monsieur, nous avons l'air de truffes. Enfin, surtout moi, qui deviens la reine des connes, un titre dont je me serais dispensée, ça, vous pouvez me croire. Hein, Méchin ?

Afin d'éviter de souscrire, l'assistant obséquieux consulte au pied de mon lit la feuille où l'on inscrit ma température.

Derrière eux, le ciel suinte.

Elle revient vers moi, hausse les sourcils, désigne les journaux.

— La presse en sait davantage que la justice : le monde à l'envers !

Je parcours les manchettes. Si elles insistent d'abord sur l'horreur de l'attentat et le nombre de victimes, elles parlent aussi du terroriste. La juge Poitrenot pose son doigt manucuré sur un article titrant : « Un fanatique mort. Son complice court toujours. » Puis elle pointe le suivant : « Le cerveau a bourré le crâne du kamikaze jusqu'au seuil du trépas. » Un nouveau : « Le deuxième activiste en fuite. »

— Le deuxième ! Nous ignorions qu'il y en avait deux. Depuis hier, nous avançons sur l'hypothèse du loup solitaire. Nous doutions qu'un réseau se tienne derrière cet acte, même si nous n'excluions pas cette possibilité. Ah, on a l'air de belles andouilles, hein, Méchin ?

Elle recule en mordillant sa joue gauche.

— Vous, Augustin Trolliet, je ne vous engueule pas, même si je suis d'une humeur de cachalot, je rage contre les inspecteurs qui ont tardé pour recevoir votre témoignage. Vous, au moins, vous avez eu un réflexe professionnel : vous avez appelé votre patron.

Elle me jette *Demain* dans les mains. Comme je l'avais prévu, Philibert Pégard a monté en épingle l'information que, seul, il détenait. Elle s'assoit sur mon lit.

— Joli coup de pub pour votre canard : les médias du monde entier le citent. Et demain, c'est moi qu'ils citeront, Claudine Poitrenot, la juge d'instruction débile qui apprend par les journaux ce qu'elle est censée savoir avant tout un chacun !

— Madame, je n'ai appelé personne. Lorsque l'infirmière m'a remonté des urgences, mon patron m'attendait ici. Naturellement, quand il m'a questionné…

— L'ordure ! M'étonne pas ! J'espère que vous n'avez pas pensé qu'il avait tiré sa carcasse vers vous par sollicitude ?

— Monsieur Pégard n'entreprend jamais rien gracieusement.

« À part engager un stagiaire pour zéro centime », ai-je envie d'ajouter, mais je me retiens, car je ne veux pas compromettre ma récente envergure.

Elle me considère calmement pour la première fois.

— Quel âge as-tu ?

— Vingt-cinq ans.

— Tu me permets de te tutoyer ?

Elle me désarçonne tant que je ne rétorque rien, ce qu'elle interprète comme un assentiment.

— Que faisais-tu là-bas, Augustin ?

— Monsieur Pégard m'avait envoyé dans la rue pour ramasser des informations.

— Comment ça, « dans la rue » ?

— « Dans la rue ». C'est son expression. Aller et venir parmi les gens, écouter ce qui les tracasse, en gros pratiquer la pêche à l'inédit.

— « Dans la rue »… Pourquoi pas « sur le trottoir » ? C'est plutôt ça, le langage des maquereaux. Fichu Pégard ! Donc, tu es descendu le nez au vent, on t'a bousculé, tu as vu le jeune et le vieux, tu les as suivis… Ce que j'ai lu dans la presse. Tu maintiens ?

— Oui.

— Méchin, nous devons bâtir le dossier sur des bases différentes.

Elle s'en plaint sur le ton d'une femme qui aurait à recommencer son tricot.

— J'ai envie de fumer.

Elle marque un silence.

— Il ne faut pas : j'ai arrêté.

Elle gémit :

— Qu'est-ce que ça me démange ! Tu fumes, toi ?

— Non.

— Bravo. Ne fume jamais !

— Question fumée, je me contenterai d'assister à des explosions.

Un rire secoue ses épaules. Elle prend son secrétaire à témoin :

— Rigolo, ce gosse…

Elle se retourne et se penche vers moi.

— Tu le connaissais, Hocine Badawi ?

— Hocine Badawi ?

— Le type à la bombe. Tu ne l'avais jamais rencontré ?

— Non.

— Jamais, jamais ?

— Non.

— Pourtant, ce n'est pas grand, Charleroi. Toutes les grenouilles se croisent.

— Je ne vous ai jamais rencontrée non plus.

Elle m'observe quelques secondes.

— Pas con ! conclut-elle.

— Comment savez-vous son nom ?

— Il portait ses papiers dans sa doudoune, figure-toi. Curieux, non ? Moi, si je voulais emmerder le monde entier en faisant péter une bombe, je ne signerais pas mon crime, ou du moins pas sur le coup, histoire d'enquiquiner encore plus la police, la justice, les journaux, les victimes, les familles, bref la société. Pas toi ?

— Euh… si…

— En même temps, ce n'est ni toi ni moi qui taquinons les explosifs. Donc, entre dire ça ou ne rien dire… C'est avec des réflexions pareilles que je passe pour une cruche, hein, Méchin ?

L'assistant s'absorbe dans sa prise de notes.

Elle se lève et parcourt la pièce.

— Tu peux le décrire, l'homme en djellaba ?

Je me referme. Dois-je continuer à me taire ou avouer que l'homme en djellaba n'était qu'une créature de la taille d'un corbeau qui voletait sur l'épaule du kamikaze ?

— La police va t'envoyer quelqu'un pour dresser un portrait-robot.

Je fais craquer les jointures de mes doigts.

— Tu as des doutes ? s'exclame-t-elle en s'asseyant près de moi.

— Oui.

— Tu ne parviendrais pas à le décrire ?

— Pas… complètement.

— Peu importe, essaie !

Elle se lève et époussette sa jupe, comme si la chambre d'hôpital l'avait salie.

— Bon, ce n'est pas que je m'ennuie, mais trois mille tonnes de dossiers m'attendent. Pas une seconde à perdre. En plus, mes collègues me jettent des peaux de banane sous les pieds... Il paraît que c'est une superbe occasion, instruire une aussi grosse affaire. Méchin, je n'avais pas un parapluie en entrant ?

— Il sèche dans la salle de bains, madame la juge.

— Quelle dinde ! Je n'ai jamais pu m'empêcher de mouiller les parapluies.

Elle enfile son imperméable, remet son chapeau-cloche, grimace en songeant à l'allure catastrophique qu'il lui donne, saisit fermement son cartable et empoigne avec dégoût le parapluie que lui apporte son assistant. Sur le pas de la porte, elle marque un arrêt.

— Je te laisse la presse, d'accord ?

— Merci.

— Que veux-tu faire dans la vie, Augustin ?

— Écrivain.

— Pas journaliste ?

— Non, journaliste, c'est pour gagner ma croûte.

— Ça ne gagne rien, un journaliste ! Je sais de quoi je parle, j'ai eu un fiancé journaliste, autrefois. L'était fauché comme un champ de blé.

Je n'ose lui confirmer combien elle a raison. Elle dodeline de la tête.

— Sois écrivain, Augustin, mais, s'il te plaît, déniche autre chose pour payer le loyer. Moi, à ta place, je postulerais dans un magasin qui ne vend rien. Une boutique de tableaux, par exemple ! La planque idéale pour réfléchir. Chaque fois que je rentre dans une galerie, j'ai peur de déranger un poète qui écrirait *La Comédie humaine* ou *À la recherche du temps perdu*.

— Vous en connaissez beaucoup, vous, des marchands d'art à Charleroi ?

— Tu as raison, ça manque. Les grenouilles ne sont pas collectionneuses. Je te conseillerais bien des équivalents, quelques boutiques sans stock et sans clients qui dissimulent du blanchiment d'argent – ça, en revanche, ça pullule –, mais elles ne te recruteront jamais si tu n'es pas pistonné par la mafia. On en reparle…

Elle sort puis réapparaît.

— Es-tu certain de ne pas connaître Hocine Badawi ?

— Certain.

— Tu me caches quelque chose mais j'ignore encore quoi. Tant pis, on démêlera ça plus tard. Après tout, on commence juste à se fréquenter.

La porte se ferme sur la juge et son assistant. Leurs chaussures ferrées résonnent longtemps dans le couloir avant que le silence ne se réinstalle.

Un trouble m'envahit : ne suis-je pas en train de lancer justice et police sur une piste erronée, faute d'avoir révélé exactement ce à quoi j'ai assisté ? Impossible de revenir en arrière, je passerais pour un menteur ou un minus. De ça, j'ai eu trop souvent l'expérience.

Quand, enfant, j'ai mentionné les êtres que j'apercevais parfois autour des gens, je n'ai d'abord suscité que de l'indifférence. Qui attache de l'intérêt au babil d'un orphelin solitaire, chétif, ballotté de foyer en foyer, de centre social en famille d'accueil ? Comme j'insistais, des institutrices ont fini par me demander d'en raconter davantage et j'ai alors saisi, à leurs questions, qu'elles ne voyaient pas ce que je voyais. Ni elles ni mes camarades. Ni elles, ni personne. Un jour où je m'agaçais qu'on ne remarquât pas le visage ensanglanté qui pleurait constamment au-dessus d'Emma, une fillette de quatre ans, l'éducatrice m'expliqua que je tenais pour vrais des produits de mon imagination, que je devais arrêter d'en parler et me rendre chez Karine Maïeu, la psychologue... Seulement, ni celle-ci ni moi ne comprenions ce qui m'arrivait. Si j'avais inventé ces figures, nous en aurions trouvé le sens ou la fonction. Or je me cognais à elles, je les découvrais, je les rencontrais. Loin de les créer, je les subissais, comme on subit ce qui vient de l'extérieur, comme on reçoit la réalité... La psychothérapeute se passionnait pour ce que je lui rapportais, elle recopiait mes récits dans un carnet, lisait des études de toutes sortes. Je chérissais les moments que nous coulions ensemble dans son bureau si clair, couvert de dessins colorés, où des coffres contenaient des jouets à foison. Jolie, la peau douce, une bouche rouge et charnue que j'avais autant envie de croquer qu'une cerise, Karine m'annonça un matin qu'elle allait changer de méthode : puisqu'elle me croyait, elle cesserait de m'analyser, moi ; elle enquêterait désormais sur les individus autour desquels surgissaient les figures.

— Les apparitions viennent sans doute d'eux, Augustin, pas de toi.

On me prenait enfin au sérieux... Et je demeurerais des heures auprès de Karine, de son pull rose en mohair, de ses boucles parfumées à l'iris.

En fait, j'eus à peine le temps de goûter cette nouvelle situation que, le lendemain, la camionnette du fromager renversa Karine.

Ce fut mon premier chagrin. Je n'avais jamais pleuré personne. Je n'avais jamais non plus été aimé par quiconque. Si j'étais spontanément porté à apprécier les gens, ils ne m'avaient guère payé de retour. Sauf Karine. En grand désarroi, je liai sa mort au fait qu'elle m'avait fait confiance… Je me sentis responsable de sa disparition, pis, coupable. Quiconque m'écoutait parler des apparitions perdait la vie. Aussi m'étais-je, depuis, appliqué au silence.

— Bonjour, je m'appelle Sonia.

La porte cède devant une infirmière blonde et ronde, qui m'apporte un repas.

— Ne bougez pas, j'installe tout.

Elle fixe le plateau sur une tablette coulissante puis elle désigne deux récipients en plastique translucide au milieu de la nourriture.

— Le docteur vous a prévenu pour les prélèvements ? Alors, voici deux boîtes. Celle-ci pour l'urine. Celle-ci pour les selles. Vous savez comment faire ?

Je rougis.

— C'est essentiel, Augustin. On cherche si vous perdez du sang. Même si ça vous déplaît, forcez-vous. D'accord, je compte sur vous ?

— D'accord.

Cette conversation me gêne.

— Parfait. Je repasserai, et j'espère que vous aurez pensé à moi.

Incapable de soutenir son regard, j'examine mon déjeuner pendant qu'elle part : des carottes râpées, un filet de poisson aux épinards, du camembert et une pomme. J'essaie de m'en réjouir en oubliant les manies du corps médical plus intéressé par les conséquences intestinales de mon repas que par son goût.

Après avoir tout avalé, je commence à battre des paupières. Vu la rareté de mes agapes ces derniers temps, le rassasiement m'épuise. La digestion mobilise mon énergie. Je m'endors avec le sentiment d'une douce béatitude.

Au cours de ma sieste, je sens soudain une présence insolite. J'ouvre les yeux.

Le vieillard est là !

Ses mains squelettiques agrippées à la barrière chromée, il s'approche plus que cette nuit. Son expression se résume à une question. Il m'épouvante.

Je me redresse en remontant la couverture jusqu'au menton.

— Quoi ? Que voulez-vous ?

Il ne bouge pas, respire à peine. Ses rétines délavées continuent à m'interroger.

Muets, nous nous faisons face.

Plus je le détaille, moins il me paraît réel. Trop de rides, trop de taches, trop de verrues, trop de lignes bleues, rouges ou violettes entrelacées qui marbrent l'épiderme. Davantage qu'à un vieillard, il ressemble à une caricature issue d'un esprit simpliste. Des plis soulignent son menton. Sa peau fine et flasque s'affaisse, cireuse, tantôt jaune, tantôt cendrée. Du crin encombre ses oreilles tandis que de rares poils grisonnants s'égarent sur son crâne. À mesure que j'examine les éléments concrets, je doute qu'il existe.

Rassuré, je décide de le négliger, me rallonge sur le côté, abrite ma tête sous le drap et tente de me rendormir.

Sans doute y parviens-je, car l'irruption de quatre agents me surprend.

— Nous venons pour le portrait-robot.

Je me redresse. Il est déjà seize heures.

Le commissaire Terletti, un brun de type italien à larges favoris, dont les joues rasées virent au charbon sous la force d'une pilosité méditerranéenne, m'explique la nécessité de ce travail. Près de moi, parlant avec ses mains agiles, il dégage une puissante odeur de cigarette, un effluve qui me convainc de sa compétence : cet homme doit se montrer aussi professionnel que viril, le teigneux silencieux qui ne lâche ni une proie ni une piste, l'enragé qui attend toute la nuit dans un bar ou une voiture en écrasant mégot sur mégot que le malfrat se manifeste. Ce fumet âcre m'enivre autant que sa voix rauque et je m'engage aussitôt à ne pas le décevoir.

Terletti sort avec deux hommes, me laissant en compagnie de Marc, un garçon de mon âge au visage anguleux et grêlé.

Marc tire la chaise contre le lit, s'installe parallèlement à moi et pose son ordinateur entre nous.

— Raconte-moi ce qui t'a frappé chez cet homme, dans l'ordre que tu veux. Décris-moi son regard, son front, sa coiffure… je te soumettrai ensuite des schémas. Peu importe qu'on se trompe et qu'on retourne parfois en arrière, on avancera à notre vitesse.

Je fouille et triture ma mémoire. Forme du visage, épaisseur du nez, largeur du menton, écartement des narines, implantation capillaire, grosseur des lèvres, dessin des sourcils, proportions des éléments entre eux… Je dois choisir entre vingt-cinq bouches, imaginer la structure d'un crâne indépendamment de la chevelure, éclaircir, opacifier, déplacer, agrandir, diminuer, ne plus me rapporter au seul dessin, mais le référer toujours à mon souvenir…

De temps en temps, l'infirmière jaillit en me disant :

— Avez-vous pensé à moi ?

J'ai envie de lui répondre qu'uriner ou déféquer ne constitue pas ma façon de penser à elle, mais je m'en abstiens pour lui assurer chaque fois que ça va venir, et je me remets à la fabrication laborieuse du portrait.

Deux heures plus tard, épuisé, j'annonce à Marc que l'écran propose désormais une figure qui ressemble à ce que j'ai vu, sans déterminer si c'est vrai ou si je veux m'en persuader.

L'inspecteur quitte la pièce. J'en profite pour me précipiter à la salle de bains. Hâtivement, je tente d'accomplir mes devoirs de malade. Plus rien ne m'appartient, ni mon agenda, ni mon corps, ni ma mémoire, ni mes excréments. De façon insoupçonnée, je ne suis pas trop dégoûté par les contorsions auxquelles je me livre, juste étonné que les produits de mon corps se révèlent si chauds.

Lorsque Sonia repasse, je lui tends victorieusement mes pots, ce dont elle semble très satisfaite.

J'hésite maintenant à me rendormir : je crains de faire réapparaître le vieillard.

Le commissaire Terletti revient avec Marc et ses collègues. Il me désigne un ordinateur.

— Marc va te présenter des photos et tu nous signaleras si tu reconnais ton homme. D'accord ?

— D'accord, dis-je, sensible à son énergie.

Il remet un sac à Marc.

— Tiens, éventuellement à la fin, tu feuilletteras l'album de la famille Badawi. Dès que tu chopes un indice, tu sais où nous trouver.

Terletti et ses deux acolytes quittent la pièce qui, après eux, pue le cendrier.

Marc passe sous mon nez les fichiers de suspects. Très concentré au début, je me lasse vite. Les faciès n'offrent que deux expressions, la placidité ou l'agressivité ; les redoutables s'avèrent d'ailleurs les placides, car on devine, tapie en eux, une violence virtuelle plus explosive que celle extériorisée clairement par les agressifs. À quoi s'ajoute une troisième catégorie, celle des drogués à la mine éteinte, dont les yeux ne regardent et n'expriment rien, vrais poissons hallucinés aux lèvres gonflées et aux pupilles dilatées.

— Rien ? insiste Marc.

— Rien !

L'album de famille ne contient que des clichés exhibant la même pièce, la même table, le même canapé. Visiblement, chez les Badawi, on ne se sert de l'appareil que les jours d'anniversaire ou de fête. Rien ne change dans le décor, seuls les humains évoluent, les jeunes s'allongeant et les vieux s'élargissant. Les flashs qui rougissent les prunelles en les vidant créent une fratrie de toxicomanes. Devant ces poses banales, ces sourires soit malhabiles, soit trop habiles, jamais sincères, je m'estime bienheureux de manquer de famille. S'il fallait m'attendrir sur ce genre de...

— C'est lui !

J'ai crié.

L'homme que j'ai vu sur le boulevard Audent se tient dans un fauteuil, un garçonnet sur ses genoux. Une deuxième photo me le montre encore à part, loin du canapé où femmes et enfants sont vautrés. Enfin, une troisième, un vrai portrait cette fois-ci, le peint l'œil terne, en train de fumer une cigarette sans filtre.

— Certain, c'est lui.

Marc se précipite hors de la chambre. Cinq minutes plus tard, il ramène le commissaire Terletti et ses collègues.

— Alors, qui est-ce ?

J'indique les trois photos.

Le commissaire s'assombrit et se frotte le menton.

— Lui ?

— Lui !

— Sans aucun doute ?

— Aucun.

Il se gratte les joues, ce qui produit un bruit de râpe.

— C'est le père, Mustapha Badawi.

Les trois autres se raidissent.

— Le père du terroriste ?

— Un père qui envoie son fils au casse-pipe…

— Qui l'accompagne et le lâche au dernier moment ?

— Putain de salaud !

L'envie d'agir les démange déjà. Ils piaffent.

— On va le coffrer, chef !

— Je contacte la juge.

— Allons-y nous-mêmes, pas besoin de mobiliser une équipe.

Terletti les arrête d'une voix ferme :

— On se calme. Personne ne bouge. Tout le monde reste ici.

— Mais pourquoi ?

— Puisque le gamin est sûr de lui ?

— Sûr, archi-sûr, clamé-je avec ardeur.

En levant les mains sur le côté, le commissaire Terletti nous fait taire, puis, le sourcil tendu, la narine frémissante, il me fixe avec intensité.

— Mustapha Badawi est mort d'un cancer il y a dix ans.

4

— Vois-tu les morts, Augustin ?

La juge Poitrenot penche la tête vers son épaule droite, comme si elle me déchiffrait mieux en oblique. Après une pause, elle répète d'une voix maîtrisée, confiante, presque apaisante :

— Vois-tu les morts ?

Elle ne se moque pas de moi, elle me pose réellement la question, à l'instar de Karine au temps de mon enfance. Et la question, elle se la pose aussi, puisqu'elle réfléchit en attendant ma réponse.

Je contemple son visage ovale, régulier, privé de traits précis, où les yeux paraissent des boutons ronds cousus sur une poupée de tissu : je n'y sens aucune hostilité. Près de mon lit, le lumignon projette sur nous une lumière douce puis, au-delà d'un mètre, s'évanouit en laissant l'obscurité prospérer. Minuit a sonné et j'ai l'impression, au poids des ténèbres, à la profondeur du silence, que nous demeurons les seuls éveillés dans l'hôpital assoupi.

— Vois-tu les morts, Augustin ?

La question est là, palpitante, entre nous, dans l'air. Vais-je dire la vérité ?

Quelques heures avant, mon entretien avec le commissaire Terletti a viré au fiasco. En une phrase, j'ai chuté de témoin capital à menteur.

— Où as-tu connu Hocine Badawi et son père ?

— Sur le boulevard Audent.

— Sur le boulevard Audent, tu n'as pu voir que Hocine parce que Mustapha Badawi suce les pissenlits par la racine ! a-t-il asséné, raide de répulsion.

Je me doutais bien que Mustapha Badawi ne partageait pas le même type d'existence que Terletti, ses collègues ou moi... Sans doute aurais-je dû signaler alors que Mustapha Badawi, sur le boulevard, mesurait trente centimètres. Mais j'ai imaginé la réaction du commissaire à un tel aveu : « Trente centimètres ! Monsieur voit des hommes de trente centimètres ? Qui se déplacent en volant ? Contactez le chef de service et transférez ce garçon au pavillon psychiatrique ! »

Peut-être n'aurait-il pas eu tort... J'ai depuis longtemps abandonné la route du bon sens et, les sentiers que j'ai empruntés, beaucoup de médecins les appelleraient des hallucinations. Cependant, au rebours d'un dément, je me rends compte que je perçois des phénomènes invraisemblables – raison pour laquelle je me tais. Mon ultime et unique preuve de santé mentale résidant dans mon mutisme, j'y suis très attaché.

— Où as-tu fréquenté Hocine et son père ?

— Nulle part.

— Où ?

— Jamais.

— Dis-le, nom de Dieu !

— Je vous jure que...

— Voilà ! Jure, comme tous les affabulateurs… Crache le morceau avant que je ne fouille moi-même ton passé. Vous alliez à l'école ensemble ? Au club de foot ? Au CEC La Garenne ? Voisins ? Autre chose ?

Je me suis fermé.

Cramoisi de colère, les pieds tapant le sol, le commissaire Terletti m'a annoncé que l'affaire n'en resterait pas là, qu'on me convoquerait pour m'interroger jusqu'à ce que je m'effondre, qu'il me pourrirait la vie… Il pestait tellement que Marc, l'inspecteur avec lequel j'avais dessiné, s'est risqué à prendre ma défense :

— Patron, Mustapha Badawi avait peut-être un frère qui lui ressemble. Et l'oncle aurait radicalisé le neveu.

— Mustapha Badawi n'avait pas de frère.

— Il faut étudier la famille… Un frère, un cousin… Moi, je garantis qu'Augustin est de bonne foi.

— De bonne foi ?

— J'ai vu à quel point il s'est appliqué quand nous avons fabriqué le portrait-robot.

— De bonne foi, oui… Une vache est de bonne foi ! Un âne est de bonne foi ! Ça suffit, au travail maintenant !

Terletti a quitté la pièce sans un regard pour moi, les policiers sur ses talons. En partant, Marc m'a adressé un rictus atterré.

— Je sais que tu m'as décrit ce que tu as vu. Je vais calmer Terletti et tenter de le réorienter.

La porte a claqué, j'ai entendu les pas massifs des agents s'enfoncer dans le ventre de l'hôpital. Les tempes me brûlaient. Mon cœur s'accélérait. J'étais déçu ! Déçu de les avoir déçus ! Surtout Terletti.

J'aurais tant aimé lui devenir nécessaire. Quelques heures durant, je m'étais vu à travers ses yeux ardents, j'avais cru à mon importance, j'avais voulu mériter son attention, répondre à son énergie virile, à sa passion d'enquêter, j'avais rêvé de le combler. Ému, je m'étais engouffré dans mon rôle de mouchard crucial en négligeant que ce que je savais – l'homme en djellaba pas plus volumineux qu'un corbeau – resterait inaudible.

La comédie était finie. J'avais la nausée de moi-même.

De rage, je me suis enfoui sous les draps. Tout s'achevait toujours ainsi. Chaque fois que je voulais me comporter bien, les malentendus s'enclenchaient, je pataugeais dans le médiocre et l'on me rejetait.

Ah, si je pouvais crever !

Mission impossible…

Voilà aussi ce qui me désole : ne pas détenir le pouvoir de disparaître. Quoi qu'il arrive, mon corps résiste, opiniâtre, mécanique, opaque à mon désir de périr. Il persiste sans motif. Mon esprit ne pèse pas, seule importe la chair lourde, lente et tenace. Au fond, je ne sais ni vivre ni mourir. Je me réduis à une impuissance exhaustive. « Bon à rien », ainsi que l'avaient seriné mes éducateurs.

La mort apporterait-elle une solution ?

J'en doute…

Si la mort consiste à ne pas compter aux yeux des autres, je la pratique déjà. De mon vivant, je suis un mort qu'on ne fleurit pas. Pour m'apporter un réel bienfait, il faudrait que la mort supprime la souffrance de ne pas compter. Et ça, comment s'en assurer ?

— Allez, sortez de votre cabane : c'est l'heure du repas !

J'ai rabattu les draps et Sonia m'a posé sur les cuisses la collation du soir. Je l'ai fixée, soupçonneux.

— Augustin, j'ai parlé au docteur. Vous avez le droit de bouger désormais, vous pouvez vous balader à l'étage.

— Habillé comme ça ?

— Vous disposez d'une robe de chambre derrière la porte des toilettes.

J'ai mangé avec parcimonie, quasi avec dégoût. Pourquoi, me demandais-je, participer à cette mascarade, nourrir une existence inutile ?

J'ai mis un point d'honneur à ne finir aucun plat. Il ne s'agissait pas tant de me punir que de me prouver que je disciplinais ce corps infernal, cet organisme gorgé de stupides forces de vie. Lorsque j'ai repoussé les assiettes à moitié pleines, j'avais retrouvé un peu d'estime de moi et j'ai gagné la salle de bains pour revêtir le peignoir en éponge d'un blanc grisâtre, au col usé jusqu'à la trame. Le miroir m'a montré ridicule, jambes maigres sous l'étoffe vaste et flottante, telle une tulipe marchant sur son pistil.

J'ai déambulé dans le couloir, longeant les chambres dont les portes restaient entrebâillées. Les écrans branchés sur les chaînes d'information déversaient en continu des images de Charleroi, Charleroi pendant le drame, Charleroi après le drame, les ministres défilant sur la place Charles-II, le roi lui-même déposant une gerbe de fleurs sur le parvis de Saint-Christophe. Huit morts et vingt-cinq blessés. S'ensuivaient des bulletins sur les résonances internationales de l'événement ;

du président des États-Unis à celui de la Russie, tous les gouvernants exprimaient des condoléances devant leur drapeau. C'était une compétition de compassion, une lutte pour la fraternité. Charleroi était devenu le centre du monde.

M'avisant que, moi aussi, j'occupais une chambre avec télévision, j'y suis retourné et j'ai appuyé sur la télécommande. L'appareil accroché au plafond m'a annoncé qu'il fallait payer un forfait à la réception pour accéder aux programmes.

Désappointé, j'ai erré dans les couloirs. Partout, malades et visiteurs demeuraient rivés aux écrans. Une nappe de stupéfaction engluait l'étage.

De porte en porte, je saisissais des bribes de discours. Des experts de la sécurité, de l'antiterrorisme ou de la radicalisation se succédaient sur les plateaux, chacun y allant de son analyse, de sa clarification, pertinent, passionnant, sans pourtant que j'en sache davantage une fois qu'il avait fini.

Au cœur de l'étage, un espace commun en forme de square, encadré de palmiers en plastique, offrait des sièges de skaï et permettait de consommer gratuitement la télévision. En dessous de l'écran, un vieillard tassé sur une chaise se cassait le cou à le fixer. Une brochette d'infirmières garnissait la banquette. Une femme, assise près du distributeur de boissons, tricotait une chaussette de bébé en laine bleue.

Par contagion, je m'y suis installé et j'ai assisté à la messe médiatique durant quelques minutes.

« La communauté musulmane sous le choc ! » a claironné le journaliste. La caméra circulait dans les rues de Charleroi, où des femmes voilées exprimaient leur consternation avec gravité. Elles rappelaient qu'un fidèle ne se conduisait pas comme Hocine Badawi. « Certaines sont si émues que les mots leur manquent pour qualifier l'inqualifiable », a ajouté le chroniqueur, avant de s'effacer devant Oum Kalsoum, hagarde derrière l'étal d'un épicier. L'objectif s'est attardé sur sa figure : bouche pâteuse, cornée rougeoyante, elle fixait la caméra avec un regard de poule effarée, pressée, furtive ; aux questions du journaliste, elle répondait par des borborygmes. Pour quiconque ignorait qu'elle cuvait ses bières, Oum Kalsoum incarnait la détresse qui affectait le petit peuple musulman.

Je restais scotché à l'écran.

Attendu qu'aucun groupe terroriste n'avait encore revendiqué l'attentat, les hypothèses se multipliaient. Une liste d'éventuels responsables revenait en boucle, enfantant d'infinis commentaires. Insidieusement, le compte rendu des faits se transformait en roman des possibles. Faute de renseignements suffisants, les médias ne racontaient pas le monde tel qu'il était, mais le monde tel qu'il pourrait être, en tout cas tel qu'eux pouvaient le raconter. Une réalité virtuelle remplaçait la concrète. Au Charleroi que je connaissais, ils substituaient un Charleroi repensé, redessiné, reconstruit par leur méfiance, une Babel violente, plate-forme du djihadisme, un réseau quadrillé par le petit et le grand banditisme qui amenait des paumés à la radicalisation. Au fur et à mesure, y compris dans les images, le clandestin l'emportait sur le visible, l'illégitime sur l'officiel, le crasseux sur le propre. Charleroi devenait un agrégat de squats et d'édifices déglingués, un chaos de hangars tagués ou de caves recelant des armes, dépourvu de mairie, d'écoles, de lycées, hérissé de zones où la police ne pénétrait plus. Au cours de cette évocation paranoïaque, je fus surpris d'apercevoir, au détour d'une séquence, des enfants normaux sortir d'une maternelle coquette sur un trottoir lavé où patientaient des parents ordinaires.

Les heures se fondaient les unes dans les autres.

Flashs. Communiqués. Survols. Brèves. Sondages. Réactions à chaud.

La chaîne d'actualité avait vidé mon cerveau, l'aménageant en pure chambre d'échos. J'adhérais au solennel récit que répandait l'écran, un récit qui gagnait en poids d'être rabâché d'édition en édition, remâché par des experts, entériné par les chefs. Je ne raisonnais plus par moi-même, je sentais ce qu'on me donnait à sentir : les journalistes tranchaient.

— On n'est plus en sécurité, grogna la tricoteuse.

— Il vaudrait mieux déménager, soupira une des infirmières.

Un reportage s'aventura dans l'immeuble où avait vécu Hocine Badawi. Les voisins certifiaient qu'ils croisaient un garçon calme, serviable, correct. « Jamais on ne s'en serait douté... C'est tranquille, ici. Y a que des gens bien. » Sa mère apparut pour crier d'une voix mouillée que la police se trompait en incriminant son fils : « C'était un bon garçon. Un très très bon garçon. Qui adorait sa famille. Ce n'est pas possible. »

Une voix grommela derrière moi :

— Tu parles ! Un bambin qui se fait renvoyer six fois de l'école, qui chipe, qui flingue, qui deale, que la police ramasse à onze ans et qui se remplit un mignon casier judiciaire entre dix-huit et vingt-deux ans. L'a déjà effectué des mois de prison, l'angelot. Moi, madame Badawi, j'appelle ça un vaurien.

Je pivotai et découvris la juge Poitrenot appuyée contre un mur.

« Un gentil garçon », glapit la mère en pleurant.

La juge adressa un regard noir à l'écran.

— Encore ! Multirécidiviste, celle-là, comme son rejeton… Une mère qui idolâtre un fils qui ne lui a jamais obéi, je ne partage pas sa conception du savoir-vivre. Qu'est-ce que ça signifie, gentil ? Qu'il ne la frappait pas à coups de latte ?

Elle avait haussé le ton sur ces derniers mots. Tous les visages se sont tournés vers elle. Elle a râlé pour s'excuser :

— Bon, d'accord, je m'énerve, je m'énerve…

Soulagés, les visages se sont recollés à l'écran.

Elle m'a tapoté l'épaule.

— Je suis venue te parler, Augustin. Si nous allions dans ta chambre ?

J'ai accepté et l'ai suivie.

— Attends une seconde. J'attrape un Coca. Je n'ai rien avalé depuis ce matin.

Elle glissa un euro dans le distributeur, lequel, après un bruit d'Apocalypse, lui livra une canette.

— Vous n'êtes pas accompagnée de monsieur Méchin ?

— Méchin ? Oh non, le pauvre…

Elle arracha la capsule en ajoutant, pensive :

— Il est choupinet, dévoué, savonné, rincé, vacciné, mais il faut reconnaître qu'il n'a pas inventé la marche arrière.

Elle leva les yeux au ciel en cherchant l'inspiration.

— Et le pire, c'est que pour se montrer si navrant, il a besoin de neuf heures de sommeil.

Elle but puis grimaça.

— Oh, c'est si mauvais qu'on devrait en vendre en pharmacie !

Elle me proposa d'avancer dans le couloir.

— As-tu une copine ?

— Pardon ?

— Je te demande si tu as une copine. En même temps, je sais que tu n'en as pas.

— Pourquoi ?

— Elle serait là.

Nous sommes parvenus à la chambre.

— C'est dommage. Prends une copine. OK, ça ne me concerne pas. N'empêche, ça te plairait ?

— Euh… oui.

— Il n'y a pas d'obstacles. Tu n'es pas plus moche qu'un autre.

Je déglutis avec difficulté. Elle sent que sa phrase m'a blessé.

— Si, si, je maintiens : tu n'es pas plus moche qu'un autre. Regarde-moi : à ton âge, j'avais déniché un mec ! Et pourtant, je n'étais pas Miss Monde.

Elle rabat une mèche rebelle.

— Ni Miss Belgique. Même pas Miss Charleroi. Miss Rien-du-tout, voilà mon titre. C'est simple, on n'avait pas voulu de moi à seize ans comme majorette ! Pour te dire…

Je frémis. Elle enchaîne sur une inflexion victorieuse :

— Figure-toi que Méchin a épousé une Vénus. Si ! Les gens n'en reviennent pas lorsqu'ils les aperçoivent ensemble. Moi non plus… Et ils ont fabriqué trois enfants, magnifiques eux aussi ! Comme quoi, tu vois, les aléas de l'hérédité…

Je me cale dans le lit pendant qu'elle s'assoit.

— Es-tu bête, Augustin ?

La question me méduse. La juge Poitrenot insiste :

— Voici comment le commissaire Terletti résume ton intervention : tu nous as menés en bateau en nous indiquant la piste d'un macchabée. Pourquoi, selon lui ? Parce que tu es un nigaud. Tu ne serais donc qu'un ramolli du chapeau qui attire l'attention sur lui.

Elle rit.

— Ce cher Terletti, il fournit toujours des explications carrées. Il doit avoir les méninges en angles droits. As-tu remarqué comme il est poilu ? Ça sort en touffes de son col de chemise et des poignets de son pull ! Personnellement, ça me rend suspicieuse. Oh, je ne considère pas ça comme rebutant, ces bouffées d'hormones mâles – peut-être même le contraire, si tu me pousses –, mais je me méfie des théories baignées dans la testostérone. Tu vois ce que je veux dire ?

— Non.

Elle se lève et s'approche de la fenêtre battue de pluie qui filtre la lumière orangée des lampadaires.

— Tu sais, Augustin, les criminels, ils défilent devant moi toute la semaine. Le voyou qui crochète les voitures en plein jour. Le dealer qui distribue sa came sous les caméras de surveillance. La vendeuse qui porte les robes du magasin et les raccroche au cintre sans les laver. Le gardien de nuit qui organise des fiestas sur son lieu de travail. Le barman qui boit son fonds. Le routier qui se livre les caisses de marchandises. Le facturier qui vire l'argent de la société sur son compte. La femme de ménage qui signe des chèques volés à ses patrons. L'adolescent qui braque les commerçants avec un pistolet à eau. Les faux aveugles, les faux infirmes, les faux mendiants, et j'en passe… Aux yeux de la police ou de l'État, ce sont des délinquants, pour moi, ce sont d'abord des butors. Nuls ! Ils se font piquer dès leurs premiers vols. Et ils se créent un casier judiciaire pour cinquante euros, cent euros, des miettes… Ah, faut de l'astuce pour devenir un bon malfaisant ! Eux, ils ont le quotient intellectuel d'une moule bouillie. En général, quand je les cuisine, je m'ennuie tellement que je finis par leur désigner ce qui aurait de l'allure, les superbes embrouilles, les arnaques brillantes, les saloperies sophistiquées. « Avec ça au moins, vous obtiendriez mon respect ! » Ils m'écoutent la bouche ouverte – s'ils avaient le crâne meublé, je pourrais craindre qu'ils attrapent un courant d'air au cerveau, mais il n'y a pas de risque ! La plupart des gens n'ont aucune idée de l'excellence. Ils ne raisonnent pas plus haut que leurs pulsions. Misère des misères… Moi qui ai choisi ce métier pour aiguiser mon intelligence, voilà que je consacre mes journées à des limaçons. Juge d'instruction ? Tu parles ! Je tiens le bureau des primates.

Regagnant la chaise, elle cherche quelque chose au fond de son cartable.

— D'ailleurs, ils sont si cons que lorsque je leur explique qu'ils le sont, ils ne pigent pas.

Elle extrait un bonbon d'un sachet.

— On peut les repérer à ça, les cons : ils n'ont même pas le concept de con dans leur vocabulaire.

Elle tend le paquet vers moi.

— Tu en veux un ? Ils sont sans sucre. Pas succulents, mais pas nocifs. Je les préfère à la violette.

— Non merci.

— Es-tu benêt ? Réponds avec sincérité : es-tu une tarte ?

Je baisse les yeux.

— Je me suis souvent posé la question…

— … ce qui dénote un zeste de discernement. Et ?

— … et j'ai conclu que j'avais de gros défauts – la naïveté, la paresse, la lenteur –, mais que je n'étais pas abruti. Moins astucieux que certains, mais pas imbécile.

— C'est ce que je pense aussi. Il faudrait vraiment être très très gogol pour faire ce que tu as fait en imaginant qu'on ne le découvrirait pas.

— Pardon ?

— Prétendre que tu as vu un homme en sachant qu'il est mort. Le décrire avec précision, fabriquer son portrait-robot, sortir ses photos, autant d'indices qui nous permettent de déduire qu'il n'existe plus, ton bonhomme.

Elle lance le bonbon dans sa bouche et le promène d'une joue à l'autre.

— Je n'ai jamais compris pourquoi je raffole de ces saloperies. En même temps, c'est pareil avec la cigarette. À croire que je ne m'abonne qu'au calamiteux… Te souviens-tu, toi, de ta première clope ?

— Oui.

— Comment avais-tu trouvé ça ?

— Infect.

— Et tu en es resté là ? Tu n'as pas continué ?

— Exact.

— C'est ce que je disais : tu n'es pas sot.

Elle s'assoit et se lamente :

— Pas buse comme moi ! Pas buté comme Terletti !

Découragée, elle gobe un deuxième bonbon puis m'observe.

— Tu n'as pas menti, Augustin. Même un débile de chez Débile ne commettrait pas cette bourde ! Tu nous as dit la vérité, n'est-ce pas ?

— Oui.

— Seulement, tu ne nous as pas dit toute la vérité.

J'hésite. À force de partir dans plusieurs directions, de gigoter, de digresser, elle m'a décontenancé. En s'agrippant à moi, elle exerce une sorte de contrainte hypnotique.

— Vrai ou faux ?

J'hésite encore.

Elle me frôle et murmure :

— Vrai ?

— Vrai.

Elle frémit de satisfaction.

— Veux-tu que je t'aide ?

— À quoi ?

— À parler.

— Je ne tiens pas à parler.

— Alors je vais t'aider. Ça se limitera à une phrase.

Elle me considère.

— Vois-tu les morts, Augustin ?

La juge Poitrenot penche la tête vers son épaule droite, comme si elle me déchiffrait mieux en oblique. Après une pause, elle répète d'une voix maîtrisée, confiante, presque apaisante :

— Vois-tu les morts ?

Elle ne se moque pas de moi, elle me pose réellement la question, à l'instar de Karine durant mon enfance. Et la question, elle se la pose aussi, puisqu'elle réfléchit en attendant ma réponse.

Je contemple son visage ovale, régulier, privé de traits précis, où les yeux paraissent des boutons ronds cousus sur une poupée de tissu : je n'y sens aucune hostilité. Près de mon lit, le lumignon projette sur nous une lumière douce puis, au-delà d'un mètre, s'évanouit en laissant l'obscurité prospérer. Minuit a sonné et j'ai l'impression, au poids des ténèbres, à la profondeur du silence, que nous demeurons les seuls éveillés dans l'hôpital assoupi.

— Vois-tu les morts, Augustin ?

La question est là, palpitante, entre nous, dans l'air. Vais-je dire la vérité ?

5

— Certains morts sont moins morts que d'autres. Ils demeurent au milieu des vivants.

— Les vois-tu ?

Je pousse un soupir qui signifie « du calme, discutons d'abord », puis je me concentre sur les cuticules cernant mes ongles. Éviter le regard de la juge me soustrait à son insistance.

— J'ai réfléchi, madame Poitrenot, et je suis arrivé à cette conclusion : la plupart des défunts ont disparu. Sinon, bonjour l'embouteillage ! On ne pourrait plus lever le petit doigt sans chatouiller un fantôme. Rendez-vous compte : pour l'heure, nous sommes huit milliards d'humains, mais si l'on ajoute ceux d'avant, ceux qui ont existé depuis deux millions huit cent mille ans, on grimpe à une centaine de milliards sur un globe pas si grand que ça.

J'arrache un bout de peau desséchée à l'angle de mon pouce droit. Et j'ajoute :

— Maintenant, j'ignore ce qu'ils sont devenus, tous ces morts.

— De la poussière ! C'est le destin des morts.

— Mm…

— Leurs particules ont été recyclées en terre, en fleurs, en arbres, en animaux. Je suis persuadée qu'il y a des miettes de morts en nous !

Je la fixe. S'imagine-t-elle à quel point elle a raison ? Toutefois, je me plais à la contredire :

— Je crois qu'ils déambulent ailleurs.

— Ailleurs ?

La juge Poitrenot croise les bras.

— Augustin, tu me prends pour une bille ? Tu me parles de morts que ni toi ni moi ne voyons. Quel intérêt ?

— L'invisible existe, non ?

— Absolument. C'est justement pourquoi je t'interroge. Vois-tu des morts que, moi, je ne vois pas ?

— Oui, ceux qui sont moins morts.

Elle époussette son pantalon, croise les jambes, les décroise, se racle la gorge, scrute la fenêtre, la porte, comme si elle cherchait une issue.

— Il va falloir que je me méfie ! s'exclame-t-elle.

— De moi ?

— De moi ! Je suis volontiers crédule.

Assurée qu'on ne nous espionne pas, elle s'incline dans ma direction.

— Raconte…

— Au début, je n'ai pas compris. Les gens ne prêtaient aucune attention à certains êtres que je voyais, des personnes parfois de taille standard, le plus souvent de format réduit. En quoi différaient-elles ? Elles surprenaient. À leur convenance, elles apparaissaient, disparaissaient, sans être arrêtées par les murs, les cloisons et les étages. Elles n'entraient jamais par la porte ni ne sortaient par la fenêtre. Elles surgissaient ou se volatilisaient en ignorant les obstacles. Chaque fois, elles survenaient pour escorter quelqu'un et se préoccupaient peu des présents, moi y compris. Si je leur adressais la parole, elles ne bronchaient pas ; au plus, elles m'envoyaient un regard du genre « De quoi te mêles-tu ? ». Avec le recul, je me demande même si ce regard m'était adressé. Peut-être l'ai-je supposé.

L'envie de développer ce point me chatouille, mais la curiosité avide de la juge Poitrenot m'engage à continuer. Je reprends mon souffle.

— Le propre de ces personnes, c'est qu'elles se montrent plus expressives que nous. Leur physionomie arbore un sentiment, un seul, et l'irradie avec intensité. Un immense acteur n'atteint pas ce niveau de rayonnement. Leur figure projette tout, l'ennui, l'aigreur, la suspicion, la douleur, même l'indifférence – dans mon école, une rousse, Isabelle, était toujours suivie par sa mère, en format réduit : je ne saisissais pas pourquoi la mère collait sa fille tant elle donnait l'impression de s'embêter.

— Lui parlait-elle ?

— Elle tirait la gueule. Rien d'autre. Le détachement absolu !

— As-tu échangé des réflexions sur ces apparitions avec tes proches ?

— Oui. Lorsque j'ai commencé à signaler ces personnes… volatiles, je me suis rendu compte que les gens me boudaient ; ils s'étonnaient, marquaient de l'ennui si j'insistais, et finissaient par m'ordonner de me taire. Selon moi, qui respectais tant les adultes, ils feignaient de ne pas les voir. Et les enfants qui m'entouraient aussi. J'en avais conclu qu'on ne mentionnait pas certains êtres. Un code. N'existe-t-il pas en Inde des intouchables, des individus exclus des castes, dont la simple vue salit, dont l'ombre même corrompt ceux qui croisent leur chemin ? Après avoir visionné un reportage sur ces parias, j'ai rebaptisé les personnes volatiles les Innommables.

— Quand as-tu compris ?

— Qu'ils étaient des Invisibles plutôt que des Innommables ?

— Qu'ils étaient morts.

— Un enterrement m'a éclairé. Le premier – d'ailleurs le dernier – auquel j'ai assisté. J'avais six ans et les services sociaux m'avaient confié aux Goulmier, une famille d'accueil qui exploitait une ferme à Mettet. Raoul, le frère aîné de madame Goulmier, un homme que j'avais croisé plusieurs fois le dimanche à la maison, avait succombé, victime d'une crise cardiaque. Le jour de la cérémonie, madame Goulmier, n'ayant personne pour garder ses six enfants pensionnaires, nous a emmenés aux funérailles de Raoul. Honnêtement, moi, je n'éprouvais pas grand-chose. Engourdi par l'odeur d'encaustique qui émanait des bancs et des prie-dieu en chêne, j'ai rêvassé pendant la messe, j'ai bâillé lors des condoléances et j'ai trébuché de fatigue derrière le corbillard qui remontait le village. Au cimetière, j'ai trouvé le spectacle intéressant et j'ai regardé le cercueil retenu par des cordes descendre dans la fosse. Plus captivé qu'ému, j'étais fasciné par l'aspect huilé du rituel, la famille rangée en file, les croque-morts efficaces et silencieux, le curé toujours capable d'improviser un sermon, la foule docile, l'unanimité du recueillement durant la prière, puis le ballet des hommages. D'ailleurs, mon tour venu d'agiter l'encensoir, je ne songeais qu'à exécuter le mouvement correctement en n'adressant aucune pensée au cadavre. Bouleversée, madame Goulmier demeura longtemps dans l'allée où nous patientions, les six pupilles, tête basse, à son côté ; elle ne se décidait pas à rentrer. Il ne restait que la famille proche parmi les tombes. Le fossoyeur avait comblé le trou, les employés des pompes funèbres disposaient gerbes et bouquets sur la terre battue lorsque j'ai vu le défunt se glisser hors du sol, voleter en tournoyant, puis, sans hésitation, se poser sur l'épaule de sa femme et de sa fille. Oui, il était là, Raoul, pas plus grand qu'un oiseau. Je l'ai reconnu. Sur le coup, j'ai crié. On s'est retourné vers moi. « Quelle mouche te pique ? s'est exclamée madame Goulmier. – Rien, j'ai répondu, prudent. – Normal, il est ému », a murmuré une cousine. Je fixais Raoul. Il occupait deux épaules. Je précise bien deux épaules : celle de sa fille, celle de sa jeune épouse. Dédoublé.

— Avait-il d'autres enfants ?

— Deux grands fils d'un mariage antérieur qui se tenaient là aussi, en manteau noir, devant leur mère. Raoul ne les a pas rejoints.

— Bizarre, non ?

— Qu'est-ce qui est bizarre ? Le mort qui sort de terre ? Le mort qui se perche sur sa fille et sur sa seconde épouse ? Ou le mort qui ne se perche pas sur ses deux fils et son ex-femme ?

Comme réveillée par ma question, la juge Poitrenot secoue la tête. On dirait un chien qui s'ébroue pour évacuer tiges ou feuilles prises dans son pelage ; elle chasse les idées parasites. Par réflexe, elle fourrage dans son sac de bonbons.

— T'en veux un ?

— Non merci.

— Tu as raison, ils sont vraiment dégueulasses, confirme-t-elle en s'en envoyant deux dans la bouche.

Soulagée, elle les écrase sous ses dents.

— Bon, alors, comment expliques-tu ça ? Le mort qui se ranime pour deux personnes... Puisqu'il est réapparu en double, pourquoi pas en quadruple pour ses enfants ? À partir du moment où il renaît, pourquoi pas pour chacun ?

— Les morts ne reviennent pas d'eux-mêmes, ce sont les vivants qui les rappellent.

— Pardon ?

— Ce que je vais vous raconter, je l'ai résolu plus tard. Raoul avait épaulé ses fils jusqu'à l'âge adulte, il avait aiguillé leurs études, guidé leurs premiers pas professionnels. Ces fils avaient reçu ce qu'ils devaient recevoir d'un père, ils avaient atteint la maturité, la liberté, l'autonomie. Malgré le chagrin, ils sauraient poursuivre leur chemin seuls. Tandis que sa dernière fille de huit ans, tandis que sa jeune épouse... elles avaient encore besoin de lui, il ne leur avait pas consacré assez de temps... Les morts qui disparaissent ont tout donné, ceux qui s'incrustent ont davantage promis que tenu.

— Ils ont des dettes ?

Je ris.

— Les vivants s'estiment créanciers. Certains vivants n'en ont jamais fini avec leurs morts.

Touchée par cette remarque, elle se frotte le menton, songeuse. Je conclus :

— Ce jour-là, j'ai obtenu la preuve que personne ne voyait Raoul car, dans les yeux de la famille, j'ai cherché l'étonnement, la stupéfaction, le ravissement, l'inquiétude. En vain ! Les regards ne se tournaient pas dans la bonne direction, et, si jamais ils l'empruntaient, ils ne s'y attardaient guère. J'étais donc le seul à percevoir Raoul.

— Cela t'a effrayé ?

— Quoi ?

— D'être le seul.

— J'en avais déjà l'habitude.

Spontanément, la juge Poitrenot m'attrape l'avant-bras, émue par mon aveu, mais elle se reprend aussitôt et concentre sa compassion dans ses prunelles.

— Tu possèdes un don, Augustin.

— Un don qui ne sert à rien.

— Qui sait ?

— Un don qui me fait passer pour un débile.

— Je ne pense pas ça.

— Pas vous, parce que, vous aussi, vous devez passer pour une débile.

Elle sursaute. Son cou s'allonge, tel celui d'une autruche scandalisée. Je baisse les paupières.

— Pardon, madame Poitrenot, je ne voulais pas vous insulter.

— Tu as visé dans le mille. On me considère souvent comme une idiote.

Elle s'esclaffe.

— Ça m'a beaucoup servi, d'ailleurs.

— Ah bon ?

— On ne se méfie pas de moi. Puisqu'ils me prennent pour une bécasse, les criminels se contredisent facilement en ma présence, leurs avocats multiplient les lapsus, tout le monde se laisse aller. Quant à mes collègues...

Elle s'arrête.

— Stop, on ne parle pas de moi ici.

Elle me fixe avec sévérité, comme si j'étais coupable de sa digression. Je reprends :

— Je vous signale qu'on ne parle pas de moi non plus.

— Exact. Nous parlons de ton don. Dis-moi : ceux qui portent un disparu à leur côté s'en rendent-ils compte ?

Je n'ai jamais réfléchi aux apparitions de cette façon, avec des catégories claires et tranchées ; je suis obligé d'assembler les images, les impressions, les détails accumulés des années dans une poche de silence.

— Certains l'ignorent. Ce sont les vivants les plus mornes, les plus fermés. Les vivants les moins vivants.

— Ils n'ont pas conscience de leurs problèmes.

— Juste. Ils ne voient pas le disparu, ils voient à travers. Donc ils se trompent en permanence. J'ai connu une institutrice comme ça, mademoiselle Beaumatin. Elle avait perdu son fiancé dans un accident de moto. Moi, je le voyais bien, feu son fiancé, il apparaissait au tableau ou derrière sa chaise dès qu'elle se taisait. Un très bel homme blond, aux yeux verts. J'adorais les contempler, ils formaient un couple splendide.

— Tu le voyais, mais elle pas ?

— Pendant qu'elle surveillait nos devoirs sur table depuis son bureau, il essayait de communiquer avec elle, de la caresser, de l'attirer. Pas moyen. Elle demeurait lèvres pincées, livide, les mâchoires serrées. Quand un nouveau professeur de gymnastique, jeune, décontracté, est venu nous entraîner, le fiancé blond s'est précipité vers lui, l'a désigné pour le lui recommander :

elle ne lui a pas adressé un coup d'œil. Même chose avec le fournisseur de goûters, les après-midi ; à l'évidence, l'apprenti boulanger en pinçait pour elle et le fiancé blond le fêtait, histoire d'encourager mademoiselle Beaumatin : elle ne lui a jamais prêté la moindre attention. J'ai appris récemment qu'elle s'était engloutie dans l'éthéromanie et que le ministère de l'Éducation l'avait affectée à l'enseignement à distance.

— Quoi, elle se shoote à l'éther ?

— Ouais, la drogue des demoiselles. Respectable. Pas cher. Sans dealer. Il suffit d'aller chez le pharmacien.

— En revanche, qu'est-ce que ça pue !

— Et alors ? Les gens croient que vous souffrez d'une maladie.

— Ce qui est le cas…

— Mademoiselle Beaumatin n'a jamais pris conscience du poids de son mort dans sa vie. Je pense même qu'elle le connaissait mal, parce que moi, qui avais étudié le fiancé, j'avais remarqué qu'il souhaitait qu'elle s'épanouisse, qu'elle refasse sa vie, qu'un homme lui succède. Mais je vous rassure, madame Poitrenot, la plupart des vivants qui sont accompagnés de morts les voient.

— Tu n'imagines pas à quel point tu me rassures ! rétorque-t-elle avec une mimique ironique.

Nous rions ensemble.

— J'ai vu des morts qui discutaient abondamment avec ceux qu'ils suivaient. Mustapha Badawi, par exemple, le père du kamikaze.

— Décris-moi la scène.

— Je crois qu'Hocine se serait abstenu si son mort ne l'avait pas harcelé.

— As-tu entendu ce qu'il lui disait ?

— Pas un mot. De toute façon, il devait s'exprimer en arabe – les défunts ne s'améliorent pas, ils ne deviennent pas polyglottes après leur trépas. Il me semble qu'il convainquait son fils d'aller jusqu'à la place Charles-II, qu'il l'encourageait à commettre son crime.

— Les morts ont-ils un pouvoir sur les vivants ?

— Les morts ont le pouvoir que les vivants leur laissent.

La juge Poitrenot hoche la tête et plisse les yeux. Elle ouvre la bouche pour une question, une question qui lui tient à cœur, lorsqu'une vibration retentit.

— Et merde ! s'écrie-t-elle.

Elle saisit son téléphone, déchiffre l'identité de l'appelant, jure de nouveau, puis se tourne vers moi.

— Excuse-moi, je dois répondre.

Elle attrape son sac et sort dans le couloir. Je l'entends s'éloigner en conférant.

Son départ me frustre. Tant d'histoires se pressent en moi, tant d'émotions gardées secrètes que je déverse enfin. Reviendra-t-elle vite, avant que mon envie de m'épancher ne disparaisse ?

De dépit, je me lève, relaxe mes jambes, m'étire.

La fenêtre m'attire. Elle constitue mon unique ouverture sur le monde, puisque la télévision ne fonctionne pas et que je ne peux quitter l'étage.

Sur la vitre, des gouttes de buée ruissellent. À travers les coulées, j'aperçois la nuit épaisse feutrée d'un halo orangé, cette lueur sale que suintent les lampa-daires longeant les voies.

La ville dort. Pas une voiture. Pas un camion. Seule une mobylette pétaradante traverse ce songe, le déchi-rant brièvement, puis le cédant intact, encore plus vide, plus figé.

— Oh, oh ! Quelle chute de reins !

Une voix grasse et goguenarde me fait sursauter. Je me retourne et découvre Pégard planté sur le seuil.

Il se moque de mon accoutrement. Je n'ai pas revêtu la robe de chambre, je garde sur moi la liquette qui laisse mon dos et mes fesses nus. Un tableau lamen-table, sans doute.

Du coup, face à Pégard, je recule vers mon lit et m'y allonge avec prudence.

— Bonsoir, monsieur Pégard.

— Je te surprends, hein ? Tu dois te demander si les visites à minuit sont autorisées.

— C'est autorisé, les visites à minuit ?

— Le célèbre journal *Demain* ouvre les portes, mon cher. J'ai promis un abonnement gratis au gar-dien de nuit ainsi qu'à l'infirmière de garde au rez-de-chaussée. L'information passe avant tout. Alors, mon petit Augustin, qu'as-tu de neuf à me raconter ?

— Rien. Que voulez-vous qu'il m'arrive dans une chambre d'hôpital ? À part guérir ou mourir ?

— As-tu choisi l'option guérir ?

— Oui.

— Parfait.

Il sort un cigare et le tripote.

— D'autres malades t'ont-ils fait des confidences ?

— À cet étage, personne ne cause. Les patients avalent en continu les informations dont la télévision nous gave. On dirait des poulets en batterie.

— T'es-tu souvenu d'un détail que tu aurais oublié de me livrer ?

J'ai envie de lui signaler que, effectivement, je me souviens n'avoir pas été payé pour mon stage à *Demain*, le journal dont j'ai maximalisé le tirage avec mon témoignage.

Mais cet homme possède le don de m'inhiber. Je ravale ma riposte et m'enquiers d'un ton faible :

— Avez-vous bien vendu l'édition d'hier ?

— Mm… comme d'habitude.

— Le tirage n'a pas augmenté ?

— Pas à ma connaissance.

— Ni la fréquentation sur le site ?

— Non.

— Curieux. On répète pourtant que, lors d'un événement important, la presse bénéficie d'un regain de…

— Pas nous !

Il m'a asséné ces deux mots en uppercut. Rouge, les veines du front gonflées, il s'indigne de mon insistance. Or je sais qu'il ment. Son autorité sans réplique ne poursuit qu'un but : me laisser muet, impuissant, m'empêcher de prouver que j'ai rapporté de l'argent, m'interdire d'en exiger. J'analyse clairement l'âme mercantile de ce monstre, mais sa violence et sa prétention me subjuguent.

— Vas-tu mieux ? me demande-t-il, doucereux, comme pour me signifier que les soucis financiers du journal n'affectent pas son humanité.

— On le saura demain.

Il se gratte la tête.

— Es-tu content des soins que tu reçois ? Penses-tu que les secours ont réagi rapidement ? Crois-tu la Belgique prête à absorber un tel choc sanitaire ? As-tu douté de la compétence des ambulanciers, des infirmières, des médecins ?

Je devine aussitôt où il veut en venir. Il prépare des manchettes fumantes : « Les hôpitaux dépassés », « Chaos aux urgences », « L'enfer médical », « Quand le gouvernement affectera-t-il l'argent nécessaire aux soins des citoyens ? » Ses narines frémissent à l'idée de l'exaspération ou de la peur qu'il pourrait provoquer. Cet homme ressemble au diable.

Et voilà que je m'engouffre dans un récit épique. Je lui narre tout, les sauveteurs affolés, les urgences bondées, l'angoisse, la panique, la pénurie de salles pour opérer, la pénurie de médicaments, la pénurie de personnel…

Ses yeux étincellent. Il note. Il souligne. Il entoure. Il se régale.

De mon côté, je trie et je caricature : je ne rapporte que les éléments négatifs en outrant constamment le trait. Je bave de rage.

Que m'arrive-t-il ? Pourquoi suis-je en train de travestir la réalité ? Pour l'impressionner. Pour le satisfaire. Pour qu'il ait besoin de moi. Pour qu'il me fasse confiance. Pour lui démontrer que j'appartiens à la même race que lui, journaliste ! Ce que j'ai raté avec le commissaire Terletti, je le réussirai avec Pégard. Au fond de moi, je mesure que mon comportement se révèle minable, pathétique, ignoble, mais je me rue dans cette mare et m'y vautre d'autant plus que j'en ai honte.

Il jubile. Il imagine les titres forts, les légendes chocs, les commentaires acerbes qu'il imprimera bientôt. À l'attentat, il ajoutera un scandale. À la terreur, une peur. Au mal, de nouveaux maux. Je finis en évoquant cette chambre où l'on me prive de télévision, où une tenue indécente m'ôte la liberté davantage que des menottes, où une police brutale me dérange sans cesse pour les besoins de l'enquête sans se soucier ni de ma santé ni de mes traumatismes, où je subis une interminable garde à vue plutôt que je n'entame une convalescence.

Je me méprise mais le dégoût produit de l'énergie. J'achève brillamment mon tableau de l'Apocalypse.

— Formidable ! conclut Pégard.

Il applaudit sans compatir une seconde. Se doute-t-il que je tords la réalité ?

Ses doigts tapotent la couverture de son carnet.

— Très bon bifteck.

Puis, se rendant compte que je l'observe, il devient sévère :

— La matière reste sommaire, mais j'essaierai d'en tirer quelque chose.

Il se relève.

— Merci, Augustin, pour ton témoignage.

— Vous le confronterez à d'autres, j'espère.

— Enfin ! Je suis journaliste, pas échotier.

Je sais parfaitement qu'il s'en abstiendra : il va se précipiter au journal et torturer un rédacteur pour achever un article qu'il signera.

Il consulte sa montre.

— Oh, pas de temps à gaspiller ! À demain, mon petit Augustin.

Je souris : maintenant qu'il possède de quoi remplir son torchon, je ne représente plus que du temps perdu. Vif, convulsé, il franchit la porte dont le battant, sous la force de sa pression, met plusieurs secondes à s'immobiliser.

Me voilà seul de nouveau.

J'enfile la robe de chambre et me dirige vers la salle de bains.

La petite fille aux nattes se tient assise sur la cuvette, les coudes sur les genoux.

— Qu'est-ce que tu fabriques ici ?

— J'avais envie de faire pipi.

Elle rougit et son regard me fuit. Je m'approche avec douceur.

— Tu te caches…

— Il dit toujours qu'il faut être discret pour ces choses-là.

— Qui ?

Elle hausse les épaules tant cela lui paraît évident. Je risque :

— Monsieur Pégard ?

Elle acquiesce, vraiment surprise par mon ignorance.

— Pourquoi suis-tu monsieur Pégard ?

— Normal, c'est mon papa.

— Alors, dépêche-toi, il vient de partir.

Elle ouvre de grands yeux.

— Il vient de te quitter pour se rendre au journal.

Sur ces mots, je me tourne un quart de seconde vers ma chambre. Quand mon visage revient à l'enfant, elle a disparu.

Je me précipite hors de la salle de bains, traverse la chambre et passe la tête dans le couloir.

Cinquante mètres plus loin, la petite fille suit Pégard en chantonnant, sautant d'un pied sur l'autre comme si l'on avait dessiné les cases d'une marelle sur le linoléum qui conduit à la sortie. Ils franchissent du même pas le sas de sécurité.

Je demeure songeur lorsqu'une main tapote mon épaule. La juge Poitrenot range son téléphone et fronce le sourcil.

— Je rêve ou quoi ? J'ai cru apercevoir l'infâme Pégard.

— Oui, il est venu avec sa fille.

— Sa fille… Tu plaisantes ?

— Pas du tout.

— Sa fille est morte il y a trente ans.

— C'est de celle-ci que je parle.

La juge Poitrenot se gratte l'oreille. L'appel téléphonique a dû bousculer ses pensées loin de notre conversation, car il lui faut une minute pour en retrouver le fil.

— Entrons dans ta chambre, Augustin. Je ne veux pas qu'on me remarque avec toi et qu'on m'accuse de harcèlement.

Nous nous réinstallons, elle sur la chaise, moi dans le lit. Pendant quelques secondes, une infirmière s'agite dans le couloir, des murmures d'affolement nous parviennent, puis le silence s'installe.

— Étrange, dit-elle en plissant le front, qu'une morte l'accompagne. Cela indiquerait que l'infâme Pégard possède une vie intérieure, une sorte de profondeur, qu'il serait habité par des sentiments, douleur, nostalgie...

— Amour ?

— Augustin, ne t'égare pas !

— Peut-être est-il devenu comme ça après ? De quoi est-elle décédée ?

— Un accident domestique, je ne me rappelle plus... En revanche, je t'assure qu'il se comportait pareil. Une ordure... Il n'y a pas eu un Pégard d'avant la perte de sa fille, un Pégard d'après, il n'y a jamais eu qu'un infâme Pégard.

— Étonnant.

Nous spéculons, chacun de notre côté.

Pégard traumatisé ? Ni le remords ni le regret ne semblent le hanter. Son seul carburant paraît l'argent. J'en jurerais, il écraserait père, mère et enfants pour dix euros !

La juge Poitrenot a dû arriver à la même conclusion puisqu'elle enchaîne sur un autre sujet :

— Est-ce que tu vois un mort derrière moi ?

Quoiqu'elle contrôle ses émotions, d'infimes détails – le frémissement du menton, les battements de cils – manifestent son appréhension. Elle frissonne. Sa nuque contractée bloque son cou : elle craint d'être entourée de spectres et ne bouge plus.

Je prends mon temps avant de répliquer :

— Non.

Soulagée, elle s'installe au fond de la chaise.

— Et ça contribue à me donner foi en vous, ajouté-je.

La juge Poitrenot inspire une bouffée d'air. Je profite de cette trêve pour lui préciser ce qui me tourmente depuis tout à l'heure :

— Madame, il y a une chose que je ne vous ai pas dite : je porte malheur.

— Pardon ?

— Je porte malheur à ceux qui m'écoutent. Karine, la psychologue à qui je m'étais confié… eh bien…

— Eh bien ?

— Karine a été écrasée. Un accident, paraît-il. Juste après nos entretiens.

Elle se raidit.

— Ça fout la trouille ce que tu racontes.

— Bien d'accord.

Debout, elle déambule, exécute plusieurs tours du lit et en frappe le montant métallique.

— Sale gosse ! Je te déteste… Quand je pense que je bois tes bobards ! Une histoire chasse une fable, tu délires, tu inventes, tu babilles sans répit, et moi je t'écoute. Ah, mes collègues ne se trompent pas en m'appelant l'agitée du bocal !

Elle bouffonne mais je flaire son inquiétude. Heureux, j'en conclus qu'elle m'a cru.

Derrière elle, la fenêtre montre un ciel encore barbouillé de nuit. La juge Poitrenot s'approche de la vitre et y dessine avec le doigt.

— Comment expliques-tu que tu vois les morts ?

— Comment expliquez-vous que vous êtes vivante ?

— Tu réponds à ma question par une question.

— Parfois, je ne trouve qu'une autre question en solution à une question. Nous avançons dans des mystères.

— Juste ! Seuls les crétins ne s'étonnent de rien.

— Oh, il y a aussi des crétins qui s'étonnent de tout.

Elle me sourit.

— Je m'amuse bien avec toi, Augustin.

Elle revient vers le lit et me contemple. Sa sollicitude me réchauffe. Je me sens mieux.

— Bonsoir, Augustin.

Comment a-t-elle deviné que, justement, à cet
instant-là, le sommeil me tombe dessus ? Je cligne
des paupières.

— Bonsoir, madame.

Je ferme les yeux et la juge s'éclipse sans un bruit.

6

Les cloches du beffroi sonnent les cinq heures du matin. Pourquoi en suis-je conscient ? Je croyais dormir...

Comme je hais cette heure ! L'heure de mes insomnies, l'heure des querelles dans les chambrées, l'heure des coups de couteau pour régler les comptes après une nuit d'ivresse.

Recroquevillé, je maintiens mes paupières closes, j'essaie de contrôler ma respiration, je cherche des lambeaux de rêves auxquels me raccrocher. Surtout, ne pas me réveiller, m'obliger au repos.

Je perçois un souffle humain...

Est-ce possible ?

Calme-toi, Augustin ! Tu entends tes propres inspirations et expirations que le silence ambiant rend colossales par contraste. Personne ni dans le lit ni dans la chambre avec toi.

Non ! Les sifflements ne correspondent pas à mon rythme...

Des frissons me parcourent. Je m'affole. Augustin, ta peur se nourrit de l'inconnu. Tu présumes détecter quelqu'un. Vérifie d'abord. Ne panique pas.

Je bloque l'air dans mes poumons. Une seconde, deux, trois, quatre, cinq...

À côté, une respiration étrangère continue.

D'un coup, je me redresse et ouvre les yeux.

Le vieillard me fait face.

Je crie.

Il ne bronche pas, le visage penché vers moi, à la fois curieux et impassible, habité par l'immense question qu'il me pose, une question qui lui dévore les traits, une question qui troue la nuit mais me demeure obscure.

J'ai compris ! Ces apparitions… cette figure expressive qui diffuse un unique sentiment… Un revenant. Voilà le défunt qui m'accompagne. Mon mort. Je le vois enfin.

Après tout, pourquoi y échapperais-je ?

Moins effrayé, j'analyse son visage, sculpté plus qu'éclairé par les rayons de lune, lequel ne m'évoque rien de familier. Est-il mon père ? Mon grand-père ? Impossible de l'identifier, on ne m'a jamais renseigné sur ma famille. Un médecin ? Un prêtre ?

— Qui es-tu ?

Ma voix a moins tremblé que je ne le craignais. Je n'ai pas hésité à le tutoyer. Je ne dois pas redouter mon mort.

Le vieillard me contemple, l'air effaré.

Je repose la question en la soulignant de gestes :

— Qui es-tu pour moi ?

Ses paupières mauves et racornies vacillent. Il a remarqué mes mouvements. Peut-être souffre-t-il de surdité ? Parle-t-il une langue différente ?

Je recommence. Plusieurs fois.

En vain.

Il a saisi que je lui réclamais quelque chose mais il continue à m'interroger. Sans doute estime-t-il que sa question compte davantage que la mienne.

J'arrête de m'escrimer et je le fixe. Voilà un cas que je n'avais pas rencontré : le mort anonyme. Au cours de mes expériences, tous les défunts qui flanquaient les humains possédaient une identité flagrante, père, mère, enfant, fiancé, époux, ami. Jamais je n'avais croisé un vivant escorté par un inconnu. Il fallait que ça tombe sur moi…

Je le détaille. Il culmine à un mètre trente, guère plus. Cette taille menue, est-ce depuis toujours la sienne ou l'effet du trépas ? A-t-il réduit ? Avec ces traits-là, il pouvait, de son vivant, mesurer un mètre quatre-vingt-dix.

Cette réflexion ne m'avance guère. Décourageant. Qui ? Je tente de déterminer son métier : tailleur, fonctionnaire, greffier ; en l'agrandissant, je me risque à évoquer un banquier, un professeur d'université, un avocat. Hélas, il demeure indéchiffrable, le visage raviné par les rides, le cou décharné, les épaules basses, le torse rachitique. L'identité du patriarche m'échappe, car les années l'ont brouillée en le poussant vers la momification. L'âge se révèle un piètre romancier ; les histoires qu'il écrit sur les corps finissent par se confondre ; ses personnages n'ont plus l'air de ce qu'ils font, ils paraissent seulement vieux. Pas des vieux sportifs, des vieux beaux, des vieux traîtres ou des vieux députés, non, juste des vieux. L'âge compose d'affreux romans parce qu'il n'aime que lui ; il ruine les visages pour s'y retrouver ; aux portraits, il substitue un miroir.

Le vieillard pousse un gémissement. Il insiste. Il questionne.

Que me réclame-t-il ?

Une idée me frappe : ignore-t-il qui je suis ? Là, la situation échapperait au banal ! Je n'ai jamais vu ça : un vivant qui demande à son mort qui il est, tandis que le mort lui adresse la même question. J'en rirais si ce n'était à pleurer.

Le vieillard entrouvre ses lèvres bleutées, j'aperçois sa langue blanchâtre derrière ses courtes dents, il déglutit, il va parler.

— Monsieur Versini, que faites-vous ici ?

Une infirmière a fusé dans son dos.

— Vous n'avez pas le droit de quitter votre chambre, je vous le répète ! J'en ai assez de courir tout l'étage pour vous rattraper.

L'infirmière, une femme plantureuse, pose sa main sur l'épaule du vieillard.

— Ouste, dans votre chambre.

Au contact, le vieillard réalise que l'infirmière l'apostrophe. Il la dévisage. Il se rembrunit.

L'infirmière se tourne vers moi.

— Excusez-le, jeune homme.

Elle a le ton qu'un maître emploierait pour s'excuser auprès du voisin de l'irruption de son chien.

— En plus, il ne branche pas son sonotone.

Elle s'adresse à lui en hurlant :

— On retourne dans votre chambre, monsieur Versini.

Puis elle le pousse vers la porte en le tapotant comme un animal.

Une fois qu'il a progressé dans le couloir, elle revient vers moi et me glisse à voix basse :

— Ne lui en voulez pas, le pauvre… C'est le mari de la femme qu'on enterrait le jour de l'attentat. Physiquement, il va bien, mais il reste sous le choc. Il n'a pas compris ce qui s'est passé devant l'église, il demande partout où se trouve le cercueil de sa femme.

Par réflexe, elle remonte mon drap, sourit et sort.

Je me rallonge. Pendant quelques minutes, j'ai supposé que j'avais un mort, une histoire, des racines. L'illusion s'est dissipée. J'ignore si je me sens triste ou soulagé : personne ne compte pour moi et je ne compte pour personne.

Heureusement, le sommeil me délivre…

Une brochette de médecins m'entoure. Escorté de trois internes, le professeur Baugnez déclare d'un ton aimable et vigoureux :

— Les résultats de vos examens nous rassurent, monsieur Trolliet. Vous ne souffrez d'aucune lésion consécutive au souffle de l'explosion ou à votre chute. Vous allez pouvoir nous quitter. N'est-ce pas une excellente nouvelle ?

Les docteurs affichent un air comblé comme s'ils m'avaient guéri… Mais je ne me réjouis pas, car j'appréhende d'abandonner ma chambre, sa chaleur, mes repas.

Le professeur Baugnez remarque mon peu d'enthousiasme.

— Nous nous occupons seulement de vos organes, Augustin Trolliet. En revanche, mes collègues prendront soin de votre moral. La cellule psychologique fonctionne au premier étage. Rendez-vous-y. Vous avez droit à un suivi post-traumatique. On ne vous abandonnera pas dans la nature, après ce que vous avez vécu.

Instantanément, les internes adoptent la mine grave de leur professeur. Ils opinent de concert, semblables à des danseurs exécutant une chorégraphie.

— Voulez-vous un arrêt de travail ?

J'aurais plutôt besoin d'un travail, mais je m'entends répondre :

— Oui, s'il vous plaît.

— Je vous prescris un mois de congé. Mais le psychologue vous le prolongera si nécessaire.

Il griffonne une ordonnance qui représenterait sans doute un bien précieux pour beaucoup.

— Voilà ! Vous pouvez rentrer chez vous.

Chez moi… Je réagis d'une voix blanche :

— Quel jour sommes-nous ?

— Dimanche.

Dimanche, le pire jour de la semaine… Je me renferme.

Le professeur Baugnez s'assoit sur le bord du lit et m'attrape la main.

— Vous êtes jeune, Augustin, vous avez la vie devant vous. Malgré l'horreur à laquelle vous avez assisté, vous devez retrouver votre allant, votre joie, votre insouciance. Vous ne laisserez pas les terroristes gagner, quand même ?

Si je ne cède pas immédiatement, il poursuivra son discours.

— Oui, docteur, je suis d'accord.

— Battez-vous, Augustin !

— Contre qui ?

104

— Contre vous.

Sa troupe d'internes approuve avec un synchronisme parfait. À leurs visages, je devine que je serais vraiment ingrat d'insister : le professeur Baugnez vient de me consacrer deux minutes de son temps.

J'esquisse un sourire. Ils s'en vont, satisfaits, persuadés d'avoir réussi. J'envie ces gens qui résolvent un à un les problèmes – ou le croient. Moi, le problème que constitue ma vie, je n'arriverai jamais à le résoudre.

Une infirmière m'apporte des documents administratifs que je remplis à ma manière, en tâchant de mentir le moins possible. Une aide-soignante dépose un sac en plastique transparent contenant mes vêtements lavés, repassés, pliés, secs, raides. J'ai si peu l'habitude de ce nettoyage aseptisé que je doute qu'ils m'appartiennent encore – je n'y retrouve pas mon odeur, ça sent la poudre à récurer les éviers. Une fois que je les ai enfilés, j'ai l'impression d'être un inconnu.

Malgré l'amabilité du personnel hospitalier, pas moyen de négocier un déjeuner. Chacun se réjouit de mon départ, surtout Myriam, l'infirmière qui m'a conduit des urgences jusqu'ici deux jours plus tôt.

Par charité, elle m'accompagne à la porte de sortie.

— Prenez soin de vous, Augustin.

Je souhaite la retenir, lui crier mon indigence, avouer l'aspect sordide de mon existence, mais je me contente d'un « Merci, Myriam ».

— À bientôt ?

— À bientôt.

Suis-je fier ou suis-je bête ? Pourquoi ne pas avouer que je ne sais où aller, que je ne possède pas de logement, que personne ne m'attend nulle part ?

Le dire reviendrait à le reconnaître. Pire, à me coller une étiquette, SDF, sans domicile fixe, autrement dit clochard, raté, exclu, solitaire, vagabond, épave. Or je ne suis pas une loque définitive, je m'entête à penser ma misère provisoire. J'ai manqué de chance. La roue de la Fortune tournera.

Hélas, sitôt que je me rassure, une part de moi ricane, peu dupe : « De la chance ? Tu entretiens des rapports remarquablement constants avec la chance : tu n'en as jamais eu ! On ne t'a pas désiré, on n'a pas célébré ta venue, tes parents ont disparu, tu ne les as pas connus, tu as été trimballé d'orphelinat en famille d'accueil, tu as survolé des études chaotiques, tu n'as ni amis ni fiancée, et tu t'entêtes aujourd'hui à te définir stagiaire dans un quotidien tocard, qui ne te paie pas, qui t'exploite, qui ne t'engagera jamais. » Je proteste. Si la poisse me suivait, j'aurais explosé lors de l'attentat, ou l'on m'aurait amputé d'un bras, d'une jambe… « Tu verras, continue la voix sceptique, tu regretteras de ne pas avoir été amoché. Tu peux déjà t'en mordre les doigts car, si l'on te considérait comme une vraie victime, tu toucherais une indemnisation, voire une pension. »

Dehors, j'avance le long du boulevard encombré. Autour de moi, les voies vibrent. Après avoir observé pendant deux jours cette jungle urbaine derrière les doubles vitrages, je suis époustouflé par son volume sonore ; entre les lianes de l'échangeur routier, les vélos chuintent, les mobylettes aboient, les motos brament, les voitures rugissent et les camions barrissent. Plusieurs fois, je me rabats contre les façades quand un bruit s'enflant en crescendo menace de m'écraser.

Je déambule plus d'une heure.

Je quitte la ville, son centre puis ses faubourgs ; à mesure que s'atténue le vacarme humain, le vent souffle davantage. Je descends vers la Sambre, paisible, quasi immobile, indifférente. Par contamination, le ciel semble lui aussi liquide, composé de nappes blanches ou grises qui se boivent les unes les autres. Une route borde la rivière, une chaussée défoncée qui autrefois donnait accès aux usines. Les ouvrages de briques, aujourd'hui verdis par la mousse ou boucanés par la pollution, ont la fixité fragile des édifices qui ne servent plus : les toits se dépouillent de leurs tuiles au-dessus des vitres cassées, des poutres cèdent, les gouttières pendent le long de maçonneries qui s'effritent. Des planches ont été clouées sur les issues pour en interdire l'accès, ce qui n'a découragé ni les rats qui s'y sont multipliés, ni les oiseaux qui ont installé leurs nids dans les charpentes, ni moi qui m'y suis aménagé un squat.

Je contourne le bâtiment principal, dépasse deux anciens entrepôts et parviens à l'ancienne maison du gardien. Des corbeaux croassent, horrifiés par mon intrusion. J'escalade un parapet, monte sur le balcon du premier et incline un panneau de bois qui occulte la fenêtre.

D'un saut, je débarque dans l'ancien salon.

Une famille assise sur le sol me regarde avec ahurissement. Le père, la mère et leurs quatre enfants ne m'ont pas entendu arriver. La mère s'époumone.

Je suis outré. Des squatteurs ont squatté mon squat !
Deux jours d'absence ont suffi.

Aussitôt, le père se redresse et affiche une posture
menaçante.

— Qui toi ?

Je repère un accent roumain dans sa question. Je
réponds avec force :

— C'est moi qui habite ici.

Sur ces mots, je me rends compte que ses fils aînés
portent mes pulls, mes deux pulls, mes uniques pulls.

La colère m'envahit.

— C'est chez moi. Et vous n'avez pas le droit de
vous approprier mes affaires.

Pour qu'il me comprenne, je m'approche des
enfants afin de récupérer mes vêtements. Les gamins
se figurent que je vais les battre, ils bondissent sur
leurs pieds, rapides, l'un hurle, l'autre mord ma main.
Je me débats. Le père se précipite sur moi et m'assène
un coup de poing qui m'envoie rouler au sol entre les
cartons et les gravats.

— Ici moi ! Ici moi !

Il me répète cette phrase dix fois en avançant :
il déploie ses épaules en frappant son thorax, tel un
orang-outan.

Inutile de me battre. Je ne pèse pas lourd contre un
mâle dominant apeuré qui défend sa famille.

— OK !

Je lui signale que je capitule.

Bien qu'il ait compris, il insiste, histoire de montrer
aux siens combien il s'avère redoutable :

— Ici moi !

— OK ! Je pars.

Doucement, à quatre pattes, presque en rampant, je rejoins la fenêtre. Il me suit d'un œil torve, prêt à cogner.

J'enjambe le parapet et disparais.

Une fois retombé à terre, je me masse l'épaule qu'il a atteinte. Voilà, j'ai perdu mon toit et mes vêtements. La famille des prédateurs en est persuadée. Pas moi. Je me suis préparé à ce genre d'incident. L'habitude… Quand on ne brille pas par la force, il faut user d'astuce.

En silence, prenant garde à ne pas faire crisser les graviers, je marche dix mètres. Là, je me dissimule dans les buissons et cherche discrètement ce que j'y ai enfoui. Derrière un chiffon maculé de boue, je déterre une sirène de police, un jouet d'enfant ramassé dans un squat antérieur. Pourvu que la pile ne soit pas épuisée…

J'attends vingt minutes. Les Roumains ne doivent pas établir de lien entre moi et ce qui va se passer.

J'appuie sur le bouton. L'alarme lance son cri déchirant. À l'intérieur de la maison, des bruits, des mouvements, des chuchotis. La planche occultant la fenêtre pivote et voici la famille roumaine qui vide les lieux. Inquiets, ils ne cessent de surveiller les alentours, redoutant à chaque instant de voir débouler les forces de l'ordre. Heureusement, les arbustes qui me protègent atténuent le signal sonore, le rendant difficile à localiser.

Ils ont filé.

Je laisse mon jouet fonctionner, gravis la façade, pénètre dans le squat. J'agis vite, ils peuvent revenir. Je ramasse mes affaires qu'ils ont éparpillées sans avoir eu le temps de les fourrer dans leurs besaces. J'en serai quitte pour deux pulls.

Mon sac à dos sanglé, je ressors, j'arrête la sirène, l'enfouis dans ma poche, puis décampe dans le sens inverse des Roumains.

Où aller ?

J'éviterai de réintégrer ce pavillon. La famille roumaine y retournera dès qu'elle sera assurée qu'aucune voiture de police n'occupe le site.

Combien de semaines cette bâtisse m'aura-t-elle accueilli ? Quatre… La durée moyenne d'un squat pour moi. Un solitaire ne résiste jamais aux familles qui s'imposent et s'incrustent.

Où aller ?

Je m'éloigne de la Meuse et remonte les faubourgs de Charleroi. Rue des Regrets. Rue des Tanneurs. Rue de l'Odeur. Entre les frontispices défraîchis, je cherche une bicoque abandonnée en me fiant aux rideaux : en ces rues étriquées et basses, les habitants préservent leur foyer par des voiles, sinon le passant plonge dans leur intimité. Une maison sans cotonnades est forcément désaffectée. Ainsi que celle qui dissimule sa désertion par des volets fermés.

À un angle venté, je détecte un pavillon dont le crépi couvert de suie a été léché par les flammes. Je m'arrête. En face, un voisin sort aussitôt sur le pas de sa porte, hostile.

Par la fenêtre du bas, à travers des planches grossièrement clouées, j'entrevois l'intérieur carbonisé. Les cendres restent bien noires, pas encore ternies par la poussière. L'incendie a donc eu lieu récemment. Le regard hargneux du voisin pèse sur ma nuque et me renseigne sur ce qui a dû se passer : des familles avaient squatté ce logement jusqu'à ce que les riverains y mettent le feu pour se débarrasser des importuns. Un cas classique.

Je continue mon errance. Les squats de rues habitées se révèlent dangereux. Mieux vaut se retirer dans des zones excentrées. Une image me revient : celle d'une ancienne usine de boulons, le long d'une voie ferrée condamnée, non loin d'une branche d'autoroute.

Je randonne une nouvelle heure. Mon estomac geint, se tord, gargouille. Je fouille toutes les poubelles le long de mon chemin. Un croûton de pain aussi dur que du bois me permet de tenir.

L'usine apparaît enfin, en contrebas de la route. Si aucune fumée n'émerge de la longue et large cheminée, le ciel s'assombrit à sa crête, charbonneux, bouillonnant, furieux. Des corbeaux volettent çà et là, passant d'une poutre à un treuil rouillé. Comment m'y introduire ? L'enceinte, quoique mutilée par les saisons, demeure haute et solide ; le portail mesure trois mètres ; non seulement ses grilles doivent grouiller de bactéries prêtes à me refiler le tétanos, mais je ne pourrai l'escalader sans que les automobilistes me surprennent.

Une seule solution : partir du talus sur la gauche où la chaussée vire, me faufiler jusqu'à la benne à ordures, y pénétrer pour m'en servir comme d'un espalier afin d'arriver en haut de la muraille ; là, je n'aurai plus qu'à me suspendre pour descendre dans le domaine.

J'entreprends la manœuvre. Sauf s'ils se retournent, les conducteurs ne me voient pas déraper le long de la pente. Une fois en bas, je grimpe dans la benne. Lorsque j'aperçois son contenu, sacs, planches, cartons, papiers sales, je renonce à progresser sur un terrain si périlleux et décide d'avancer en équilibre sur le rebord en fer. C'est étroit. Je tangue. Le vent me secoue. Je tiens. Encore un effort… Une rafale me pousse, je me rétablis trop vivement, mon sac rue sur le côté et m'emporte dans la benne.

J'échoue au milieu des déchets. Le choc me coupe la respiration.

Quelques rats dérangés par ma chute jaillissent, telles des étincelles.

Le vacarme de l'autoroute persiste, insensible.

Quand je reprends mon souffle, je vérifie que je n'ai rien de cassé et constate que je m'en tire avec une seule éraflure au bras.

Sur ma gauche, je discerne un ordinateur portable. Il resplendit, propre, net, ni tavelé, ni oxydé. Intact. Je l'allume. Une sublime nuit étoilée au-dessus des dunes constitue la page d'accueil. Je la juge d'un luxe inouï. J'appuie sur des touches et l'appareil ne me demande aucun code.

Je crie de joie ! Le hasard vient de m'offrir ce que je ne pouvais m'acheter. À la hâte, je me relève et fourre le portable dans mon sac.

Maintenant, tout devient une pure formalité. J'arrive à m'extraire de la benne, à rejoindre le sommet du mur, et je me laisse tomber de l'autre côté.

Je m'engage prudemment dans le site abandonné aux animaux et aux plantes. Aucune trace d'humains, pas de canettes, de bouteilles, d'emballages ou de mégots qui signaleraient des squatteurs. J'avance dans une forêt vierge.

Où m'installer ? Pas trop loin du mur contre lequel s'appuie la benne. Ainsi je me déplacerai moins et je guetterai d'éventuels gêneurs.

La porte gangrénée se rompt sous ma poussée. Je me hisse au second étage des ateliers, me sers d'un carton comme balayette et m'aménage quelques mètres carrés. Voici ma chambre.

J'étale mon duvet et m'allonge, impatient d'utiliser le cadeau du ciel.

L'ordinateur fait réapparaître la nuit orientale qui m'éblouit davantage que la première fois. Par réflexe, je tente de me brancher sur internet. Bien sûr, l'écran m'indique que je n'y suis pas connecté, faute de réseau. J'active le traitement de texte – qui fonctionne – et enclenche divers gadgets, horloge, calculatrice, boussole.

Curieux de savoir à qui je dois ce présent, je me rends dans les documents du propriétaire. Plusieurs dossiers émergent. Au hasard, j'ouvre celui annoncé sobrement par la lettre « D » :

DJIHAD

Si tu ressens un malaise avec les autres, tes amis, tes parents, tes professeurs, c'est parce que Dieu t'a élu comme un être supérieur qui détient la Vérité. Ton décalage avec la société est normal : tu es différent, tu as plus de discernement, plus d'exigence et de pureté intérieures, tu n'acceptes pas ce monde corrompu, tu veux le régénérer. Relis ton Coran, mon frère. Dieu l'a dit à l'oreille du Prophète : le vrai croyant ne craint pas de combattre les infidèles. Au contraire, il t'engage à les anéantir jusqu'au dernier. La foi authentique répand le sang. *Sr4. 56. Certes, ceux qui ne croient pas à nos Versets, nous les brûlerons bientôt dans le Feu. Chaque fois que leurs peaux auront été consumées, nous leur donnerons d'autres peaux en échange afin qu'ils goûtent au châtiment. Allah est certes Puissant et Sage ! Sr4. 89. Ils aimeraient vous voir mécréants, comme ils ont mécru : alors vous seriez tous égaux ! Ne prenez pas d'alliés parmi eux, jusqu'à ce qu'ils émigrent dans le sentier d'Allah. Mais s'ils tournent le dos, saisissez-les alors, et tuez-les où que vous les trouviez ; et ne prenez parmi eux ni allié ni secoureur. Sr2. 193. Et combattez-les jusqu'à ce qu'il n'y ait plus d'association et que la religion soit entièrement à Allah seul. Sr3. 141. Allah purifie ceux qui ont cru, et anéantit les mécréants. Sr8. 17. Ce n'est pas vous qui les avez tués : mais c'est Allah qui les a tués. Sr4. 74. Qu'ils combattent donc dans le sentier d'Allah, ceux qui troquent la vie présente contre la vie future. Et quiconque combat dans le sentier d'Allah, tué ou vainqueur, nous lui donnerons bientôt une énorme récompense. Sr4. 95. Ne sont pas égaux ceux des croyants qui restent chez eux – sauf ceux qui ont quelque infirmité – et ceux qui luttent corps et biens dans le sentier d'Allah. Allah donne à ceux qui luttent corps et biens un grade d'excellence sur ceux qui restent chez eux. Et à chacun Allah a promis la meilleure récompense ; et Allah a mis les combattants au-dessus des non-combattants en leur accordant une rétribution immense. Sr4. 57. Et quant à ceux qui ont cru et fait de bonnes œuvres, bientôt nous les ferons entrer aux Jardins sous lesquels coulent des ruisseaux. Ils y demeureront éternellement. Il y aura là pour eux des épouses purifiées.*

J'interromps ma lecture. Le texte se poursuit ainsi sur des pages, incantatoire, répétitif, étouffant, suintant la haine et la violence. Un dossier annonce les documents D1, D2, D3… jusqu'à D11. En l'ouvrant, je parcours des exemplaires numériques de *Dabiq*, journal de Daech, qui, sous une présentation luxueuse, étale sa propagande. Dans le numéro 9, une page propose des otages européens à vendre. Au 11, la rédaction annonce qu'ils ont été exécutés puisque « personne n'en a voulu ».

Je repousse l'ordinateur. Je me brûle rien qu'à lire ces délires. Puis je reprends le clavier, mû par la nécessité de vérifier une idée qui m'a traversé l'esprit. Voici… dossier « Photos ».

Un carrousel de clichés défile. Il me semble que j'en ai déjà vu certains. Ils me rappellent… Mon cœur tressaille. C'est ça, je reconnais les images, les vieux en retrait, dérangés par la caméra, les jeunes en avant, tout sourire et séduction : l'album de la famille Badawi !

J'ai dans les mains l'ordinateur qui appartenait à Hocine Badawi.

Quelques portraits de lui portent la légende « Moi », d'autres, aussi nombreuses, « Momo et moi », le représentent avec son jeune frère.

Je détiens un élément capital. La police a déjà dû effectuer dix perquisitions pour l'obtenir. Quant à Pégard, j'imagine à quelles bassesses il se livrerait… Payer, peut-être.

Soudain, les images disparaissent, l'écran s'éteint. La batterie est vide. Je ne peux y remédier, car l'électricité n'alimente plus l'entreprise. Je la rechargerai demain au journal.

La nuit est tombée. La pénombre agrandit la fabrique dans laquelle je me suis réfugié et rend mes déplacements hasardeux puisque clous, débris de verre, cornières métalliques sont fondus dans la glue ténébreuse.

Je me sens important, regonflé par l'ampleur de ma découverte, mais je n'ai toujours pas mangé. Je dois partir à l'assaut des poubelles voisines.

Avec précaution, je redescends dans le parc industriel et stationne au pied de l'enceinte. Comment en faire l'ascension ? Si glisser depuis le sommet était aisé, je ne peux l'atteindre en bondissant. Je m'installe donc un système de tréteaux trouvés çà et là dans le domaine, traînés à la force de mes bras, qui me permettra de grimper.

L'opération m'épuise. La faim, la fatigue, le ramollissement dû à ma vie douillette à l'hôpital m'obligent à m'asseoir, à récupérer longuement mon souffle.

Je contemple la lueur de la ville, au loin, une sorte d'obscurité sale. L'autoroute gronde.

Derrière le mur, un bris de verre retentit. Quelqu'un a sauté dans la benne. Ne vivrais-je pas seul ici ?

Je me tapis en m'attendant à ce que surgisse un visage en haut de la paroi.

L'intrus tarde. Il continue à déplacer des objets dans la benne.

— Et merde !

La voix semble jeune.

— Et merde !

Régulièrement, l'intrus jure, agacé, déçu, puis j'entends le fracas de détritus rejetés.

J'ai compris. Il ne s'agit pas d'un squatteur, mais d'un récupérateur.

Légèrement rassuré, je désire voir discrètement à quoi il ressemble.

De planche en planche, je monte sans bruit jusqu'à la crête. En dessous, j'aperçois un garçon qui soulève les immondices entassées autour de lui.

— Et merde !

Les yeux rivés à sa tâche, il ne songe pas à relever la tête. Je l'observe tranquillement.

— Et merde !

Un nuage glisse et découvre la lune. J'entrevois le visage du garçon : Mohammed, le Badawi junior dont je viens de contempler la photo.

Un autre nuage libère totalement la lune qui darde ses rayons gris pendant quelques secondes.

Ma stupeur s'accroît.

Sur l'épaule du garçon volette une personne de petite taille, un mort de toute évidence.

Au risque de trahir ma présence, je me penche pour mieux distinguer ses traits.

Le défunt qui s'agite au-dessus de l'adolescent est son grand frère, Hocine Badawi, le terroriste.

7

— Ce que tu cherches n'est pas là.

La phrase est partie toute seule de mes lèvres. Elle me surprend autant que le garçon accroupi au fond de la benne, qui se redresse et se fige.

— Quoi ?

Son visage hostile tente de discerner qui l'a interpellé.

Dans la nuit qui rend la scène mystérieuse, je me tiens à contre-lune. À l'adolescent, je propose une énigme, une apparition aussi bien qu'une disparition, et j'en éprouve de la volupté car je domine rarement une situation.

— Quoi ? Qui tu es ? Qu'est-ce que tu racontes ?

Alignant les mots à la vitesse d'une mitraillette, il avale les voyelles et accentue si fort les consonnes que je me force à décomposer sa rafale pour la saisir.

— Les affaires de ton frère ne sont pas là.

— Quoi ! Tu connais mon frère ?

Sa voix caracole du grave à l'aigu d'une façon stridente. Est-ce la mue ? L'effet de l'émotion ? Je m'applique à rester posé :

— Évidemment, puisque je sais ce que tu cherches. Je sais aussi qui tu es.

— Quoi ! Quoi ? C'est quoi, ce délire ?

Il bondit sur le bord de la benne, prêt à décamper.

— Mohammed Badawi ! articulé-je d'une voix paisible.

Le gamin se retourne, bouleversé, et sa face ronde s'éclaire.

— Mon frère t'a parlé de moi ?

— Il m'a parlé de Momo. Il m'a montré vos photos.

Un sourire se dessine sur les lèvres de l'enfant puis, comme si ses ressorts intérieurs cédaient, il s'effondre et se met à gémir, secoué de sanglots.

Sa détresse me désarçonne.

Alors que j'ai fabulé à l'esbroufe, mes mensonges dévastent le gamin. Ses larmes le ravagent. Il respire avec peine. Subitement, je ne perçois plus un dangereux Badawi, proche de l'immonde terroriste, plutôt un petit garçon qui pleure son grand frère.

Je le rejoins. En m'entendant descendre, il s'ingénie à maîtriser sa souffrance mais son corps geint et tremble doucement.

Je m'assois à un mètre de lui sans me soustraire aux rayons lunaires. Quand il parvient à respirer normalement, je lui demande avec bienveillance :

— Tu ignorais ce qu'il allait faire ?

— Oui.

Avec la manche de son anorak, il tamponne la morve qui lui coule du nez puis murmure, épuisé :

— Je viens de passer deux jours avec la police. Ils m'ont interrogé, interrogé, interrogé.

— Ah oui… Qui ça ? Terletti ?

Il s'étonne :

— Tu sais… ?

— Je connais Terletti.

— T'es de la police ?

Je hausse les épaules.

— Est-ce que j'habiterais ici si j'étais de la police ?

Il secoue la tête, convaincu tant par mon flegme que par ma réponse.

— Je n'ai rien cafté à la police, reprend-il.

— C'est bien.

Il se lève et peste :

— Non, c'est pas bien. J'ai rien lâché parce que je sais rien ! Moi, j'aurais aimé dissimuler la vérité, j'aurais aimé garder les secrets de mon frère, j'aurais aimé me battre, le défendre, fermer ma gueule jusqu'au bout. Seulement Hocine, il...

Sa voix s'étrangle. Il n'arrive pas à mettre des mots sur ce qui le tourmente. Je finis la phrase à sa place :

— Hocine ne t'avait pas livré ses intentions.

— Oui...

— Comment aurais-tu réagi s'il t'avait annoncé qu'il se tuerait ?

— Je l'aurais empêché.

— Voilà pourquoi il ne t'a rien confié.

Le gamin redresse le front, surpris, perplexe. En le forçant à réfléchir, mon intervention l'apaise.

J'en profite pour regarder son défunt. Derrière l'épaule, se tient un Hocine Badawi réduit, muet, éberlué, insensible à notre conversation, quasi absent. Au fond de moi, je trouve légitime qu'il ait l'air comateux après avoir éclaté en mille morceaux sur le macadam.

Momo perçoit-il le mort qui l'accompagne ?

Le gamin me scrute, fouille mes traits, essaie d'imaginer ma couleur de peau que plombe le filtre argenté de la lune.

— Qui es-tu ?

— Augustin.

— Augustin ? Tu plaisantes !

— Je m'appelle Augustin.

Il recule en grimaçant.

— T'es pas du Rif ?

— Je ne suis pas du Rif.

Il aboie :

— T'es pas de chez nous ?

— Je suis de Charleroi.

— C'est ça, t'es pas de chez nous, serine-t-il, gagné par la méfiance.

Son animosité n'entame pas mon bluff et je le brave :

— Toi, Momo, t'es pas né à Charleroi, peut-être ?

— Si, mais non.

— « Si, mais non » ?

— OK, je suis né à l'hôpital Notre-Dame, mais ça veut rien dire. Je viens du Rif. Ma famille vient du Rif. Tout le monde chez nous vient du Rif. On est du Rif.

Je mesure, à la sincérité qui accélère son débit, qu'il cultive une conception fantasmatique de sa naissance, plongeant ses racines dans un territoire que ses ancêtres ont quitté. Lorsqu'il soupçonne mon scepticisme, il surenchérit :

— Faut vraiment crécher en Belgique pour naître à l'hôpital. Au Rif, je serais né à la maison !

— T'as déjà été au Maroc ?

— Fais chier !

Il se ramasse sur lui-même comme un poing. Fin de notre échange. J'attends.

122

Les nućcs estompent la lune, le ciel s'éteint et je frissonne. Le froid m'assaille. Enhardi par les ténèbres, l'adolescent m'apostrophe :

— Comment tu connais mon frère ?

Flairant un terrain de plus en plus périlleux, je me rappelle un détail livré par Terletti :

— La Garenne. On était inscrits au même centre éducatif, Hocine et moi.

— OK.

— On a été un peu copains.

— Il m'a jamais parlé de toi.

— Ah oui ? Quel âge avais-tu il y a dix ans ?

— Quatre ans.

— Alors…

Momo admet sa défaite en baissant la tête. Je poursuis :

— Ensuite, on s'est perdus de vue. On s'est retrouvés récemment pour… enfin, je ne peux pas… stop !

Il me dévisage avec passion. Je décide de jouer mes cartes.

— Momo, je suis au courant de beaucoup de choses. Je me doute de ce que tu cherchais.

— Moi ? Je ne cherchais rien.

— Ah bon, tu es venu dans la benne pour piquer un roupillon ? Je croyais que tu courais après son ordi.

Il demeure bouche bée pendant trente secondes, privé d'expression. Puis l'énergie lui revient :

— C'est toi qui l'as ?

Je ne réponds pas. Mon silence l'éblouit.

— Comment tu sais qu'il peut être là ?

— Et toi ? répliqué-je du tac au tac.

Je m'installe dans le silence. Ce que je tais le frappe davantage que ce que je dis.

Momo se gratte la nuque, s'essuie les joues avec ses poings.

Mes intestins se contractent tellement que je crains que Momo n'entende leur grondement. L'adolescent me jette un œil interrogateur, l'air de demander : « Que fait-on maintenant ? »

— J'ai faim, m'exclamé-je. Pas toi ?

— Si.

— On va manger quelque chose ?

— OK.

— Je te préviens : je suis raide. Pas un rond.

Heureux de posséder une supériorité sur moi, il sort des billets de sa poche.

— Pas de problème. J'ai perdu deux jours chez les flics, alors je me suis refait en vendant cet après-midi.

Il rit orgueilleusement. Je ne lui demande pas ce qu'il a négocié, certain qu'il ne s'agit pas de brins de muguet.

Nous nous extrayons prudemment de la benne et rejoignons le bord de la route en escaladant le talus. Une mobylette nous attend, couchée au milieu des herbes.

— Monte.

Je m'assois. Sous mon poids, le pneu de la roue arrière s'aplatit et Momo démarre. Nous zigzaguons un peu, puis notre attelage s'équilibre. La tôle du porte-bagages rentre dans mes fesses insuffisamment charnues. Je serre les dents.

Nous filons à Charleroi. Des lumières dorées s'échappent des maisons cossues tandis que les néons verdâtres lèchent les plafonds des pavillons plus pauvres. Les rues s'enchaînent.

Momo conduit vite avec un objectif unique, produire le maximum de décibels ; chaque fois que le moteur mugit ou que les pneus crissent, il ronronne.

Nous freinons devant une échoppe illuminée, *La Folie Kebab, fast-food*, un local étroit, telle une lame enfoncée dans la façade, où, le long d'un comptoir vitré qui délimite l'espace cuisine, de minuscules tables s'accrochent au mur. Deux tabourets sous chaque plateau nous persuadent qu'on y dîne à deux. Collées aux cloisons vertes, des affiches présentent des photographies délavées où figurent les spécialités avec leur prix en chiffres énormes et soulignés. Un géant gros, rose, mou, sanglé dans un tablier aussi large que haut, dont la figure boursouflée finit par une houppe noire luisante, s'appuie sur l'étal, essoufflé rien qu'à se maintenir immobile. De curieuses petites lèvres ourlées – une jolie bouche de femme – terminent ce mastard à la laideur toute masculine.

Momo le dépasse comme s'il n'existait pas et examine les plats.

— Qu'est-ce que tu veux ? me demande-t-il.

— Comme toi !

L'odeur de ces graisses cuites – viande grillée et huile de friture – me monte à la tête, torture mon estomac, surexcite mes papilles gustatives. Les fumets m'enivrent. J'ai faim à m'en évanouir. Par anticipation, je suis saoul de plaisir.

Sans un regard, sans jamais un mot pour l'employé, Momo pointe du doigt ce qu'il souhaite manger. Donnant l'impression qu'il se salirait s'il s'adressait à lui, il ignore l'homme qui le sert, probablement parce qu'il le sert. Le colosse lipidique ne se vexe pas et, placide, docile, pose les questions qui lui permettent d'accomplir son travail :

— Avec les frites, moutarde ? Ketchup ?

Momo réagit avec agacement, comme si l'obèse devait deviner les réponses. Par quelle aberration un gamin de quatorze ans peut-il maltraiter ainsi un costaud de trente ans ?

Au-dessus de son épaule, Hocine Badawi somnole. À l'évidence, il ne nous suit pas de son plein gré. Pour avoir surveillé Momo durant le voyage, j'ai la conviction qu'il n'a pas encore décelé que son frère mort l'accompagne.

Lorsque nous nous installons et calons nos assiettes sur le formica, je demande à Momo :

— Tu connais le serveur ?

— Qui ?

Je lui désigne le gaillard qui s'éponge le front avec un chiffon blanc.

— Lui ? Non.

Momo regrette même de l'avoir regardé.

— C'est un Turc, ajoute-t-il avec mépris. Tous les restos sont tenus par des Turcs. C'est toi qui as l'ordinateur d'Hocine ?

J'attaque mon sandwich à pleines dents. Momo prend mon silence pour une validation.

— Il te l'a confié ?

Je me tais de nouveau, ce qui passe pour un deuxième « oui ».

Momo entame son kebab. Contre son épaule, Hocine s'est endormi. Je les observe.

— Et toi, Momo, comment es-tu arrivé à la benne ?

— Depuis toujours, quand on voulait cacher un truc à ma mère, Hocine et moi, on venait le poser là. On y a camouflé des jouets qu'on avait chipés, des revues de cul, du shit, des cigarettes, les cadeaux pour son anniversaire. Personne n'utilise cette benne. On la vide jamais.

Il attrape des frites entre ses doigts.

— Si mon frère me laisse un message, c'est là.

Son visage s'assombrit. Des larmes lui chatouillent les yeux, larmes auxquelles il résiste.

Je suis tellement euphorique de me nourrir que je me sens débordant de compassion.

— Tu lui en veux ?

— Quoi ?

— Tu lui en veux d'être parti ou de ne t'avoir rien dit ?

Momo a un geste d'impuissance qui signifie « ça et plein d'autres choses ». Il cherche quelques instants les termes justes puis, renonçant, grignote les bouts de mouton par dépit.

— Tu as du chagrin ?

Il darde un œil mauvais.

— J'ai du chagrin pour ma mère ! Ma mère, elle fait que pleurer depuis des jours. Les gens, ils comprennent pas ! Ils n'avaient jamais entendu parler d'Hocine Badawi et – patatras ! – tous les médias le montrent à cause de la bombe. Pour eux, Hocine Badawi, c'est Adolf Hitler. Vlan, le diable ! Ma mère, elle l'a jamais connu, cet Hocine Badawi-là. Pour elle, quand on prononce Hocine Badawi, elle voit son fils qu'elle adore, pas le meurtrier. Elle devient folle. On lui a inventé un fils dans les journaux et à la télé, un qui lui aurait volé sa tête et son nom, mais qu'est pas le sien. À l'appartement, si la clé tourne dans la porte, elle crie : « Hocine ? » Pas un réflexe, non, elle s'imagine que le vrai Hocine va revenir, que le vrai Hocine va expliquer à la foule que c'est pas lui le terroriste, qu'il a pas provoqué huit morts en se découpant en morceaux. Parce que, selon ma mère, le vrai Hocine, il pouvait pas quitter la maison comme ça, sans dire adieu à personne.

Momo s'arrête, envahi par l'émotion. Au-dessus de son épaule, l'Hocine réduit, complètement indifférent, continue sa sieste.

— Et toi ? Comment le juges-tu ?

— C'est mon frère ! Il a le droit de faire ce qu'il veut !

Momo a rugi. Derrière le comptoir, l'hercule turc a soulevé une paupière. Momo le fusille du regard, furieux d'avoir manifesté sa douleur en public.

Je suis tellement comblé par le kebab qui flotte désormais dans mon estomac que je chéris l'univers entier.

— Avais-tu noté, Momo, que ton frère avait changé ?

— Non, il n'avait pas changé. Il avait des soucis, il réfléchissait. C'est pas pareil.

Je songe aux documents découverts sur l'ordinateur.

— Il te parlait de religion ? Plus qu'avant ?

Momo me fixe, rêveur.

— Oui… Il répétait que l'imam était naze. L'imam du quartier. Il répétait qu'avec un imam pareil, on ne transformerait pas le monde. Moi, je suis d'accord avec lui. On s'en fout depuis toujours de ce que radote l'imam. Hocine, il n'a jamais été religieux, il avait presque pas étudié le Coran, il buvait de l'alcool, il faisait la fête avec ses copains, il fumait des joints, du hasch, de la beuh, il prenait de l'ecstasy, il draguait les filles en boîte, enfin bref, il était normal, quoi ! Sauf ces derniers temps… parce qu'il réfléchissait ! Oui. Beaucoup. Il passait des heures à réfléchir. Enfermé dans sa chambre. Il causait moins. Rien d'autre.

Il cogne la table, rageur.

— Terletti, il m'a cuisiné deux jours pour savoir si mon frère avait voyagé. Des voyages !… Je suis pas débile, j'ai bien compris qu'il disait « voyage » et qu'il pensait « Syrie ». Il insistait, il tournait autour du pot : Italie, Grèce, Turquie… Putain, Hocine, il est comme moi, il a pas bougé. Le plus loin où il a roulé, c'est deux fois à Bruxelles et une fois à Amsterdam, pour danser, un samedi. Rien à cirer, son compte est bon : on prétend qu'il s'est entraîné dans les camps de Syrie.

— As-tu un Coran chez toi ?

— On est du Rif !

— L'as-tu lu ?

Il semble déconcerté.

— On vit avec le Coran, on n'a pas besoin de le lire. C'est comme le dictionnaire : t'as lu le diction-naire, toi ?

Je lui concède qu'il a raison, histoire de ne pas amorcer une discussion théologique au-dessus de mon niveau. Il fronce les sourcils.

— Tu l'as lu, le Coran ?

— Bien sûr.

Je mens à peine car je le ferai demain.

Momo se recroqueville sur son tabouret et cible ses pieds.

— J'ai peur de retourner au collège.

Sur ses tempes bronzées, les veines violettes tressaillent.

— Qu'est-ce que je vais dire ? Pour qui on va me prendre ? J'ai plus envie d'y aller.

— Tu aimes l'école ?

— Je suis premier de ma classe, lance-t-il avant de se rapetisser de nouveau.

Du pouce, il broie une frite sur la table, l'action appropriée à la situation.

— On va me calculer comme un monstre. Le frère du monstre.

Il frémit de rage.

— Celui qui insulte mon frère, je lui casse la gueule !

— On te renverra du lycée.

— Et alors !

Momo écrase une deuxième frite, fermement cette fois-ci.

— J'aurais dû me faire sauter avec Hocine…

À ces mots, l'Hocine Badawi réduit se réveille sur son épaule et, soudain intéressé par ce que déclare son jeune frère, se penche attentivement pour écouter la suite.

— C'est cuit pour moi. Je suis un criminel parce que je m'appelle Badawi. Ma mère, elle est une criminelle parce qu'elle s'appelle Badawi. On est devenus des merdes en une minute. Tu crois que j'accepterai de vivre comme ça ?

Hocine, les yeux étincelants, s'approche de Momo et commence à murmurer une harangue que je n'entends pas.

Pétrifié, Momo soliloque de façon hachée, alternant discours et pause, comme s'il découvrait son laïus au fur et à mesure.

— On est humiliés. Les gens nous pardonneront jamais d'avoir vécu avec un type qui a bousillé huit personnes et en a blessé vingt-cinq autres. C'est la star de la famille, l'assassin ! Notre Hocine à nous, personne n'en veut. On passe pour des tarés quand on s'en souvient. Notre Hocine, c'était l'Hocine d'avant le terrorisme, celui que je fréquente depuis que je suis né. Le public souhaiterait quoi ? Que j'oublie tout ? Que je sois juste le frère du terroriste ? Ils préféreraient peut-être que je sois terroriste ? Oui, ça serait plus simple.

Très excité, Hocine a retrouvé sa vivacité et souffle des formules de plus en plus nombreuses à l'oreille de son petit frère. Celui-ci ânonne, hypnotisé.

— Hocine, c'est la gloire de la famille Badawi. Pour la terre entière, c'est un barbare, mais lui, il projetait de se comporter en martyr, en héros ! Je connais mon frère : je suis certain qu'il était fier de lui. S'il l'a fait, c'est qu'il était fier de le faire. Et désirait que je sois fier aussi. C'est pour ça que je cherche ses affaires. Il m'a laissé un message. Je voudrais comprendre mon frère. Tout le monde m'en empêche.

Il s'ébroue subitement, comme pour se désenvoûter, et Hocine s'immobilise.

— Un dessert ?

— Comme toi.

Momo se retourne vers le serveur et, sans condescendre à braquer les yeux sur lui, exige deux flans à la fleur d'oranger. Il parle bas, moins distinctement qu'avec moi, se contentant de marmonner ; c'est au gros de s'activer. Celui-ci, paniqué, le supplie de répéter. Momo chuchote son ordre avec lassitude en indiquant du menton les parts.

Je ne peux me retenir de grommeler :

— Fais un effort...

— Je paie ! Le client est roi, non ?

Le malabar dépose nos pâtisseries devant nous. Impressionné par le mutisme de Momo, je m'abstiens lâchement de remercier.

Dans la rue, une voiture ralentit, dont la lumière des phares clignote.

— Putain, les keufs ! glapit Momo.

Il descend de sa chaise et glisse en trois secondes au fond de l'échoppe où il s'enferme aux toilettes.

Au-dehors, les portes claquent et deux inspecteurs d'origine maghrébine entrent en se frottant les cuisses.

— Il fait faim ! dit le premier.

— Deux kebabs ! ordonne le second.

— Agneau, poulet, bœuf ? s'enquiert le Turc.

— Bœuf. Et deux Coca. Une bière, patron ?

Un homme marche sur le trottoir, une cigarette à la main.

— Une Jubilaire, confirme le patron en pénétrant la boutique.

C'est le commissaire Terletti. Nous nous apercevons en même temps, restant interloqués. Puis il grimace, et me considère sans sympathie.

— Tu bouffes halal, toi ?

Je regarde alentour, constate qu'il est précisé partout que les viandes consommées ont été abattues rituellement.

— Ah oui… Je… je n'avais pas remarqué.

Il hausse les yeux au plafond.

— Quand je pense qu'aux élections ton vote compte autant que le mien, je ne blaire plus la démocratie.

Il ressort pour cracher au fil du caniveau.

Les deux flics me détaillent comme une tourte en attendant leurs sandwichs. Je feins de ne pas m'en rendre compte.

Ils paient, rejoignent Terletti qui aplatit son mégot d'un geste viril, et les trois remontent dans le véhicule.

Quelques secondes après le démarrage, Momo sort des toilettes.

Je l'accueille avec un soupir :

— Tu as eu raison de te planquer : il y avait Terletti.

— Qu'est-ce qu'il t'a dit ? De quoi vous avez parlé ?

— De rien. Il me prend pour une gourde. Au fond, gourde, c'est la meilleure de mes couvertures.

En proférant ces mots, je me demande si Terletti ne voit pas juste. Que fais-je ici avec le frère d'un massacreur qui a failli me tuer ? Par quelle bizarrerie je tente de le comprendre, voire de le consoler ?

8

« Pourquoi ? »

La question hante mon esprit depuis le début de la matinée.

Joues dans les mains, coudes sur mon bureau, paupières fermées, je tente de m'isoler de la rédaction. Ce lundi, les journalistes ressentent plus que jamais le besoin d'échanger leur perception des événements ; notre étage s'est transformé en ruche vrombissante, essaimée d'informations, où trépigne le bourdon Pégard, bruyant, fonceur, fébrile, exigeant le pollen de « nouvelles nouvelles » auprès des abeilles ouvrières. Notre directeur, qui n'a jamais péché par excès de modestie, a doublé de volume : Charleroi est devenu le centre du monde – de l'univers médiatique en tout cas –, car reporters, correspondants, envoyés spéciaux, camions régie, caméras, magnétophones, satellites venus de cinquante pays quadrillent nos rues. Notre ville échappe à la disgrâce où elle sommeillait pour être sondée par la curiosité internationale. Face à cette réhabilitation, Pégard, gonflé d'importance, s'estime plus légitime qu'un prince de sang : lui, en tant que patron de presse, s'est toujours intéressé à Charleroi, avant les autres, au temps même de sa prétendue obscurité ! Il triomphe. Il se pavane. Il pérore.

Je comprime mes tempes et mes oreilles pour éloigner ce brouhaha.

« Pourquoi ? »

Des images nourrissent ma rumination. Hocine qui me bouscule, qui rejoint la foule massée au pied de l'église et hurle *Allahou Akbar* avant d'exploser… Momo qui refuse de pleurer mais souffre, tel un orphelin, de la trahison de son frère aîné… Les victimes qui se tordent de douleur dans le couloir des urgences… La plainte de la femme qui a perdu son enfant…

« Pourquoi ? »

Pourquoi mourir ? Pourquoi tuer des inconnus ? Quelle cause mérite cela ?

Juste au-dessus de mes cuisses, l'ordinateur d'Hocine Badawi que j'alimente secrètement en électricité se réhydrate dans le tiroir. Dès que les locaux se videront, je pourrai l'interroger et peut-être répondre à la question qui m'obnubile :

« Pourquoi ? »

On a fêté mon retour, ce matin. On m'a accueilli avec ferveur, comme si l'on m'aimait. Soudain fraternels, des collègues qui m'avaient continuellement snobé se souciaient de ma santé, de mon moral, de mes états d'âme. Je me suis comporté à l'avenant, chaleureux et naturel, en résonance avec cette harmonie. Devant ces assauts d'affabilité, Pégard, qui aspire systématiquement à l'emporter, a débouché trois bouteilles d'un vin gazeux qu'il nomme champagne, l'a versé dans des gobelets en plastique et nous a contraints à boire le liquide tiède en portant un toast à ma convalescence.

Depuis mon arrivée, je crois que j'ai répété à mes confrères vingt fois mon témoignage car chacun d'eux a voulu le recevoir en tête à tête de façon privilégiée. Au fil des demandes, mon récit s'enrichissait de tel ou tel détail, de sorte que j'en produisis, à la fin, une version correcte.

Seule Oum Kalsoum ne m'a pas interrogé. D'abord indifférente, elle a surgi au moment du mousseux, attirée par l'alcool comme une guêpe par la confiture ; là, elle a perçu que l'équipe se réjouissait, a souri, levé son verre et crié à l'unisson. Elle me considère avec bienveillance maintenant qu'on m'a honoré. Je monte en grade. Elle m'a désormais identifié – celui grâce auquel on biberonne du crémant – alors qu'avant, elle cherchait furtivement qui j'étais quand je la croisais.

« Pourquoi ? »

Midi trente. Le personnel prend sa pause.

À la façon belge, chacun a apporté ses « tartines », un déjeuner frugal préparé par l'épouse. Mon estomac se noue. À mon habitude, je n'ai rien à croquer. Je décide de sortir et d'avaler de l'air, histoire de tromper ma faim.

Sous le porche du bâtiment, les intoxiqués grillent une cigarette.

— T'en veux une, Augustin ?

Pourquoi pas ? Je me rappelle que le goût du tabac apaise la faim. Du coup, je reste parmi eux tandis qu'ils commentent l'actualité. Quoique l'attentat n'ait été revendiqué par aucun clan, ils parient tous sur un communiqué prochain de Daech ou d'al-Nosra.

— Hocine Badawi s'est forcément radicalisé par internet. D'autant qu'on doute qu'il ait séjourné en Syrie.

— Ah bon ?

— La famille nie. Les voisins aussi. Et l'on ne repère effectivement aucune trace de déplacement.

— Il faut retrouver son ordinateur.

— La police se démène, elle fouille les poubelles.

— Dès qu'on le retrouvera, on en saura plus sur ses contacts.

En crapotant, je songe avec volupté que le renseignement réside dans l'objet que je détiens.

— Et s'il s'agissait d'un solitaire ? d'un type qui s'est radicalisé tout seul ? Sans mentor ? Sans appartenance à une cellule ?

— Rare ! Même un terroriste autonome ne reste pas indépendant.

— Ça existe.

— Si c'est un isolé, un réseau récupérera pourtant l'attentat. Tu parles d'une aubaine : huit morts et vingt-cinq blessés. Quelle publicité ! Le premier groupe qui revendique gagne.

Ils rient.

— Y compris lorsqu'ils opèrent à part, un cerveau, de l'étranger, leur indique les cibles.

— Et là, la cible, c'est qui ?

— Les chrétiens ! Il a éliminé des chrétiens à la sortie d'une messe.

— Pas d'accord. Ils n'avaient pas assisté à une messe, mais à un enterrement. Tout le monde se rend à des funérailles, chrétiens, athées, juifs, bouddhistes, musulmans. En choisissant une place publique avec une foule bigarrée, Hocine Badawi a visé Charleroi !

— Non, pas Charleroi, nous, la Belgique entière ! La Belgique tranquille à laquelle Charleroi appartient.

— Et pourquoi pas l'Europe, plutôt ? Franchement, quand tu vises un si petit pays, tu suggères quelque chose… Réfléchis, les terroristes n'ont pas sélectionné le Portugal, Andorre ou Monaco. Nuance ! Ils ont choisi modeste et symbolique ! S'ils frappent la Belgique, c'est parce que la Belgique abrite les institutions européennes. Toute l'Europe est visée, mon gars.

— Et toi, Augustin ? Toi qui l'as vu, le Hocine, que penses-tu ?

J'écrase ma cigarette contre le crépi.

— Je n'ai pas vu ce qu'il avait dans le crâne.

Ils approuvent sans soupçonner que je les dupe. J'ai vu ce qu'il avait dans le crâne : son père. En revanche, ce que son père et lui échangeaient m'a échappé.

La conversation prospère, molle, évasive, comme les volutes de fumée. Hocine est devenu la marionnette de plusieurs ventriloques : chacun lui prête sa voix selon ses obsessions.

Enfermé dans le silence, je remonte à la rédaction. L'inspection de la kitchenette m'amène à un constat : rien à me mettre sous la dent.

La tête me tourne. Je bois au robinet pour me remplir de quelque chose.

Par dépit, je m'installe à mon bureau et ouvre le Coran que j'ai déniché parmi les dictionnaires et les encyclopédies mis à notre disposition sur une étagère.

Ma lecture commence mais les phrases dansent sous mes yeux, je vais m'évanouir.

— Tiens !

Majestueuse, maquillée en bleu ciel, vêtue d'une robe à motifs perroquets, Oum Kalsoum me tend un assortiment de gâteaux au miel.

— Pour toi, ajoute-t-elle avec un sourire que je ne lui connaissais pas.

Je saisis une pâtisserie avec les doigts.

— Non. Toute la boîte est pour toi.

Je bafouille de gratitude. Elle remarque que je ne feins pas ; elle sourit davantage.

— Je les ai préparés ce week-end.

Je me gave. Elle me regarde dévorer. Elle rayonne. Une légère surprise colore sa satisfaction, une surprise qui n'émane pas de ma joie, une surprise qui, en réalité, s'adresse à elle-même : elle s'étonne qu'une idée aussi brillante l'ait traversée. En me contemplant avec félicité, elle s'admire, telle une reine qui s'enchante de contenter ses sujets.

Je la remercie une dernière fois ; avec une mine modeste, elle pivote sur ses talons et disparaît en fredonnant.

Je m'oblige à mâcher lentement, à réserver la moitié des baklavas pour le soir. Une fois rassasié, je sens le sommeil me gagner. Non, surtout ne pas fournir à Pégard l'occasion de m'humilier. Je prends une punaise et l'accroche sur le dossier de ma chaise, pointe tournée vers mes reins : si jamais je bascule en fermant l'œil, elle me réveillera.

Les collègues reviennent et la ruche se remet à bruisser. Emporté par l'énergie de la rédaction, je parviens à travailler. On m'a confié des tâches subalternes : classer les petites annonces, composer la page de brèves. Je m'y plonge comme si la mission me passionnait.

Les bureaux sont déserts.

À dix-neuf heures, Philibert Pégard m'a autorisé à rester, me demandant simplement d'éteindre et de pousser la porte à mon départ – le système d'alarme se mettra alors automatiquement en route.

Certain de ma solitude, j'extrais enfin l'ordinateur du tiroir. Il me semble lourd maintenant qu'il est rechargé et qu'il va me livrer les secrets d'Hocine Badawi.

La nuit étoilée apparaît sur le précieux écran. J'entame une fouille dans les documents. Des fiches sur les explosifs et les détonateurs. Une étude sur le cyanure et la ricine. Des articles sur les systèmes de mise à feu. Des prospectus djihadistes. Une série de portraits appelée : « les shahids » – après consultation du dictionnaire, j'apprends que ce terme désigne les héros de l'islam et constate qu'Hocine collectionnait les stars du terrorisme comme d'autres collectionnent les stars du foot ou de la chanson.

Des billets expliquent la voie de l'islam authentique selon le salafisme, un retour aux textes fondateurs, un voyage à la source pour s'y régénérer. Loin de développer des images d'hécatombe, on y évoque l'innocence perdue et la pureté qu'il faut regagner. « Le bon musulman », « le vrai musulman », « le service de Dieu », ces expressions pullulent à chaque paragraphe.

J'essaie d'entrer dans la messagerie. Elle est bloquée. J'ouvre la poubelle : elle a été nettoyée. Quelle frustration ! Dieu est partout sur cet ordinateur mais les complices d'Hocine nulle part. Seul un technicien de haut vol forcerait ces portes.

— Ah, j'avais parié de te trouver là !

Une voix m'a fait sursauter.

Je découvre la juge Poitrenot flanquée du maladroit Méchin, en nage, qui croule sous les dossiers qu'il transporte.

— Méchin, posez tout ça, vous ressemblez à un dromadaire.

— Merci, madame la juge.

Haussant les épaules, elle glisse une chaise devant ma table.

— Ça ne te gêne pas, Augustin, que j'échange quelques mots avec toi ? Je m'arrête quelques minutes en passant. Ce sera plus agréable de bavasser ici que dans mon bureau.

— À votre guise…

— Mon bureau sent la pisse de chat. Je n'ai jamais compris pourquoi puisque aucun chat n'habite notre bâtiment – je le devine à la profusion des rats dans les caves. Au début, j'ai supposé que ce fumet suintait des délinquants – je t'assure que je reçois des allergiques à la douche –, puis, après avoir auditionné quelques escrocs en col blanc, je me suis figuré que…

Gênée, elle se penche vers moi et me glisse à l'oreille :

— … que ça venait de Méchin. OK, j'ai honte, mais pourquoi pas ? Eh non ! Il s'asperge chaque matin de vétiver – ce qui personnellement me coupe l'appétit –, il ne se parfume pas à l'urine.

Elle recule le buste et continue à voix haute pour Méchin qui cherche une place où nicher ses affaires :

— J'ai remplacé la moquette, désinfecté les meubles, lessivé les murs. En vain ! On se croirait toujours dans une litière. N'est-ce pas, Méchin ?

— Oh oui, madame la juge.

— Enfin, pas le temps d'investiguer sur ce mystère, l'État ne me paie pas pour ça ! On cause ici ou tu préfères un bistrot ?

— Ici. Je n'ai pas terminé mon travail.

Je referme l'ordinateur avec nonchalance, comme s'il m'appartenait. Or je mens mal et joue encore moins bien. En m'observant, elle perçoit mon malaise, son regard vacille, elle éprouve un doute.

— Des questions ? dis-je pour l'empêcher de s'attarder sur l'ordinateur.

— La même que toi : pourquoi ?

Je marque mon effarement. Elle brandit un paquet de bonbons à la violette.

— Tu en veux un ?

— Non.

— Tant mieux : ils donnent la chiasse. Méchin, vous en voulez un ?

— Non merci, madame la juge.

Elle suce sa pastille. Je lui livre ma perplexité :

— Pourquoi me demandez-vous « pourquoi » ? Pourquoi à moi ?

— Tu me parais sensible, intelligent. Puis tu as…

Elle se retourne, vérifie que Méchin demeure assez loin et murmure :

— … un don ! Ton don te permet-il de répondre ?

Pour me laisser méditer, elle se lève et toise Méchin qui déballe son clavier.

— Inutile de noter, Méchin. Nous aurons uniquement, Augustin et moi, une conversation informelle. Pas besoin de vous.

Méchin essuie les gouttes de sueur sur son front.

— Puis-je aller aux toilettes, madame la juge ?

— Bien sûr, Méchin, bien sûr.

— Oh merci, madame la juge.

Elle fronce les sourcils en suivant sa disparition dans le couloir.

— Quel comportement aberrant ! Il me remercie quand je lui conseille de poser ses documents ou quand je l'autorise à aller aux toilettes… Deux solutions : soit je le tyrannise, soit il crétinise. Qu'en penses-tu ? Non, pas un mot. Restons-en là.

Elle se rassoit en face de moi.

— Alors ?

— Je cherche à comprendre, je n'y parviens pas.

— Moi, je tiens une piste, m'annonce-t-elle. Une piste que la police, menée par ce magnifique chimpanzé de Terletti, n'envisage pas et que j'hésite à lui confier. Ma méthode ? Écouter le criminel.

Son regard se fige sur mon ordinateur.

— Il suffit d'écouter ce qu'il dit.

Je frissonne. M'explique-t-elle qu'elle a identifié le propriétaire du portable qui repose entre nous ?

— Pour l'instant, la police, malgré ses perquisitions, n'a pas mis la main sur les outils numériques d'Hocine Badawi. Mais ça ne tardera guère…

Elle lève les yeux sur moi.

— Peu importe ! Il nous a déjà renseignés.

— …?

— *Allahou Akbar*, voilà ce qu'il a clamé une seconde avant de se faire sauter. *Allahou Akbar*. C'est devenu un slogan tellement usuel qu'on le minore. On a tort. Il faut prêter l'oreille à ce que ces gens-là vociferent : *Allahou Akbar*.

— « Dieu est le plus grand. »

— Au seuil du trépas, les terroristes lancent le nom de Dieu. Terletti commet une erreur quand il néglige ces paroles, *Allahou Akbar*.

— Ce n'est qu'une expression.

— Ah oui ? Moi, je crois que c'est plus que ça.

— Une revendication ?

— La première idée qui vient… Celle qui bloque les journalistes…

— Un aveu ?

— Bien davantage.

— Quoi ?

— Une dénonciation !

Elle se fige et son regard m'hypnotise.

— Au moment ultime, ils trahissent le coupable. Ils balancent qui est le boucher. Eux demeurent des marionnettes ; au-dessus, tirant les fils, se tient un redoutable marionnettiste.

— Pardon ?

— Nous prenons des leurres pour des responsables. Nous accusons des victimes. L'assassin, c'est celui qui décrète, pas celui qui exécute. Le cerveau, pas la main. Qui commande en l'occurrence ? Dieu.

Elle se redresse et tourne autour des tables, les bras dans le dos.

— Les combattants le trompettent ! Depuis des siècles, ils dénoncent Dieu et, par je ne sais quelle bizarre infirmité, nous n'entendons pas leurs propos. Croisades, guerres saintes, querelles entre chrétiens et cathares, luttes des catholiques et des protestants, toutes ces batailles furent perpétrées au nom de Dieu ! Les colons américains exterminaient les Indiens en citant le Livre de Josué, les Hollandais alléguaient le Deutéronome pour justifier l'apartheid en Afrique du Sud, les Japonais envahissaient la Chine au nom du shinto, au sein de l'islam, sunnites et chiites ferraillent en obéissant à Allah, et aujourd'hui les terroristes de Daech ou d'al-Qaida s'immolent et massacrent en toni-truant *Allahou Akbar*. La surdité nous affecte. Pire : lorsque nous percevons ces assertions, nous les cri-tiquons sévèrement. Trucider au nom de Dieu ? Les croyants jugent qu'il s'agit de diffamation, les athées de délire.

— Il y a trop de religions sur terre, madame. S'il n'y en avait qu'une…

— Il resterait toujours Dieu. Et Dieu nous maltraite.

— Alors, il faudrait que les religions disparaissent.

Réfléchissant à ma phrase, elle agrippe sa montre et tourne le bracelet autour de son poignet.

Je développe mon opinion :

— Si les hommes se débarrassaient des religions, des conflits éclateraient, certes, des conflits d'intérêts, des conflits de territoires, des conflits d'orgueil, mais on ne pourrait plus les justifier par Dieu, plus s'enivrer de canonicité, plus se targuer d'être défensif quand on n'est qu'offensif.

— Tu t'égares, Augustin. Tu postules que les guerres se font au nom de Dieu parce que les hommes instru-mentalisent Dieu, usurpent sa parole et lui empruntent une légitimité. Selon toi, ils l'utilisent en écran, une nuée qui dissimule leur cruauté, une excuse à leur cynisme. Et si c'était… l'inverse ?

— Je ne saisis pas.

— Si Dieu poussait les hommes à la guerre ?

— Dieu n'est qu'un prétexte.

— Non, Dieu est un texte.

— Madame Poitrenot, les cultes ne viennent pas de Dieu. Les hommes fabriquent les doctrines, rédigent les lois, formulent les dogmes, ritualisent, hiérarchisent, institutionnalisent. Les religions restent des inventions humaines.

— Tu oublies sur quoi elles se fondent : les textes sacrés.

— Les textes sacrés, les hommes les écrivent.

— Qu'en sais-tu ?

Sa réplique me frappe. Jamais je n'ai imaginé Dieu réel, jamais je n'ai conçu Dieu autrement que comme une envie, un rêve, un fantasme, le produit de nos discours.

— Augustin, ta façon de raisonner s'appuie sur une hypothèse de départ : Dieu n'existe pas. Qu'en sais-tu ?

— J'ai ce sentiment... un sentiment de vide...

— Je répète : qu'en sais-tu ?

— Rien. Je ne sais rien à proprement parler...

— Ah !

— Et vous, madame ?

— Je ne sais pas non plus.

— Ah !

Elle moque mon air victorieux.

— Aucun de nous deux ne sait si Dieu existe, Augustin. C'est normal. Et cela prouve notre honnêteté. Dieu ne relève d'aucun savoir, ni du savoir de nos sens – on ne le voit pas, on ne l'entend pas, on ne le hume pas, on ne lui serre pas la main –, ni du savoir scientifique – on ne découvre pas Dieu sous la lentille d'un microscope, d'un télescope –, ni d'un savoir mathématique – Dieu ne découle pas d'une équation –, ni d'un savoir philosophique – aucun raisonnement ne lui donne la vie. Je me méfierais du péteux qui prétendrait « savoir »... Savoir que Dieu existe ou que Dieu n'existe pas.

— Donc ?

— Tu dois garder l'esprit ouvert et présumer qu'il est possible que Dieu existe. Le cas échéant, il prescrit ses désirs à travers les livres sacrés, Ancien Testament, Nouveau Testament, Coran. Ceux-ci acquièrent le statut de textes révélés, ainsi qu'il le réclame. Quoique Dieu recoure à des intermédiaires, des prophètes, des scribes, des témoins, il les inspire. Dans ce cas-là...

Elle s'arrête. Je la sens hésitante. Elle rajuste une pile de feuilles sur mon bureau puis regarde brusquement derrière elle.

— Dans ce cas-là, s'exclame-t-elle, c'est un désastre !

— Que Dieu existe ?

— Qu'il dise ce qu'il dit.

Elle baisse le ton, comme si elle craignait d'être espionnée par celui qu'elle évoque :

— La Bible, par exemple. Ça part plutôt bien avec le récit de la Création, Dieu qui range le chaos, qui fabrique des trucs géniaux, genre les étoiles, le globe, l'océan, les diamants, les oranges, les pêches, le chocolat, les chats, les plumes de paon, la digestion. Là, tu rencontres un Dieu débonnaire et prodigue. Après, il s'emporte : condamnation d'Adam et Ève parce qu'ils commettent une faute, éviction du Paradis, condamnation du mâle au travail, de la femelle à la douleur. Quel caractère de chiotte ! L'euphorie n'a pas duré long-temps. C'est parti pour des siècles de colère… Dieu regrette sa complaisance et ses largesses, il se dégoûte de ses créatures et organise un premier génocide : vlan, le déluge pour en finir avec les vivants ! Heureusement, la famille Noé s'en sort, se perpétue, mais très vite Dieu se fâche. Il incendie des villes, telles Sodome, Gomorrhe, Admah, Zéboïm. Quand, sous la houlette de Moïse, il libère son peuple du joug pharaonique, il envoie dix plaies à l'Égypte – grenouilles, moustiques, sauterelles, furoncles, eaux empoisonnées –, lesquelles s'achèvent par l'anéantissement des nourrissons locaux ! Il ordonne ensuite des bains de sang pour reconquérir la Terre promise au détriment des populations installées, provoquant un deuxième génocide, celui des Cananéens. Et je t'épargne les conseils à Salomon – ratatiner ses adversaires –, à David liquidant les Philistins, les harangues haineuses des Psaumes… Dieu le venimeux guerroie, souffle la guerre dont il bafoue les règles. Loin de s'attaquer aux seuls soldats, il s'acharne contre les femmes, les enfants, les individus les plus fragiles et les plus innocents des populations civiles. Dans le Nouveau Testament, il se calme un peu – même s'il envoie son fils crever sur une croix – puis fulmine au dernier tome, l'Apocalypse, une prophétie terrifiante selon laquelle quatre cavaliers, le blanc, le rouge, le noir, le blême, amènent la conquête, la bagarre, la famine et la mort.

À bout de souffle, elle reprend haleine.

— Dans le Coran, Dieu continue à activer les braises. Dans la sourate de la Vache, à l'égal du Deutéronome de la Bible, Dieu enjoint d'occire le mécréant…

— Je sais !

— Comment ça ?

— Je lis le Coran en ce moment.

Elle approuve de la tête et poursuit :

— Aucun texte sacré n'omet la férocité invraisemblable de Dieu.

Elle s'enfonce au creux de la chaise.

— Et nous, toi, moi, les autres, que faisons-nous durant des siècles ? Nous chargeons les hommes. Nous rabâchons qu'ils se servent de Dieu pour exprimer leur agressivité, mais si Dieu se servait des hommes pour exprimer la sienne ? Nous affirmons que Dieu se réduit à une excuse, mais si l'humanité se réduisait à une excuse pour Dieu ? Nous serinons que la fureur humaine engendre des carnages, mais si c'était la fureur divine ? Nous parlons de violences commises au nom de Dieu, mais si elles matérialisaient la violence même de Dieu ?

Elle se rapproche soudain de moi.

— Voilà l'instruction que je devrais mener, l'investigation sur un meurtrier multirécidiviste, le plus gigantesque de l'Histoire. En fait, nous détenons déjà des millénaires d'aveux, de confessions – moi, je préfère dire de dénonciations. Problème ? Il y a prescription. Il faut foutre en examen le Dieu d'aujourd'hui. Seulement moi, je n'engagerai pas le commissaire Terletti dans cette direction. Tu imagines sa tronche ? Un Italien avec une médaille de la Vierge sur la toison qui sort de sa chemise ? Ça va l'horripiler, ce garçon, il va ressembler à un hérisson. Et puis le procureur général ? Il me traitera de folle ou de courge. J'opte pour courge. Ça peut me conduire loin, à ma destitution de l'affaire, à ma destitution tout court. Car si Dieu, le parrain de cette mafia, a tissé sa toile, il possède des appuis, des relais. Il a tout réseauté, je suis cuite.

— Pourquoi me confiez-vous tout ça ?

— Pour que tu enquêtes à ma place.

— Moi ?

— Monte le dossier contre Dieu. Pendant que Terletti et ses bipèdes poilus suivent, la truffe au sol, leurs misérables petits indices humains, élève-toi, mène l'enquête à son véritable niveau et démontre-moi que Dieu est le coupable !

Elle frappe mon bureau et m'assène en soutenant mon regard :

— C'est Dieu qui tue.

9

La nuit empoisse les bureaux. Dans la pénombre sale, je ne différencie plus les tables, les commodes, les fauteuils ; le mobilier a grandi de manière menaçante. Seul le capteur de l'alarme envoie un instable halo bleuâtre dès que je bâille ou que je m'étire.

Par réflexe de squatteur, j'occupe la rédaction en clandestin : j'ai éteint les lampes, diminué l'intensité de l'écran sur lequel mes yeux fatiguent.

Dehors, une horloge au son grave laisse tomber dix coups ; avec un léger décalage, le clocher de Notre-Dame-des-Remparts sonne aussi. La juge Poitrenot et son fidèle Méchin sont partis depuis longtemps.

Face à l'ordinateur, en me léchant chaque fois les doigts pour savourer le miel et le sucre, j'ai grignoté les baklavas et les makrouts fournis par Oum Kalsoum. Une sorte de fatigue chaude coule en moi, s'épand, m'amollit. Gavé au point d'attraper la migraine, mon corps connaît la félicité.

Autant mon ventre est rassasié, autant mon esprit crie famine. Désarçonné par les déclarations de Poitrenot, j'ai réanalysé le contenu du portable : il confirme ses soupçons. Partout, Dieu parle. Partout, Dieu menace ou récompense. Partout, Dieu ordonne le pire. Ce qui me paraissait naguère des formules rhétoriques, désormais je le prends comptant. Plutôt que des dérangés mentaux, les terroristes s'offrent à moi tels des preux ; la collection de shahids vire au panthéon de saints.

Écœuré, je masse ma nuque dont la journée de travail sédentaire a raidi les muscles. Mes paupières picotent. L'air me manque.

Obéir… Qu'y a-t-il de spirituel à céder ? Pourquoi la foi exigerait-elle une soumission totale ?

N'est-il pas plus beau, parfois, d'enfreindre ? Si Dieu pousse au crime, l'homme doit le repousser. Quand Dieu ne se comporte pas à la hauteur de Dieu, signalons-le-lui et tournons-lui le dos. Voilà ce que j'aspire à penser… Mais mes convictions ont subi une déroute. Cette nuit, un nouveau personnage est entré dans ma vie : Dieu. Je ne l'appelais pas, je ne le révérais pas. Il appartenait à ce conglomérat de termes qui ne correspondent à aucune réalité – fée, néant, trou noir, enfer, paradis, purgatoire –, le groupe des mots inoffensifs. Quelle erreur ! À cause de Poitrenot, il vient de surgir sur ma scène, glaive en main, l'insulte à la bouche, le regard furibond, animé d'une rage insatiable au service de la conquête ou de la vengeance.

Tout a changé, hélas. Il m'effraie. Il me sidère. Il m'écrase de son acharnement, non de sa sagesse. Sous lui, j'étouffe.

Avec horreur, je me rends compte qu'il prospérait, là, depuis toujours. Oh, il ne se terrait pas dans l'ombre, s'exposait en pleine lumière, dans les villes sous forme d'églises, de temples, de synagogues ou de mosquées, dans les noms, dans les actes, dans les phrases, dans les opinions, dans les doctrines. Il gouvernait tout, indifférent à mon aveuglement ou à ma surdité, sûr de lui.

Cette révélation m'accable ; elle m'a expulsé de mon univers et j'en frissonne. Je regrette le Dieu de mon athéisme. Le Dieu auquel je ne croyais pas, bon, généreux, affectueux, incarnait le meilleur de l'homme. Le Dieu auquel les convulsions de la réalité me contraignent à prêter attention est injuste, partial, agressif. Qu'ai-je gagné à le rencontrer ? Rien. Sauf si le malaise, la prostration, l'effarement, l'oppression, l'angoisse constituent des progrès.

Je n'espérais pas ce Dieu-là.

Dans un monde idéal, Dieu se montrerait aimable ; dans le nôtre, il s'avère odieux. Dans un monde idéal, je l'aurais respecté ; dans le nôtre, je le crains.

Réussirai-je à le tenir à distance ? à me tenir à distance ? Qui tranche ? Ai-je gardé le pouvoir ?

Je referme l'ordinateur et le glisse dans la poche élargie de mon imperméable.

Personne ne m'attend, mon squat ne présente pas le confort de ces bureaux, mais je les quitte. Pégard ne doit pas me surprendre ici demain matin.

Une fois dans la rue, je m'étonne que la vie continue. Trois garçons se chamaillent en plaisantant. Une dame obèse contemple son caniche en train de pisser. Un trentenaire soigné, en manteau court, le cou entouré de soie, chemine hâtivement en devisant au téléphone avec celle qu'il rejoint. Les bienheureux ! Ils se contrefoutent que Dieu harcèle les hommes et les pousse au carnage.

D'instinct, je me dirige vers la place Charles-II. Une voiture ralentit à mon niveau et me suit le long du trottoir : derrière les vitres, des policiers en patrouille me dévisagent. Inquiet, j'implore Dieu qu'ils ne stoppent pas pour me fouiller. Par bonheur, ils reprennent de la vitesse afin de poursuivre leur ronde ; je ne les intéresse pas. Pour une fois, mon insignifiance me sauve.

Cette minute de panique m'éclaire : l'ordinateur me met en danger. Si les agents l'avaient déniché dans ma poche et l'avaient ouvert, ils m'auraient estimé complice d'Hocine Badawi. En passant devant une poubelle, je décide de l'y enfouir.

Non ! Les indices…

Je retiens mon geste. À supposer qu'on repêche l'ordinateur, la police scientifique détectera mes traces d'ADN ou mes empreintes digitales, lesquelles maculent les touches du clavier. Même si je ne figure sur aucun fichier criminel, elle pourra m'identifier.

Je remonte le boulevard Audent.

Devant une banque, un clochard installé sur un matelas de mousse jonché de chiffons lit avec une lampe frontale de spéléologue des bandes dessinées, *Picsou Parade* et *Mickey*, concentré, imperturbable, les sourcils ramassés, déjà agacé par quiconque le dérangerait, affichant le sérieux de celui qui explorerait Proust ou Kant.

Juste avant la place Charles-II, une femme m'arrête.

— Pour moi et mon bébé, s'il vous plaît.

Je découvre une mendiante à la tenue négligée, qui caresse contre sa poitrine un baigneur en plastique. Elle surprend mon regard sur son accessoire et l'anime en le berçant.

— Nous n'avons rien à manger.

Sans vergogne, elle sourit, douloureuse, à sa poupée nue, comme si, mère dévouée, elle s'alarmait. Parfaitement consciente qu'elle ne trompe personne, elle prolonge sa comédie :

— Pour mon bébé et moi, je vous en supplie.

— Désolé, dis-je en secouant mes paumes vides.

Elle hausse les épaules. Elle me croit ; mes tennis élimées, mon imperméable informe et ma maigreur ne lui ont pas échappé.

— Tu veux coucher avec moi ?

La question est sortie, naturelle, dépourvue de séduction, sur un ton aussi détaché que « Tu me portes mon sac ? ».

— Non merci.

— Je ne te plais pas ?

Là encore, aucune féminité n'enrobe son débit mais je sens poindre une agressivité.

— Désolé. On m'attend…

— « On t'attend », répète-t-elle de manière pompeuse. Eh bien, mon prince…

Elle se plie pour m'adresser une révérence narquoise et, sitôt relevée, se jette sur le passant qui descend le trottoir d'en face.

— Monsieur, nous n'avons rien à manger, mon bébé et moi…

Je poursuis ma route.

Et si je restituais l'ordinateur à Momo ? Sans doute Hocine Badawi le lui destinait-il en l'abandonnant dans la benne où les deux frères camouflaient leurs trésors. Voilà la solution ! Soit je le repose parmi les débris, soit – meilleure idée – je joins Momo pour le lui remettre.

J'arrive place Charles-II.

Des toiles plastifiées revêtent les vitrines borgnes et les murs impactés. Au pied de l'église, des monceaux de bouquets, de messages manifestent l'émotion de la population. Un peu partout, au sol, sur les marches, sur les fenêtres, les flammes fragiles des bougies créent une ambiance mordorée, tendre, enfantine, proche d'une veillée de Noël. Des couples, des groupes d'amis viennent s'y réchauffer. Ils se taisent, tête baissée ; ils prient ; ils méditent ; ils rendent hommage aux morts, émus de partager cette concorde silencieuse après le fracas meurtrier.

Leur compassion déclenche la mienne. Pour la première fois, je m'avise que des innocents ont perdu la vie ici. Je mesure l'irruption de la violence pure, bête, injustifiable, au cœur d'une cité pacifique.

À ma gauche, près de l'hôtel de ville, j'aperçois un attroupement qui me rappelle quelque chose. Au milieu de sa famille, un patriarche vêtu d'un manteau de deuil pleure, soutenu par ses enfants : c'est le vieillard qui visitait ma chambre à l'hôpital, celui dont on enterrait l'épouse le jour de l'attentat. Monsieur Versini s'est transformé. Il n'est plus figé dans l'interrogation, il a compris, et le chagrin le dévaste.

Bouleversé, j'enfile une rue transversale pour éviter qu'il me reconnaisse. Mes jambes adoptent une longue foulée. Mon cœur s'accélère.

Je ne donnerai pas l'ordinateur à Momo. Pourquoi respecterais-je les intentions d'Hocine Badawi, un bourreau de l'humanité ? De surcroît, l'objet contient des documents propres à désorienter un esprit chancelant. Parce que l'adolescent, depuis le crime de son

158

frère, excite la méfiance, il pourrait être tenté de s'isoler, de défier, voire de se radicaliser. D'ailleurs, qui me prouve que Momo ne détient pas les codes d'accès à la messagerie ?

La seule solution raisonnable consiste à confier l'objet à la police. Je renonce à le conserver pour moi après l'avoir vidé de ses contenus. Tant pis, je ne posséderai pas d'ordinateur…

— Le commissaire Terletti arrive bientôt. Vous ne voulez voir personne d'autre ?

Derrière son comptoir vitré, la policière qui régule les admissions me pose la question pour la quatrième fois depuis ce matin. Assis sur le banc, je réponds à l'identique :

— Non, lui et rien que lui. Il me connaît. J'ai été victime de l'explosion. Nous nous sommes déjà parlé.

Dans ma poche, je palpe l'ordinateur, histoire de m'encourager. Je viens reconquérir Terletti. Non seulement le sombre Italien me fascine, mais je crains ma timidité face à lui. Fort, déterminé, viril, abrupt, il figure autant le père qui me manque que le mâle que je ne suis pas.

J'ai scrupuleusement accompli le plan élaboré hier soir. Après ma décision, je me suis rendu à la *La Folie Kebab* où Momo m'avait emmené. Empruntant au gamin un peu de son assurance, j'ai salué le colosse turc à la bouche rose et lui ai lancé :

« Je vais aux toilettes. Je commande après. »

Dans le local verrouillé, j'ai vérifié qu'on pouvait cacher l'ordinateur au sommet de la chasse d'eau. Là, j'ai entaillé le mur avec les coins de l'appareil, puis laissé des éclats de plâtre sur ses bords. Je l'ai ensuite remis dans ma poche et je suis sorti.

Au bout de l'échoppe, au moment où j'ai touché le trottoir, j'ai ajouté d'une voix distraite à l'intention du géant en tablier :

« Finalement non ! »

Et je me suis esquivé d'un pas rapide. Même si je me doutais que le vendeur ne me persécuterait pas pour avoir changé d'avis, je me sentais mal à l'aise d'avoir transgressé les règles.

— Ah ! voici le commissaire Terletti.

La policière qui m'annonce l'arrivée de son supérieur se lève, coquette, en se recoiffant.

Terletti entre, sombre, le front plus ridé que la veille, répandant à des mètres alentour un mélange de tabac et d'humeur massacrante.

— Commissaire, ce jeune homme poireaute depuis des heures.

Terletti, sans relever la tête pour regarder celle qui l'informe, se tourne de mauvaise grâce vers moi.

— Ah…

Il devient un bloc d'acrimonie.

— Que veux-tu ?

— Vous fournir un détail important.

— Réalises-tu que tu n'es pas fiable ?

— Moi, peut-être. En revanche, l'objet que j'apporte…

J'exhibe l'ordinateur.

Terletti ne bronche pas.

J'attends. Je sais qu'il joue l'impassibilité. Je sais qu'il feint l'indifférence. Je sais qu'il entend établir qu'il me domine. J'attends.

Il finit par articuler comme il mordrait :

— Qu'est-ce que c'est ?

— L'ordinateur d'Hocine Badawi.

Aussitôt, une lueur transperce son iris noir, la fièvre du chasseur.

— Suis-moi !

D'un grand geste des bras, il pousse les sas et avance à pas vifs, insoucieux de moi qui trotte derrière en recevant les battants dans la figure.

Nous pénétrons son bureau, dont il ferme soigneusement la porte. La pièce empeste la cendre. Privées de feuilles, des punaises couvrent les murs, comme si la paroi subissait une éruption de boutons.

— Assieds-toi.

Il s'approche et me considère avec dureté.

— Tu as intérêt à ne pas te planter. Comment démontres-tu qu'il s'agit de l'ordinateur d'Hocine Badawi ?

J'ouvre l'appareil, dégage le ciel étoilé, clique sur le dossier photo puis sur un cliché intitulé « Momo et moi ».

— Putain ! s'écrie Terletti.

Il exulte à sa façon, c'est-à-dire en devenant plus ténébreux, plus taiseux, plus lugubre qu'avant. Tandis qu'il gravite autour de moi, il frotte ses joues bleues qui émettent un bruit de râpe.

— Où l'as-tu trouvé ?

Je déballe le récit que j'ai préparé : l'ordinateur était dissimulé dans les toilettes d'un restaurant où j'allais acheter un sandwich, tiens, celui-là même où nous nous étions croisés dimanche. Je précise l'adresse et l'heure. Puis j'avoue avoir examiné le portable, car je comptais le récupérer pour moi.

Ce détail crédibilise mon aventure. Terletti esquisse une grimace méchante.

— Ah, mon salaud, tu désirais le garder ?

— Oui. Mais quand j'ai vu à qui il appartenait…

— Bien sûr, bien sûr. Bon, je passe l'éponge sur ton vol.

Ardent, il attrape son téléphone.

— Les gars ? J'ai récupéré l'ordinateur d'Hocine Badawi. Si ! Là. Un témoin l'a apporté. D'accord, je ne le touche pas.

Il raccroche, satisfait.

— Les mecs de la scientifique rappliquent.

Son téléphone résonne. Il grogne puis soulève le combiné.

— Allô ? Bonjour madame la juge.

Il sourit. Moi aussi car j'imagine Poitrenot à l'autre bout.

— Vous tombez à pic, madame la juge, j'ai dégoté le… Quoi ? Ce matin ? À l'instant ? Dans votre bureau. À tout de suite, madame la juge.

Pensif, il malaxe son coude et je soupçonne, à son air renfrogné, qu'il goûte peu l'autorité féminine. Sans le toucher, il examine l'ordinateur.

— As-tu ouvert sa messagerie ?

— Non, je n'ai pas pu y accéder.

— Nos gars vont réussir. On a recruté des cracks. De vrais génies.

Il me tend la main.

Je la saisis fièrement, troublé par sa chaleur inopinée.

162

— Merci, Augustin. Signe ta déposition à Martinet, pièce suivante. Moi, je fonce au bureau de la juge.

Enchanté d'avoir gagné son admiration, je me détends et réplique :

— Le bureau qui pue la pisse de chat ?

Consterné, il me considère quelques secondes, retire sa main, recule d'un pas et se souvient qu'il m'a toujours pris pour un débile. Il soupire.

Il se retire en marmonnant, de dos, au moment de franchir le seuil :

— Bon vent !

La porte claque.

Comme d'habitude, j'ai voulu impressionner et ne suis parvenu qu'à consolider mon image de niais. Terletti résume ce que suscite mon passage dans la vie des gens : une extrême indifférence qui se colore parfois de mépris.

Lorsque je rejoins la rédaction de *Demain*, les murs tremblent. Pégard a entamé une de ses colères que le personnel appréhende car elles s'achèvent par des humiliations, des rétorsions ou – pire – des licenciements instantanés.

Ses rares cheveux en pétard, la figure violacée, Pégard s'égosille parce que le tirage du journal est redescendu à son niveau habituel – le directeur tenait l'exception des derniers jours pour la nouvelle règle. De surcroît, puisque les médias rapatrient les escouades envoyées à Charleroi, il pressent, à cette hémorragie, que *Demain* va bientôt rechuter dans son coma provincial. Il toupille, brasse, s'agite, tonitrue, suffoque, se cabre, dénonce, suspecte, s'étrangle, persuadé que l'énergie de sa réprobation modifiera le cours des choses.

La récente flambée des ventes qu'il avait niée devant moi, il se l'est appropriée au point de s'en attribuer l'unique mérite, négligeant le contexte, oubliant que je lui avais quasi dicté ses articles, l'un sur le père Badawi, le second sur les urgentistes affolés par l'ampleur du massacre.

— Je porte ce journal à bout de bras depuis trente ans, s'exclame-t-il en haussant ses mains dodues, je le fais vivre, je vous fais vivre, et que me donnez-vous en retour ? Rien. Pas une idée. Pas une vision. Pas une parcelle d'avenir. Vous restez cramponnés au passé. Vous êtes morts.

Au vocable « mort », la fillette de sept ans aux nattes blondes jaillit sur le pas de la porte. Elle s'appuie au chambranle afin de nous observer. Hormis moi, personne ne l'aperçoit. Après m'avoir lancé un bonjour muet, elle jauge la situation, admirative du vacarme que produit son père, méprisante face à l'immobilité timorée des employés.

— Alors quoi ? Vous ne connaissez que la routine ? Si ça dure, je vais, moi, vous changer de routine, et vous allez déguster celle de l'agence pour l'emploi !

Je lève le bras.

Pégard me pointe avec l'index et en profite pour rajouter une couche d'insultes :

— Et qui demande la parole ? Le stagiaire. Ça ne vous inspire pas de la honte, messieurs ? Le stagiaire ! Un convalescent, en plus ! Un homme qui a frôlé la mort. Il vit davantage que vous, bande de zombies.

164

La fillette m'adresse un clin d'œil encouragea
Mais Pégard n'en a pas fini :

— Certains, ici, reçoivent un salaire depuis dix, quinze ans, et lui, un stagiaire qui sue pour un salaire de misère – vous m'entendez ? de misère ! –, il se saigne pour sauver notre journal. Que nous proposes-tu, mon petit Augustin ?

— Je suggère, monsieur Pégard, que nous publiions de grands entretiens sur les événements avec nos importantes figures locales. Attention, celles qui brillent au-delà de Charleroi, au-delà de la Wallonie, au-delà de la Belgique. Avec appel en couverture. Amplifions l'actuel rayonnement international du journal.

Pégard me contemple, le visage illuminé.

— Bravo, mon petit Augustin. C'est ça, c'est exactement ça ! J'adopte cet avis à mille pour cent !

La fillette m'envoie un sourire réjoui. Les collègues baissent la tête. À la différence de Pégard, ils n'ont pas oublié que j'avais soumis le même projet il y a quelques jours et que cela m'avait valu comme punition « la rue » – et, secondairement, de risquer ma vie place Charles-II.

— Au travail ! Vite !

Pégard repart, flanqué de la fillette en robe écossaise qui disparaît en chantonnant une comptine.

Nous improvisons une réunion afin de nous répartir les rôles. Comme je me défends de provoquer l'aversion de mes collègues, je m'efface et les laisse s'affirmer. Chacun énumère les personnalités auxquelles il pourrait accéder, un prince, un prix Nobel de chimie, un médecin pionnier, le Premier ministre, des universitaires aux publications reconnues, le chanteur Stromae,

... de la Commission européenne, le directeur ... la plus grande fortune belge. Notre liste ... nous ragaillardit.

... près m'être tapi en embuscade, je me précipite enfin là où je voulais en venir :

— Éric-Emmanuel Schmitt ?

— Pardon ?

— On le décrit comme un écrivain féru de métaphysique et de religions. Il a la passion de comprendre les êtres, y compris ceux qu'il exècre ou qu'il n'approuve pas.

— Ouais, il avait pondu un chouette roman sur Hitler.

— J'aimerais bien l'interroger.

Mes collègues me contemplent, perplexes. L'un d'eux exprime son scepticisme :

— C'est un gros poisson, Augustin.

— J'ai lu toute son œuvre. Ses quarante livres.

Ils se tournent vers le journaliste culturel à qui, en temps normal, revient un tel entretien.

— Il écrit tant et si vite que je n'y arrive plus.

D'un geste las, il signale à ses collègues qu'il capitule. Ceux-ci se penchent alors vers le spécialiste des débats politiques.

— Non, désolé, moi je ne le supporte pas, décline-t-il.

Le rédacteur en chef soupire et conclut :

— Vas-y, Augustin, tente ta chance. Contacte son éditeur.

L'heure suivante, j'essuie des rebuffades. Chez l'éditeur parisien, on refuse dix fois de me passer son

166

attachée de presse. Comme je persévère jusqu'au harcèlement, elle finit par prendre mon appel.

— Sa réaction à l'attentat de Charleroi ? Ah oui,
quelle coïncidence ! Il vient justement de livrer quatre
pages au *New York Times*. Lisez-les donc demain. Ça
débarque à Charleroi, le *New York Times* ?

Elle me raccroche au nez. Par des membres de la
rédaction, j'aborde certaines de ses connaissances.
Elles s'abstiennent de me donner son numéro. « Pour
qui ? *Demain* ? Le quotidien de Charleroi ? » Les plus
secourables insinuent que pour concrétiser mon excellente idée, je ferais mieux de quitter ce journal.

Peu importe. Je tiens à le rencontrer. Par lui – j'en
ai la conviction –, je résoudrai les questions de la juge
Poitrenot. Par lui, je bouclerai mon enquête sur Dieu.

Une série d'indiscrétions corrobore une rumeur que
j'avais entendue jadis : il posséderait une maison à
Guermanty, non loin de Charleroi.

Je consulte un plan : l'agglomération de Guermanty
comptant moins de cent âmes, je devrais repérer aisément sa demeure.

Je me rue chez Pégard.

— Monsieur, j'implore votre aide pour mon article.

Il fait craquer le bout de son cigare, coupe la tête à
l'aide d'une guillotine en nickel brossé.

— Oui ?

Il a décrété qu'aujourd'hui il m'aime. Il joue donc
au patron parfait en face de l'employé modèle.

— Je voudrais interviewer Éric-Emmanuel Schmitt.

— Qui ça ?

J'imaginais qu'il dirait ça. Nous soupçonnons
tous qu'il fuit les réunions de rédaction parce que,

dès qu'on évoque une célébrité devant lui, il rétorque
« Qui ça ? ».

— L'écrivain traduit dans le monde entier, étudié
dans les écoles. Éric-Emmanuel Schmitt, quoi !

— Ah, tu parles de cet Éric-Emmanuel Schmitt-là ?
Tu avais bouffé le nom. Il faut articuler, mon petit.
Bien prononcer.

Accroupie sur le tapis, la fillette tapote ses oreilles
avec les doigts pour m'expliquer que son père ne capte
pas toujours les sons. Il allume son cigare et constate
avec bonheur qu'il tire bien.

— Alors ?

— Je vous remercie, monsieur Pégard, d'avoir masqué, tantôt, que je n'étais pas payé. Si vous l'aviez
révélé, j'aurais perdu le respect de mes collègues.
Merci encore.

Il bafouille en toussant :

— De rien. Hum… Je sais gérer une équipe, tout
de même.

— J'aurais besoin que vous me donniez un peu
d'argent pour me déplacer à Guermanty où l'auteur
réside. Pas de chèques-taxis, je prendrai le bus.

Piégé, Pégard ne peut plus reculer.

— Combien ?

— Oh, cinq euros.

Il sort son portefeuille et, d'un geste ample, plaque
un billet sur la table en déclarant, grand seigneur :

— Tiens, mon garçon, en voici dix !

L'autocar jaune et rouge me dépose au centre de
Guermanty.

Le village vallonné s'étend en cercle autour d'une pelouse bordée par les bâtiments utiles : l'église, l'école, la salle des fêtes, le bistrot, l'épicerie. Au hasard, je m'aventure dans les ruelles adjacentes. À côté des pavillons, une de ces maisons cossues pourrait abriter l'écrivain, mais laquelle ? En poussant mon investigation, je découvre deux châteaux, l'un au centre historique, ceinturé de remparts, l'autre à la sortie du bourg, protégé par une baroque grille en fer forgé que prolonge une allée de chênes. Les boîtes aux lettres n'indiquent aucun nom.

J'interroge les villageois. À ma question « N'est-ce pas ici qu'habite l'écrivain Éric-Emmanuel Schmitt ? », ils ripostent : « Peut-être », « Je ne sais pas », « Ah bon ? », et s'écartent. Ils ne me renseigneront pas. Mieux qu'une cité sicilienne préservant sa mafia, le village belge pratique l'omerta.

Je me prépare à sonner aux portes des propriétés probables lorsqu'un homme traverse la rue principale et se dirige vers les bois. Grand, corpulent, il promène ses chiens ; à moins que ses chiens ne le promènent, tant, pour l'heure, ils entraînent leur maître en tirant sur leur laisse.

Je crains d'avoir mal vu. J'entreprends de suivre l'attelage en douce.

Une fois sorti du village, l'homme s'agenouille et libère ses trois chiens. Ceux-ci le gratifient de coups de langue puis s'ébrouent, oreilles dressées.

Je devine que c'est lui. Par les journaux et les émissions de télévision, j'ai appris qu'il raffolait des chiens et qu'il composait ses livres en flânant pendant des heures.

Tout d'un coup, le chemin s'ouvre, s'éclaircit et se prolonge à découvert. Le ciel et la terre s'étendent, se dilatent, immenses, quasi infinis. Rien ne borne l'horizon.

Je n'ose m'approcher. L'homme se baisse régulièrement pour ramasser et lancer une branche que les chiens rapportent en se la répartissant entre les trois gueules. Ils vont, ils viennent, ils grattent, ils flairent, prompts à relever les bruits, les odeurs, les présences, la queue fière, la patte agile, un instant aux aguets, galopant la seconde d'après, puis trottant comme si de rien n'était, la truffe au vent, tendus, souples, contemplatifs et prédateurs, sauvages et harmonieux.

Quand l'homme emprunte le sentier dont je détaille les lacis au flanc de la colline, je devine comment tomber sur lui et choisis la voie qui me permettra de l'accoster.

Nous avançons l'un vers l'autre. Il ne marche plus qu'à une cinquantaine de mètres devant moi et, cette fois-ci, je le reconnais avec certitude. En alerte, je cherche plusieurs formules, je panique. Lui, au contraire, diffuse un calme étonnant ; il guide ses chiens par un regard ou par un murmure, jamais par un cri. À dix mètres, alors que nous allons nous saluer, son téléphone retentit. Il le saisit et entre aussitôt dans une conversation animée.

Les chiens me reniflent, se laissent caresser, puis repartent prospecter les fossés herbeux.

Schmitt me croise, m'adresse un sourire de la bouche et des yeux, tout en poursuivant sa discussion.

Loupé ! J'ai raté la rencontre. Pas de chance, comme toujours. Que faire ? Retourner en arrière ? J'y songe un instant, mais je le vois pendu au téléphone, accompagnant ses phrases de gestes maladroits. Si j'insiste, je le dérangerai, il me rembarrera. Je m'éloigne, dépité.

En vérité, je ne sais plus très bien où je m'enfonce. Les sentiers s'enlacent et tournicotent, mêlant traverses par les champs et allées sous les futaies. La boue crotte mes chaussures que l'eau imprègne au fur et à mesure. J'ai froid.

Après quinze minutes d'errance, je prends une cavée à peu près rectiligne et, au détour d'un bosquet, je me trouve face à face avec l'écrivain.

Je peine à le croire. Ses chiens gambadent, allègres, tandis que lui chantonne. Il s'interrompt dès qu'il m'aperçoit et me signifie qu'il se souvient de moi. Je m'exclame spontanément :

— Voilà : vous avez la preuve que la Terre est ronde.

Il s'esclaffe, charmé par le trait d'esprit.

J'enchaîne car je refuse de rater l'occasion :

— J'adore vos livres, monsieur Schmitt.

Il cesse de rire. Escomptait-il déambuler incognito ? Il n'a pas l'air d'aimer qu'on le reconnaisse. Il me reconsidère, substituant l'admirateur au randonneur amusant. Puis, volontairement, il se déride :

— Vous adorez mes livres ? Je ne vais pas vous décourager. Cela atteste votre bon goût.

— Je les ai tous dévorés.

— Tous ? me dit-il, sceptique. Vous exagérez. J'ignore moi-même combien j'en ai écrit.

— Quarante.

— Quarante, déjà ? soupire-t-il avec une grimace d'inquiétude.

Il affecte une distraction modeste.

— Monsieur Schmitt, je sollicite une faveur. Maintenant que vous savez que la Terre est ronde, je dois vous faire remarquer qu'elle ne tourne pas rond.

Il rit encore. Décidément, tout l'amuse, cet homme. Cette gaieté constitue-t-elle un système de défense ou l'expression d'une joie intérieure ?

Les chiens, couchés à ses pieds, s'ennuient avec décence, pattes croisées, patients.

— Mon journal pourchasse les réactions de personnalités.

Son visage devient sévère. Le terme « journal » l'a dégrisé.

— Quel journal ?

Je réponds d'une voix tremblante.

— *Demain*, la gazette de Charleroi.

Il se rembrunit.

— Connais pas.

— Si, vous connaissez. Vous le voyez sur le comptoir des magasins d'alimentation, des pharmacies, des stations-service, des night-shops, avec sa couverture cerclée de vert qui traite de faits divers horribles ou du malheur des vedettes.

— Ah oui… Et il y a de la place pour la culture, là-dedans ?

— Je me bats pour, monsieur. Je voudrais tant intéresser les gens à l'essentiel, je voudrais tant qu'ils se passionnent pour ce que pense un grand écrivain tel que vous plutôt que pour les bitures de la Miss Météo, le divorce d'un footballeur ou les frasques des couillons qui participent aux émissions de télé-réalité.

M'aideriez-vous à me battre pour la culture et pour l'intelligence, monsieur ? Parfois, je me sens seul !

Il se baisse et caresse ses chiens au regard doré qui espèrent la fin de notre discussion. Au contact de leur pelage, il recouvre une sorte de douceur.

— Quel malin ! Devant des arguments pareils, je suis obligé d'accepter. Notez donc le numéro de mon assistante, Gisèle Gemayel, qui organise tout pour moi. Elle représente ma main droite et ma main gauche. Je la préviendrai de votre appel et elle vous fixera un rendez-vous.

Je le contemple qui s'éloigne. Ses chiens et lui avancent de façon suave, ensemble, comme s'ils formaient un corps unique. Le lien qui les unit semble plus profond que les mots ou le regard, tel un fil invisible qui empêcherait le jeune mâle de galoper trop loin ou les femelles de s'attarder plus que de raison au-dessus d'une carcasse de mulot. L'attelage homme-animaux progresse, paisible, synchrone, radieux sous le ciel que nettoie le vent du sud.

Pendant le voyage du retour, je contiens difficilement mon enthousiasme. Je triomphe ! J'ai obtenu l'entretien impossible. La rédaction va devoir m'applaudir. Et je nourrirai l'enquête que m'a demandée la juge Poitrenot. J'éprouve tant d'impatience à annoncer la merveilleuse nouvelle que mes yeux glissent sur les villages et les rues que parcourt le bus.

Sitôt que le véhicule me dépose à la gare routière, je file vers la rédaction. En m'approchant du journal, je distingue des voitures de police stationnées devant notre immeuble. Les gyrophares indigo clignotent sur les toits et les capots.

Intrigué, je presse le pas et interpelle les agents qui obstruent l'entrée :

— Que se passe-t-il ?

À ma voix, le commissaire Terletti sort du hall. Il me désigne :

— C'est lui !

Trois costauds m'assaillent, deux qui me bloquent les épaules, un autre qui tire mes avant-bras dans le dos. Terletti déclare, les mâchoires crispées :

— Augustin Trolliet, je vous mets en état d'arrestation.

Les menottes se ferment autour de mes poignets.

10

Manches roulées aux coudes, il croise ses avant-bras durs, veinés, plantés de poils robustes. Ses paupières ne cillent pas. Une fesse appuyée sur la table, Terletti me toise.

Il n'a rien dit.

Depuis une heure.

Rien…

Je l'entends se taire. Son silence est encore plus impérieux que ses paroles. Jamais je n'aurais imaginé qu'un policier mène un interrogatoire en tenant sa langue.

Au milieu de la salle nue, tassé sur une chaise basse, je me sens écrasé par son regard. Ses yeux me vrillent, m'épluchent, me grattent jusqu'à l'os. De ma vie, je n'ai été ravalé à un tel niveau. Non seulement on vient de m'incarcérer, mais on ne le justifie pas et on ne me pose aucune question. On me traite comme un animal. On m'enferme. On me surveille. On me dédaigne. On me punit. De quoi ?

Humilié, je remue à chaque instant les multiples erreurs et approximations qui parsèment mon existence, comme si j'allais y trouver le motif de ma garde à vue. Parmi mes mensonges, j'en repère des bénins, j'en détecte d'intéressants – qui pourraient intéresser

Terletti –, mais je les réserve, car j'ignore ce qu'il cherche.

L'attente m'oppresse tant que je me juge coupable. Multicoupable. Intimidation réussie, monsieur le commissaire ! Reste à déterminer quel chef d'accusation vous privilégierez aujourd'hui. Un vestige de bon sens me conseille cependant d'atermoyer.

— Tu n'as rien à me confesser ?

Terletti a enfin prononcé une phrase. Je bafouille une réponse dans la précipitation :

— Avez-vous des questions ?

Il se frotte le menton, fixe le plafond et laisse tomber :

— Non.

— Alors, que faisons-nous là ?

— Je me le demande.

Absorbé, il contemple ses ongles, rigides, ronds, forts – j'ai la conviction que, dans sa salle de bains, il ne les coupe pas, il les dompte.

— Je vous avouerai ce que vous voudrez, finis-je par lâcher, vaincu.

— Connais-tu la famille Badawi ?

— Non.

— Tu mens déjà.

— Non…

— Tu mens ! Nous savons par la vidéo de surveillance installée au restaurant *La Folie Kebab* que, dimanche soir, tu as rejoint Mohammed, le frère d'Hocine. Vous avez longuement parlé ensemble.

— Je l'avais rencontré par hasard.

— Par hasard ? Époustouflant, la place du hasard dans la vie des criminels…

176

— « Criminel » ! De quel crime m'accuse-t-on ?

— On ne t'accuse pas, on enquête. Du calme.

Il se lève, cale son dos contre une arête murale et continue à me scruter.

— Je récapitule la liste des hasards qui composent ta vie : tu rencontres Hocine Badawi *par hasard* sur le boulevard Audent, puis tu déambules *par hasard* sur la place Charles-II au moment de l'attentat. Ensuite tu dînes *par hasard* avec le frère de l'assassin et tu déniches *par hasard* l'ordinateur.

Il siffle avec considération.

— À ton avis, le hasard t'aime ou te déteste ?

— Je ne comprends pas ce que vous dites.

— Moi non plus. En revanche, je saisis parfaitement ce que tu ne dis pas : tu es le complice d'Hocine Badawi.

— Absurde !

— Logique ! Tu l'accompagnes place Charles-II afin de le stimuler jusqu'au bout. Là, histoire de vérifier que l'opération s'accomplit, tu te mets loin de l'explosif et de ses impacts. Tu calcules bien ton coup puisque, choqué mais pas blessé, on te ramasse, on te soigne, on te plaint. Ton statut d'accidenté te dote d'une aura d'innocence. Superbe ! Mais, redoutant que des citadins t'aient surpris au côté d'Hocine Badawi, tu te transformes en témoin – nouveau déguisement, après celui de victime – et tu nous livres un portrait-robot propre à brouiller les pistes.

Terletti se mord les lèvres. Le récit anime sa face anguleuse. Une sorte de jubilation enragée rend sa voix si grave plus sonore et plus martelante.

— Tu décides de récupérer l'ordinateur de Badawi. Tu contactes son jeune frère et vous vous rejoignez à *La Folie Kebab*. Le transfert allait s'opérer quand – la vidéo l'atteste – Mohammed nous voit arriver, mes hommes et moi. Il prend peur et s'enferme dans les toilettes. Prudent, il y cache l'ordinateur au-dessus de la chasse d'eau. À sa sortie, il t'explique la dissimulation et toi, par précaution, tu attends aussi que nous ayons disparu. Hier donc, tu rentres sans vergogne dans le resto, tu piques l'ordinateur et tu t'enfuis en courant. La vidéo le montre.

— Vous délirez ! Vous vous trompez sur toute la ligne.

— Prouve-le-moi.

— En plus, votre histoire n'a aucun sens. Pourquoi aurais-je désigné le père d'Hocine ?

— Tu as commis une erreur : tu pensais dénoncer un membre de la famille, un cousin, un oncle, et tu es tombé sur le père mort. Voilà pourquoi tu te rattrapes avec l'ordinateur.

— Je rattrape quoi ? Si je complotais avec le terroriste, pourquoi vous aurais-je confié son ordinateur ?

— Tu nous l'as remis après avoir vidé sa mémoire. Tes empreintes graissent chaque touche. Tu en as passé des heures dessus !

— Je l'ai manipulé parce que, comme je vous l'ai expliqué, j'avais souhaité le conserver.

— À d'autres !

— Je vous l'ai apporté !

— Malin… Cela accréditait ta théorie. Si je ne m'étais pas méfié, nous l'aurions gobée.

— Quelle théorie ?

— Qu'Hocine Badawi avançait seul. Qu'il agissait en loup solitaire. En réalité, tu as effacé tes traces et celles de tes complices.

— Je ne suis pas un terroriste et je n'ai pas de complices !

— Vous dites tous ça.

— Qui, vous ?

— Les terroristes. Vous la bouclez, puis vous niez.

— Je me taisais parce que vous ne me posiez pas de questions. Et je nierai jusqu'au bout.

— Bien sûr, bien sûr.

— Je suis innocent !

— C'est ce qu'affirment les coupables !

— Que crient donc les innocents ? Vous me rendez fou.

— Oh non, je t'estime très solide.

— Je n'ai pas nettoyé l'ordinateur d'Hocine Badawi.

— Si !

— Enfin, je suis nul en informatique. Je ne me sers que des ordinateurs collectifs, je n'en ai jamais possédé un.

— Je connais la chanson : tu essaies de me persuader que tu es un ballot. Système classique de défense.

— Mais non, je suis vraiment ballot !

— Pas à ce point-là !

Son ton catégorique met un terme à la discussion. Inutile d'argumenter, il ne m'écoutera plus.

Il frappe à la porte. Un agent lui apporte un dossier vert qu'il consulte en me donnant l'impression que je n'existe plus. A-t-il soupçonné que la pire violence qu'on puisse m'infliger demeure l'indifférence ?

Pour le frustrer à mon tour, je me montre paisible, amorphe, aucunement inquiété par ses stratégies étriquées.

Il ne renonce pas à m'agacer. Il pousse de brefs grognements en lisant les feuilles qu'il repose chaque fois minutieusement dans la farde en vieux carton duveteux. Il s'attarde exprès sur certaines pages, comme si elles lui apportaient des informations capitales. Il va même jusqu'à ricaner.

Je reste coi.

Vingt minutes plus tard, concluant que je ne réagirai pas à son numéro, il s'approche de moi.

— Tu sais ce qu'il contient, ce dossier ?

Je ne bouge pas.

— Ton histoire. De ta naissance à tes dix-huit ans.

— Et alors ?

— On décrit un orphelin exemplaire qui n'a jamais causé de problèmes à la société.

— Oh pardon, j'aurais dû ?

Il marque sa surprise devant mon ironie. Je poursuis sur un ton identique :

— Mon histoire conduit-elle au terrorisme ? Quelle proportion d'orphelins se radicalise ? Orphelin égale victime ou orphelin égale coupable ? Affranchissez-moi.

Terletti esquisse un sourire, satisfait de mon irritation.

— Ah mais il mord, l'agneau !

Il lâche brutalement le dossier sur la table.

— Tu as sans doute manqué d'un père, Augustin.

Sa phrase s'abat sur moi comme une gifle. La réponse fuse :

180

— Tout dépend de quel père. Il y a des pères dont je me réjouis de ne pas descendre.

— N'empêche. C'est nécessaire, un père, pour grandir.

— Manger suffit.

— Le père apprend la loi à l'enfant, explique ce qu'on peut faire ou ne pas faire. Un rôle crucial. Le père prépare son garçon à vivre hors du foyer, dans la société.

— Pour moi, le foyer coïncidait avec la société puisque j'ai été élevé dans des institutions publiques. J'ai reçu une formation sociale accélérée. Croyez-moi, j'ai toujours maîtrisé mes droits et mes devoirs, je les ai assimilés à coups de réprimandes et de punitions. On ne rigole pas dans ces maisons. Bref, je me suis passé de père…

— Par contre, ce fut plus rude de te passer de mère, murmure-t-il.

Offusqué par la tournure de la conversation, je soutiens son regard. Mon corps devient froid. Une force agressive irrigue mes membres. Il faut que je me contienne.

— Je déteste la pitié. Encore plus votre compassion factice. Vous ne m'avez pas amené ici pour vous attendrir sur mon sort, vous m'avez placé en garde à vue.

— Oh, oh… tes idées s'éclaircissent.

— Que me reprochez-vous ?

— Où habites-tu ?

— Nulle part. Je squatte.

— Pourquoi ?

— À votre avis ?

— Tu travailles, pourtant.

— J'effectue un stage non rémunéré.

— Tu touches un revenu minimum de l'État.

— On me l'a volé. En fait, depuis quelques mois, j'ai choisi de coucher dans un squat pour épargner le plus d'argent possible. Je rêvais de louer un studio. Mais il y a trois semaines, quelqu'un m'a piqué mes économies pendant la nuit.

J'anticipe sa réaction à mon histoire vraie… Effectivement, il fait la moue et glisse :

— Je n'en gobe pas un mot.

Et voilà ! Je me liquéfie. Il enfonce le clou :

— N'essaie pas de me convaincre que tu en es à ce degré de connerie ! C'est trop ! Je ne marche pas…

Sa remarque m'amène les larmes aux yeux. Devant sa méfiance, je me rends compte que mon existence se résume à une suite de catastrophes aussi nombreuses que durables, à telle enseigne que mon récit paraît un mensonge grossier et invraisemblable. Terletti a-t-il raison ? Suis-je débile ?

Je soupire. Il se penche vers moi, prévenant.

— Soulage-toi, Augustin. Dis-moi tout. Dis-moi que tu te sentais si isolé que tu as préféré rejoindre un groupe. Dis-moi que ton quotidien manquait tellement de sens que tu as souhaité lui en donner en t'engageant pour une cause. Dis-moi que tu as lu et aimé le Coran. Dis-moi que tu aspires à réparer cet univers malade en lui en substituant un autre, plus pur et plus intègre. Ça semble si excusable… Vu ce que tu as enduré depuis ton enfance, je considérerais normal que tu confies ton salut à un parti religieux enthousiaste, actif. Tu possèdes des circonstances atténuantes. Chacun te comprendra, et moi le premier.

Je le fixe.

Mes mains tremblent.

Il me malmène, mais il s'occupe de moi. Il me rabroue passionnément. Quoique je lui échappe, il s'évertue à me déchiffrer. Quelle douceur, au fond…

Je baisse les paupières et hume son odeur. Le fumet de tabac se mêle à un parfum musqué, tandis que, dessous, çà et là, des fragrances acides, chaudes, charnelles, racontent son corps vif et nerveux. Sa sueur ne me déplaît pas. Sa virilité m'enivre. J'aime qu'il se tienne près de moi. Pas l'habitude. Que j'aurais adoré l'avoir pour père… Je reçois sa chaleur, je m'en pénètre. Il me trouble et m'inspire.

Piégé dans les filets de son intimité, j'ai envie de lui céder. De lui débiter tout ce qu'il désire. D'inventer les gentils mensonges dont il me remerciera. Ainsi je maintiendrai la proximité entre lui et moi… Ainsi je mettrai fin à cette attente inepte au milieu d'une salle sinistre et vide.

— Alors ? demande-t-il d'une voix enrouée, comme si mon embarras l'avait contaminé.

Je lève les paupières, aperçois une sorte de malice qui flamboie dans ses prunelles : il guette ma chute.

— Alors ? Rien…

Au dernier instant, tandis que j'allais plonger dans les faux aveux, je me suis retenu. Je demeure chancelant au bord du précipice.

Le visage de Terletti se ternit d'amertume.

Intérieurement, j'éprouve un soulagement voluptueux : en le décevant, j'exerce un plus grand pouvoir sur lui qu'en le satisfaisant.

Il se redresse. Je le vois flotter encore. Puis il prend sa décision et part.

— Je te laisse quelques heures pour réfléchir. Qui cherche trouve.

Les agents ont fini par me servir un casse-croûte et de l'eau.

Lorsque Terletti est repassé dans le couloir, je l'ai entendu demander au planton :

— A-t-il mangé le sandwich ?

— Oui.

— Sans protester ?

— Non.

— Sans hésiter ?

— Non.

— Et merde…

Il est reparti.

Je mets une minute à comprendre sa déception : on m'avait procuré un sandwich au saucisson ! Un musulman intégriste l'aurait rejeté. Pas moi. Je mine son hypothèse de radicalisation.

On me ramène dans une cellule, une cage de plâtre et de barreaux sans fenêtre, puant le vomi et l'eau de Javel.

M'allongeant sur la planche qui sert de banc, j'en profite pour dormir d'un sommeil peuplé de cauchemars.

Puis – combien de temps après, je l'ignore, on m'a confisqué ma montre – deux policiers me reconduisent en salle d'interrogatoire.

Terletti, assis cette fois-ci sur la chaise, semble fermé. Il m'accueille sans me regarder, m'incite à m'installer et ne perd pas une seconde :

— Où as-tu rencontré Mohammed Badawi, le cadet d'Hocine ?

— Dans une benne. Je l'explorais pour manger.

— Lui, que faisait-il dans cette benne ?

— Il cherchait l'ordinateur de son frère.

— Quelle benne ?

— Près de l'usine de boulons. Sous la rocade. À côté de mon squat.

— Ça correspond à la déposition de Mohammed Badawi.

Je devine que l'adolescent a subi les mêmes heures que moi. Par réflexe, je plains celui qui, si jeune, à cause de ceux qui l'entourent, connaît de tels revers.

— Mais l'ordinateur, je l'avais découvert avant qu'il débarque et déjà mis de côté. Je le gardais pour moi.

— Pourquoi ne nous as-tu pas tout de suite craché la vérité ?

— Je ne carillonne pas que je squatte les bâtiments pourris et que je fouille les poubelles. J'ai ma dignité.

— Ta « dignité » t'a rendu suspect.

— Ah bon ? C'est fini ? Je ne le suis plus ?

Contrarié, Terletti se met à tousser. Son thorax donne à sa toux la résonance d'une caverne. Il s'étouffe. Comme il peine à admettre qu'il s'est trompé !

— La juge d'instruction refuse qu'on prolonge ta garde à vue. Selon elle, nous manquons de preuves. Ce qui n'implique pas ton innocence. Je te tiens à l'œil, mon gars. Je n'en ai pas fini avec toi. Quoi que tu entreprennes, tu buteras sur moi. Allez, dehors !

Je me lève lentement. Mes yeux n'arrivent pas à se détacher de la farde tilleul en carton pelucheux qu'il conserve contre lui. Sur le seuil de la porte, je m'arrête.

— Dans votre dossier, y a-t-il l'identité de mes parents ?

Terletti pâlit.

— Pardon ?

— Je n'ai jamais su qui sont mes parents biologiques.

Terletti observe le bout pointu de ses chaussures.

— Peut-être ont-ils demandé l'anonymat ?

— Peut-être ?

— Sûrement.

Son malaise me prouve que le dossier – il le presse, inaccessible, contre sa poitrine – contient le renseignement.

— S'il vous plaît, dites-moi s'il contient leur nom.

— Il ne s'y trouve pas.

Nous nous toisons.

— Vous mentez plus que moi, monsieur le commissaire Terletti.

Je pars.

Dehors, il fait nuit. Il ne pleut pas mais le brouillard couvre le sol d'une couche liquide. Tout pèse, l'air, les ombres, la lumière des réverbères qui perce difficilement cette humidité fluide, le grondement feutré des voitures qui traversent les nappes opaques.

L'eau coule aussi dans mes veines. L'énergie m'a fui. J'ai faim. Des frissons me parcourent le dos. Je quitte l'hôtel de police d'une démarche titubante.

— Rendez-vous près du pigeon soldat.

Une voix a glissé ce message dans mon oreille. La personne qui a parlé me frôle et, avant que la brume ne l'absorbe, je reconnais la juge Poitrenot.

— Le pigeon soldat. Quand ?

— Chut !

J'ai crié.

— Oh pardon, madame.

— On doit ignorer que nous nous rencontrons, murmure la silhouette devenue invisible. À tout de suite, Augustin.

Une porte de voiture claque. Un véhicule démarre. Est-ce le sien ?

Je descends vers le parc Reine-Astrid. Les yeux au sol, j'évite les rares passants que je croise. Perçoivent-ils que je sors de prison ?

Le parc dort. En longeant les grilles, je regrette l'été, quand le beau temps me permet de coucher sur un banc de ce jardin. Ce soir, je ferme hermétiquement mon imperméable, épuisé, et je m'installe sous la haute colonne de pierre sculptée que surmonte un pigeon en bronze.

Des escarpins ferrés tambourinent le bitume, puis la juge Poitrenot émerge de la purée de pois, me rejoint, et nous nous asseyons sur un muret, dans la pénombre.

— J'adore cet endroit ! s'exclame-t-elle. As-tu remarqué, c'est le seul monument aux morts qui ne porte pas de noms ?

— Euh…

— Noble idée, cet hommage aux pigeons qui ont combattu, qui ont sauvé des vies en mer ou dans le désert, qui ont transmis les ordres entre les armées, qui se sont parfois échappés d'un incendie ou d'un champ gazé pour porter des messages importants, arrivant mourants au colombier. Des héros !

— Ils avaient été dressés : ils ne savaient pas ce qu'ils faisaient.

— Qui sait ce qu'il fait ? Qui sait ce qu'il dit lorsqu'il s'exprime ? D'ailleurs, qui parle en nous quand nous parlons ? Toi qui aperçois les morts en train de conseiller les vivants, tu devrais t'en douter.

Elle se tourne vers moi et effleure ma main.

— Pas trop pénible, ce séjour en prison ?

— Terletti me hait. Il me regarde comme un coupable.

— Qu'il se regarde plutôt lui-même.

— Pardon ?

— Je me comprends.

Elle agite ses doigts sur ses genoux.

Le brouillard s'effiloche et nous observons, au fond du parc, entre les toits, la lune entourée d'une large auréole caramel.

— Et votre fidèle Méchin ?

— Méchin ? Oh, le pauvre...

Elle place sa boîte de bonbons au-dessus de sa paume gauche.

— Je ne t'en propose pas, bien sûr ?

— J'en croquerais volontiers, je crève de faim.

Elle continue à secouer la boîte dont rien ne tombe.

— Pas de chance, il n'y en a plus. Désolée.

Je déglutis avec désagrément.

— Augustin, as-tu parlé à Terletti de ce que tu vois à travers les visages ?

— Non.

— Ne lui en parle jamais.

— Je vous le promets. Il me prend déjà pour un serin. Pas la peine que je l'encourage.

— Terletti représente le bipède ordinaire, le bipède adapté, parfaitement fonctionnel dans notre monde. Comme il renifle les choses la truffe à terre, il est devenu expert en trivialité, ce qui lui assure du prestige dans la population ras du sol. Voire du charme. Non ?

Je désapprouve tant Terletti que je contredirais la juge avec plaisir, mais je me rappelle mon émotion lorsqu'il s'est penché sur moi.

— Oui, je le reconnais.

— Pour nous, les femmes, Terletti détient quelque chose du mâle primate qui nous titille le cerveau archaïque, qui nous cajole les hormones et nous réveille les ovaires. Cela tient à je ne sais quoi… sa crinière de cheveux bruns implantée bas sur le crâne… sa séchéresse musculeuse… sa chaleur… son humeur inflammable qui annonce l'incendie… son énergie intérieure que manifeste la pilosité de son corps. Il paraît à la fois inquiétant et rassurant, entre le chien qui nous protège et le loup qui nous menace. Très attirant… Et pour vous, les hommes ?

— Mm… Terletti montre un physique cohérent avec ses certitudes, vigoureux, carré. Ses convictions ne tremblent pas, ses mains non plus. Il me semble plus viril que je ne le serai jamais.

— Il t'a prouvé que tu présentais un profil propice à la radicalisation ?

— Exact.

— S'il se trompe sur le fond, il n'a pas tort sur les détails. Avec ce que tu as vécu, et surtout avec ce que tu n'as pas vécu, tu devrais haïr la société.

— De quoi ?

— D'être marginalisé depuis ta naissance.

— Pourquoi le reprocherais-je à la société ? Elle a réparé la défaillance de mes parents.

— Aujourd'hui, tu cherches du travail, tu n'en trouves pas, Pégard t'exploite, tu couches dehors, tu te nourris mal. Cela pourrait te conduire à déprimer, à adopter des idées simplistes, à désigner des boucs émissaires pour expliquer ta défaite, à te radicaliser, à devenir violent. Tu as pourtant continué à te comporter en honnête garçon.

— Merci.

— Tu offres une proie parfaite à la violence, mais la violence n'a pas de prise sur toi. Pourquoi ? Voilà ce que rate Terletti. Lui, il s'englue dans le social, dans le psychologique, dans le politique, il colle aux circonstances. Il examine le « comment » en le confondant avec le « pourquoi ». Or la question essentielle demeure : pourquoi ? Pourquoi as-tu échappé à la radicalisation, à l'intégrisme, à la rancœur, à la fureur ? Pourquoi ?

Elle me regarde et profère sans attendre :

— Parce que Dieu t'a laissé tranquille.

Je frissonne. Elle continue :

— Bienheureux Augustin ! Dieu te fout la paix.

Elle secoue sa boîte de bonbons, oubliant qu'elle n'en recèle plus.

— Zut !

Elle fait contre mauvaise fortune bon cœur et désigne la ville alentour.

— Selon moi, il y a deux sortes d'humains. Ceux que Dieu laisse tranquilles. Ceux que Dieu harcèle.

Tu te situes dans le premier lot. Tant mieux ! Tu l'as échappé belle.

— Cela vient de moi ou de lui ?

— Pardon ?

— Je n'intéresse personne chez les humains. Pensez-vous que je produis le même effet à Dieu ?

— Il t'évite.

— Ça vient de moi ou de lui ?

— De lui ! La responsabilité t'échappe. La foi ne vient pas des hommes, mais de Dieu. Lui seul l'octroie ou la retire.

— Pourquoi ne distribue-t-il pas la foi à tout le monde ?

— Je ne comprends pas ta question. Pourquoi la distribuerait-il à tout le monde ?

— Ce serait plus équitable.

— Mais Dieu n'est pas équitable.

— Nous serions tous égaux.

— Ce qu'il détesterait ! Il passe son temps à élire, à choisir, à désigner.

— Il n'accorde la foi qu'à ceux qui la méritent ?

— En aucun cas ! Le meilleur des hommes, le plus généreux, le plus brave, le plus perspicace, celui dont chaque acte devrait lui valoir la grâce, celui-là peut ne jamais la recevoir. J'ai rencontré des êtres admirables qui vivaient dans l'indifférence de Dieu. Même chez les religieux, une majorité n'a jamais connu sa présence. Tiens par exemple, Mère Teresa qui a consacré sa vie aux lépreux de Calcutta…

— Elle ne croyait pas ?

— Elle voulait croire, mais Dieu demeurait absent et silencieux. Elle n'a jamais été comblée par sa visite.

— Mais vouloir croire, n'est-ce pas déjà croire ?

— Vouloir croire révèle un appétit autant qu'un renoncement, une ambition autant qu'un échec. Vouloir croire ressemble au désespoir. Les êtres désirent croire et deviennent athées par dépit. Je réitère : la foi vient de Dieu, pas de l'homme.

— Dieu est injuste.

— Les textes sacrés ne racontent pas autre chose.

— Dieu est cruel.

— C'est écrit noir sur blanc dans certains versets et certaines sourates.

— Dieu est radin.

— Disons qu'il s'économise. Il connaît bien les hommes puisqu'il les a créés. Il sait que la plupart d'entre eux ne réfléchissent pas mais se contentent de suivre le mouvement. Faute de méditer, ils remâchent. L'instinct grégaire régit le troupeau. L'humanité avance en ruminant. Superflu que Dieu s'en occupe. Il ne s'adresse qu'à une minorité : le cercle des leaders.

Elle rit.

— Quant au petit nombre de ceux qui construisent rationnellement leurs opinions, Dieu ne s'en préoccupe pas non plus car il ne les atteindra pas.

Je la considère. Elle raisonne avec aisance, comme un jongleur professionnel manipule ses balles.

— Croyez-vous en Dieu, madame Poitrenot ?

— Non, je n'y crois pas. Mais je suis persuadée qu'il existe.

— Ce n'est pas croire, ça ?

— C'est avoir peur.

Elle pose sa main sur ma cuisse. Alors que ce geste prétend me rassurer, je sens l'angoisse frémir entre ses phalanges.

— Pour certains, la beauté, l'intelligence et la bonté qu'ils perçoivent dans l'univers les conduisent à Dieu. Pour moi, c'est le mal.

Elle agrippe mon genou.

— Quand les hommes rechignent à penser le pire, Dieu les aide. Les massacres, les guerres, les génocides, les holocaustes, les exécutions, les explosions, l'Inquisition, le terrorisme radical, voilà la preuve de Dieu sur terre.

Elle approche son visage douloureux du mien.

— Où en est ton enquête ?

11

L'usine de boulons désaffectée m'accueille comme si je lui avais manqué. Dès que j'enjambe l'enceinte et pénètre le site, elle éloigne les corbeaux, dévoile la lune, guide mes pas, ouate de silence l'atelier où je grimpe, puis tire les rideaux des nuages pour m'offrir une obscurité propice à mon sommeil. Les retrouvailles avec mon sac, mes rares vêtements, mes cahiers m'émeuvent aux larmes. Autour de moi, les hautes fenêtres aux vitres brisées montent la garde, sentinelles de ma tranquillité, et les parois centenaires assurent ma protection contre le vent et les intempéries. Mon retour est fêté, ma nuit ne ressemblera pas à la première, celle où, intrus, j'entendais toutes sortes de sifflements bizarres à travers la toiture et les planchers.

L'homme fait parler les objets, je le sais ; moi, je les pousserais même au bavardage. Faute de se soumettre en me criant « Je t'appartiens », ils m'adressent des sentiments divers. Discutent-ils autant avec un homme riche qui rentre chez lui ? Peut-être la propriété rend-elle les objets muets ?

Quelle chance ! Comme je ne possède rien, tout m'est hospitalier.

Au matin, je me réveille heureux. Quoique je ne détecte aucune raison spéciale de me réjouir, j'éprouve en moi ce calme repu qui succède aux crises de larmes. Je contemple le terrain vague. À une bise moins froide, je devine que le printemps frémit, que les plantes passeront bientôt du trépas à la vie, qu'une énergie s'obstine, grouille, enfle, en s'infiltrant dans les veines des vivants. Des brins d'herbe jaunis se hérissent vers le soleil. Chaque seconde, des traits mélodieux, des trilles, des roulades fusent à travers le taillis. Le ciel a l'air bien disposé. Je cède à cette exaltation sans motif.

En marchant vers la gare pour me laver aux latrines, le jour me sourit, un chant trépidant fredonne en moi, je me vois fort comme un géant, capable d'arrêter un camion à bout de bras, de sauter les barrières, y compris les grandes grilles qui défendent la voie ferrée. Les enfants que je croise sur le chemin de l'école balancent gaiement leur tête. Pas l'ombre d'un souci dans leurs yeux, pas le moindre fardeau sur leurs épaules.

Je songe à la phrase de la juge Poitrenot : « Dieu te fout la paix. » Je m'estime libre. Libre à l'infini. Libre jusqu'à l'ivresse. Dieu m'ignore mais ne me gâche pas la vie. Bien que la fortune et la sécurité me fassent défaut, j'ai reçu cette grâce singulière d'exister sans lui. Le doigt de Dieu m'épargne.

Après une toilette rapide, discrète, je débarque au journal d'humeur à vaincre les difficultés les plus herculéennes. Heureuse coïncidence car Pégard m'assaille sitôt que je franchis le seuil de la rédaction :

— Ils t'ont relâché, finalement !

— Ils ne m'ont pas relâché puisqu'ils ne m'ont jamais emprisonné. Ils m'interrogeaient.

— La garde à vue concerne les suspects, pas les témoins.

— Vous ne voulez plus que je travaille ici ?

Pégard se fige. Il ne s'attendait pas à ce que je lui annonce ce qu'il pensait. Du coup, je joue la surprise à mon avantage :

— Je comprends, monsieur Pégard. Une rédaction qui abrite un journaliste que la police harcèle, le soupçonnant de disposer d'informations capitales, sûr que ça fait causer. En bien ? En mal ? Difficile à déterminer. Mais ça galope… Vous tenez certainement à éviter ce genre de buzz.

Je pivote pour quitter le local.

La main courte de Pégard me rattrape avec énergie.

— Tu restes, Augustin. Il ne sera jamais dit que Pégard laisse ses collaborateurs choir dans la dèche. Je ne redoute pas le scandale.

Je me retourne en tâchant de ne pas rire. Plus je lui tends des pièges grossiers, plus il s'y vautre.

— Viens, mon petit, viens dans mon bureau pour tout me raconter. Nous allons en tirer un article. Ce sera du Zola ! Notre « J'accuse ! ». Tu vas baver devant le panache que ça prendra. Ah, la police abuse ? Ah, la police se trompe ? Ah, la police enquête à partir de ses préjugés ? C'est compter sans les médias ! C'est négliger Pégard !

Il nous enferme dans son bureau.

Trois heures plus tard, il est parvenu à torcher un article abject mais efficace, « Rebondissement dans le drame de Charleroi ! », un texte qui dit tout sans rien dire, qui sous-entend que la presse détiendrait plus d'informations que la police et les renseignements, bref, le brûlot qu'on doit lire plusieurs fois avant de conclure qu'il se réduit à du vent.

Profitant d'une pause, je téléphone à Gisèle Gemayel, l'assistante d'Éric-Emmanuel Schmitt. D'une voix chaude et ensoleillée, elle me confirme avoir été mise au courant et me propose deux rendez-vous, l'un le jour même, l'autre la semaine suivante. J'opte aussitôt pour le premier.

En montant dans le bus, je saisis que ma joie du matin augurait mon après-midi : je vais rencontrer un de mes auteurs préférés, un de ceux qui m'ont donné le désir de consacrer ma vie à l'écriture !

Arrivé en avance à Guermanty, je me dirige vers le bistrot qui promet un sandwich à un euro cinquante. L'air vide et clair me gonfle les poumons. Lorsque je pousse la porte tintinnabulante, les conversations cessent, les hommes attablés me dévisagent. Le patron, un gars jovial, perçoit ma gêne et m'installe avec bonhomie au bar, histoire d'éviter les yeux qui me scrutent.

Les discussions reprennent. On m'y mêle. Le physique empâté, les joues couperosées, les mains abîmées, ces hommes ont exercé ou exercent toujours des métiers rudes qui les exposent aux intempéries. Je finis par avouer que je viens interviewer l'écrivain du village.

— Ah, monsieur Schmitt ! s'exclame le patron. Il passe devant la vitrine en promenant ses chiens. Il nous salue poliment mais n'entre jamais.

— Normal, rétorque un client, il habite juste à côté. Il n'a pas besoin de toi pour boire un verre.

— Je te signale que tout le monde, dans mon café, habite juste à côté.

— Ça signifie que lui, au moins, il ne se fait pas chier chez lui !

Ils s'esclaffent. Derrière l'hilarité qu'ils partagent, je sens une mélancolie secrète, le doute d'avoir pris les bonnes options dans l'existence, car ne pas s'ennuyer à la maison leur semble une qualité enviable, bien plus exceptionnelle que le don d'écrire ou de créer.

À l'heure pile, je contourne la propriété et me présente devant le vaste portail qui perce les remparts. Aussitôt, des chiens hurlent. Une voix contrariée grésille dans l'interphone :

— Vous désirez ?

— Augustin Trolliet. J'ai rendez-vous avec monsieur Schmitt pour un entretien.

Un silence suit. Je m'inquiète. La voix revêche, inhospitalière, qui m'a parlé me semble la sienne.

— D'accord.

Oui, c'est lui.

Les lourdes portes de bois s'ouvrent, découvrent un jardin à l'anglaise, et, surgissant de la maison au loin, une meute fonce en aboyant vers moi.

Du fond, au bout de la pelouse, Éric-Emmanuel Schmitt crie :

— Ne craignez rien. Ce sont des chiens d'alarme. Ils ne vous mordront pas.

De fait, les chiens stoppent à deux mètres, vocifèrent, montrent les dents, m'empêchant de progresser sans m'attaquer.

Schmitt chemine dans ma direction ; il s'échappe d'un autre monde, ne se presse pas, sa démarche conservant son propre rythme, ses yeux fixés sur ses pensées. Je l'importune. L'hostilité des chiens émane de lui, exprime sa sauvagerie, sa colère d'être dérangé.

À mon niveau, il ordonne aux animaux de se taire :

— Assez !

Ils contractent leurs muscles, abaissent leurs sourcils, leurs prunelles soutenant mon regard, et sourdement, du fond de leur gosier, ils grondent.

— Suffit, c'est bon !

Tel un ressort qui lâche, les chiens se détendent, folâtres, attirés par les touffes d'herbe qu'ils mordillent. Comme si cet ordre avait été aussi soufflé à ses réticences, Schmitt s'éclaire et me sourit.

Il m'invite à le suivre jusqu'à la ferme-château, un édifice du XVIIe siècle, sobre, élégant, doux, à la façade gris pâle, légèrement bleutée. Une tour de guet, datant d'une première configuration féodale, se dresse au milieu du jardin depuis le Moyen Âge – ainsi que les remparts, m'apprend-il.

Nous entrons dans un grand salon lumineux dont les six fenêtres tamisent les rayons à travers des voilages plissés. La maison respire la paix. Rien n'arrête la contemplation, les patines luisent, tout semble appartenir à l'évanescence d'une atmosphère.

Zohra, une femme d'ouvrage, nous apporte deux cafés et Schmitt entame une conversation frivole, sorte de prélude destiné à me mettre à l'aise. Les chiens s'allongent sur le tapis, ils battent des cils et s'alanguissent, prêts à rejoindre la sieste sacrée. Rien ne les intéresse sinon leur maître. Ils le regardent vivre, ils l'écoutent, ils s'astreignent à imiter sa tranquillité et son immobilité.

Pendant que Schmitt devise, je remarque que des livres aux reliures versicolores couvrent le pan du fond sur une hauteur de cinq mètres, alors que les autres parois sont consacrées à la musique. Entre les tentures en lin bistre, un bureau isolé capte les reflets du jour, couvert d'un cuir lisse ambré comme une peau. Derrière moi s'ouvre la gueule noire et intimidante d'une cheminée dans laquelle plusieurs personnes tiendraient debout. Lorsque mes yeux reviennent sur le large fauteuil en velours violet où Schmitt s'est assis, j'aperçois subitement des morts.

Plusieurs morts.

C'est la première fois que j'en vois autant.

Plus ou moins nets, plus ou moins présents – quelques-uns semblent même translucides –, ils flottent autour de lui.

Devant le mur de livres, un mur de morts encadre l'écrivain.

Certains me procurent une insolite impression de familiarité. Je me concentre et tente de les identifier. Celui-ci, jeune, agité, avec sa perruque blanche, ressemble à Mozart. Celui-là, l'homme débraillé en robe de chambre, évoque Diderot. Sur la banquette, les paupières closes, repose un bouddha. Et la dame aux cheveux crépus, aux yeux de chat soulignés par du khôl, dans une position lascive et rêveuse, s'apparente à Colette.

J'ai compris. Les génies auxquels Schmitt rend si souvent hommage dans ses livres ou ses entretiens partagent son existence. Ils ne l'ont pas influencé à un moment précis, achevé, du passé, ils habitent et dialoguent avec lui, le conseillent, le critiquent, l'inspirent.

Muni de ce critère, je réussis à mettre un nom sur d'autres morts qui vaquent dans l'atmosphère. En cet homme sanguin, là-bas, avec une énergie péremptoire, le jarret nerveux, je reconnais Molière. Au sol, entre le sofa et le fauteuil, ce malade en sueur qui écrit sur un petit pupitre en permanence, il rappelle Pascal. Plus loin, je repère, diffus, volatiles, Bach, Schubert, Debussy. En revanche, je ne remets pas le moine à la face aussi ascétique que brillante qui règne au sommet, non plus que l'enfant chauve d'une dizaine d'années ou le vieil Arabe jovial appuyé sur l'épaule de Schmitt.

— Je me sens étrangement bien ici, lui dis-je.

Il apprécie ma déclaration.

— Trois sources se rejoignent sous nos pieds.

— Et alors ?

— Cela crée une énergie très spéciale. Prenez votre portable.

— Je n'en ai pas.

Il hausse le sourcil.

— Voici le mien. Je branche la boussole. Vérifiez !

Je constate que l'aiguille panique, tourne en rond, incapable de désigner le nord.

— Ce lieu déroute les boussoles, les traditionnelles comme les électroniques.

— Qu'est-ce que cela signifie ?

— Que tout est possible ! Voilà pourquoi j'ai élu domicile ici. Lorsque je venais visiter la propriété en me demandant si je l'achèterais, mes chiens, comme moi, ne se décidaient jamais à en repartir. Pour les maisons comme pour les humains, on ne choisit pas celle ou celui qu'on aime. On cède. Quand on cherche des raisons d'aimer, on n'aime pas.

— Monsieur Schmitt, vous qui vous êtes intéressé à plusieurs religions en leur accordant une attention respectueuse, vous qui n'avez pas hésité à avouer votre foi, quel jugement portez-vous sur les terroristes qui tuent et s'immolent au nom de Dieu ?

— Me voici doublement triste. Affligé par la violence. Indigné qu'elle se réclame de Dieu.

— Dieu n'est-il pas belliqueux ?

— Dieu ne parle pas nos langues. Il a besoin d'interprètes.

— Et les interprètes manquent de fiabilité ?

— Aucun ne parle au départ la langue de Dieu.

— Ils l'apprennent.

— Ça ne s'apprend pas. On peut étudier la langue des Églises, la langue des religions, mais pas la langue de Dieu. On ne trouve pas de bilingues Dieu-hommes.

— Même les prophètes ?

— Ils bénéficient de quelques notions. Qui ne dépassent jamais le cours préparatoire.

— Même les mystiques ?

Son faciès s'assombrit. Au-dessus de lui, le moine aux traits austères et aux yeux perçants se penche pour tendre l'oreille.

— Les mystiques rencontrent Dieu mais cette expérience se situe dans un monde à part que ne balisent plus les mots. D'ailleurs, est-ce encore le monde ? Plutôt le revers du monde. Ou la vérité du monde.

Il bat des cils, traquant ses idées.

— Quand j'ai vécu ma nuit mystique, sous les étoiles, au cœur du Sahara, j'ignorais dans quel espace et dans quel temps la force divine m'emmenait. Je perdais mes limites, celles de mon corps, celles de ma conscience, je quittais la pesanteur autant que les heures, le sol contraint comme la durée subie. Je m'évadais. Et plus je m'éloignais de moi, de mes jalons, plus je recevais. Jusqu'à me dissoudre.

Au-dessus de son front, le moine s'est rapproché, enjoué, le regard aimant.

— Revenu à moi, j'étais plein. Plein pour toute ma vie. Enceint de sens. J'avais acquis la foi, c'est-à-dire la confiance dans le mystère. Comment décrire un tel moment inouï, inattendu, à part ? Aucune langue n'a prévu ces pics, cette folie, cette nébuleuse, ces arcanes, cette fondation. Les phrases ondoient à la surface du sensible. Les mots racontent le visible, pas l'invisible ; ils narrent l'expérience ordinaire, jamais l'extraordinaire. Le mystique ne s'exprime qu'approximativement, par métaphores : il est condamné à la poésie.

Le moine approuve Schmitt, hilare. Je me demande s'il ne lui souffle pas la suite :

— Rien que prononcer « Dieu » me coûta. Le terme a été employé en de multiples sens. Quel rapport entre les dieux-esprits de l'animisme, les dieux divers du paganisme, le dieu architecte des philosophes, le dieu principiel des rationalistes, le Dieu personnel des religions, le Dieu unique du Livre, Celui qu'on peint, Celui qu'on ne dessine pas ? Et le mien, qui est-ce ? Celui devant lequel je m'incline. Celui qui donne l'énergie de vivre et d'agir. Celui que je remercie du matin au soir, à chaque inspiration, dans toute prière.

Le moine tapote le crâne de Schmitt. Celui-ci se détend.

— Je n'ai pas honte de croire. La grâce qui m'a été offerte au Sahara représente, après celui de la vie, le plus magnifique présent que j'aie reçu. J'ai eu deux sortes de géniteurs, mes parents et Charles de Foucauld.

À cet instant, le moine regagne le plafond, s'effaçant, comme gêné par cette assertion. Je comprends qu'il s'agit de Charles de Foucauld, la figure spirituelle du désert, le père blanc dont Schmitt a suivi les traces dans le Hoggar.

— Le voyez-vous, parfois ?

J'ai posé ma question sans réfléchir. Schmitt sursaute.

— Pardon ?

Mesurant l'incongruité de ma remarque, je réponds d'une manière moins assurée :

— Charles de Foucauld ?

Je contrôle que le moine se trouve toujours au plafond de la pièce. Schmitt fronce les sourcils, sa voix se glace :

— Charles de Foucauld est mort en 1916, jeune homme.

— Je le sais, monsieur Schmitt. Le 16 décembre 1916. Je me demandais si vous dialoguiez avec lui.

Il sourit, rassuré.

— Vous me touchez, monsieur Trolliet. Effectivement, je le sens auprès de moi. Je ne le « vois » pas, comme vous dites. Je perçois pourtant sa présence bénéfique. J'ai même parfois l'impression de… l'écouter. Et ses phrases m'inspirent.

J'en conclus que Schmitt entend mais ne voit pas. Est-ce le propre d'un écrivain ?

Il rougit, regrettant déjà cet aveu.

— Ne gardez pas cela dans votre article, s'il vous plaît. Je vous livre cette confidence à vous, l'homme, pas au journaliste. Votre sensibilité m'a troublé et je me suis laissé aller. Revenons à l'interview.

— Selon vous, la violence des terroristes n'obéit-elle jamais à la violence de Dieu ?

— Le Dieu que je vénère ne déclenche ni pensées ni actions négatives. Il éclaire, il apaise, il produit de l'amour. Loin d'augmenter les fissures ou d'amplifier les divisions, il nous fait pénétrer dans l'unité et l'harmonie du Tout. Il nous remplit de reconnaissance, pas de jalousie. Il comble nos frustrations ou nous signale leur ridicule. Il nous agrandit au lieu de nous rapetisser, tout en nous ramenant à une humilité modeste. Ce Dieu-là n'exige pas qu'on tue mais qu'on aime et qu'on perpétue la vie.

— Si ce n'est pas Dieu, ce sont les religions qui poussent au crime ?

— Dieu constitue le feu, les religions en dérivent comme des refroidissements. Différentes, elles renferment le même cœur. Un fond unique, universel, flambe à leur origine. Pourquoi se multiplient-elles ? Pourquoi divergent-elles ? Pour des facteurs secondaires. Le feu reste le feu, au-delà des mots et des concepts. Afin de dire cet indicible, le prophète et le mystique transposent, traduisent. Premier refroidissement. Puis les textes circulent, amendés, récrits. Deuxième refroidissement. Ensuite, les cultes s'établissent, les rites se définissent, les Églises se construisent. Troisième refroidissement. Enfin, pour unir les masses de façon claire et simple, les dogmes remplacent le feu. Et là, ça peut devenir polaire !

Deux fantômes rient à cette réplique, le Foucauld du plafond et le bouddha du sofa.

— Cependant, les religions gardent un axe. Elles combattent les instincts égoïstes des hommes, elles les arrachent à la jungle pour les mettre en société, elles les élèvent au-dessus de la brutalité pour leur inculquer la loi, celle qui vaut pour tous. Elles substituent un ordre spirituel au chaos de pulsions individuelles. Les religions éduquent, socialisent, pacifient. De tout temps, elles nous ont amenés à un degré de maîtrise supérieur, nous ont fait transcender l'animalité. Les religions dessinent l'humanité comme horizon. Certains athées militants – et pas des moindres, d'Épicure à Freud – affirment que les religions ont créé Dieu ; moi j'estime qu'elles ont créé l'homme.

— Qu'entendez-vous par l'homme ?

— Un bipède sans plumes plus malheureux que l'animal, car habité de questions dont il n'obtiendra jamais les réponses. Une quête inachevée.

Je jette un coup d'œil à ses trois chiens.

— Vous les pensez plus heureux que vous ?

— Ils cultivent la joie avec une énergie qui me dame le pion. Mais j'apprends... ou plutôt ils m'apprennent.

Sur ces mots, je repense à mon enthousiasme sans cause de ce matin, à ma force instinctive reliée au printemps. Peut-être les animaux vivent-ils constamment sur ce mode pulsionnel...

— Si je vous entends, monsieur Schmitt, les religions, quoiqu'elles nous parlent de Dieu, au nom de

Dieu, et prétendent nous y conduire, s'éloignent de Dieu, du feu initial, du cœur brûlant capté par les mystiques et les prophètes. Pensez-vous qu'elles s'en écartent trop ?

— Oui.

— Parfois ?

— Toujours. Les religions commencent divines, elles finissent humaines. De manière générale, les institutions, comme les civilisations, foncent vers leur disparition, car le temps les vide. En vieillissant, la forme prend plus d'importance que le fond, le contenant compte davantage que le contenu. Ce qu'on appelle la décadence.

— Tel serait le destin de toute religion, la décadence ?

— Oui. Sauf si la religion est de temps en temps revivifiée par des êtres exceptionnels, saints, théologiens, artistes, mystiques, qui savent enlever la poussière, rafraîchir le sens, revenir à la source, créer de nouvelles aubes avec les matins d'hier. Les trois religions du Livre – judaïsme, christianisme et islam – survivent ainsi...

— Pensez-vous que toutes les religions se valent ?

— Voilà la question que j'aurais préféré que vous ne me posiez pas.

— Comment l'omettre aujourd'hui, quand des hommes déciment au nom de l'islam ?

— Les hommes ont assassiné au nom de toutes les religions. Même les spiritualités orientales ont justifié des guerres. Et le bouddhisme, malgré son pacifisme, a été récemment brandi lors des bains de sang en Birmanie ou au Sri Lanka.

Le paisible bouddha du sofa se renfrogne et dévisage Schmitt en se demandant ce qu'il raconte.

— Pauvre Milarepa, susurre l'auteur.

Le bouddha ferme les paupières, affligé. Je comprends alors qu'il est Milarepa, ce sage tibétain sur lequel Schmitt a composé un texte.

Je poursuis :

— Il y a donc un lien entre le religieux et la violence.

— Non. Il y a un lien entre l'ignorance et la violence. La violence me paraît une entreprise désespérée pour se dérober à l'incertitude. Ceux qui frappent veulent avoir raison et ne pas être démentis. Ils désirent échapper aux questions. Ils tiennent à savoir. Les malheureux souhaitent du marbre là où ne coule que de l'eau. Ils fuient la condition humaine, faite de plus d'interrogations que de réponses. Au fond, ils tentent de devenir Dieu en personne, Dieu dont ils ne parviennent qu'à produire un mime dérisoire.

— Certes, un philosophe ne vire pas agressif parce qu'il doute. Mais un homme de foi ne doute pas, lui.

— Si ! Je doute et je crois à la fois. Mon doute et ma foi cheminent parallèlement, le long d'une frontière commune, car ils n'habitent pas le même pays. Mon intellect continue à sonder, puisque Dieu ne relève pas de la science, son existence ne se prouvant pas comme $2+2 = 4$. Et ma foi avance, vigoureuse, stable, inébranlée, dans son propre champ, le cœur, le souvenir, la réceptivité, l'imagination.

— Votre foi ne répond pas à votre doute ?

— Non, puisqu'elle habite un autre territoire.

— Et votre raison n'ébranle pas votre foi ?

— Non, puisqu'elle habite un autre territoire.

— Vous êtes double.

— Je suis un et complexe. J'accepte d'appréhender le monde selon deux modes, l'intelligence et le cœur. Et je ne les confonds pas.

— Croire exclut savoir.

— Voilà ! Ma raison doute parce qu'elle n'est pas foi. Et ma foi propose parce qu'elle n'a pas raison et qu'elle n'est pas raison.

Il caresse le chien noir, lequel semble aussi soulagé que son maître par cette formulation.

— J'en conclus, monsieur Trolliet, que la violence est une pathologie de la connaissance. Au lieu d'admettre les bornes de son esprit, le fanatique refuse d'ignorer ce qu'il ignore et préfère prendre ses options subjectives pour des vérités objectives. La violence surgit quand l'homme rejette ses limites.

— La violence constituerait un symptôme ?

— La violence révèle une maladie de la pensée. Attention, une maladie de la pensée, pas une maladie religieuse. On massacre pour d'autres idéologies que la religieuse, on massacre pour des querelles dynastiques, on massacre par nationalisme, on massacre par racisme, on massacre par antisémitisme, on massacre par sentiment de supériorité. Quelle idiotie, prétendre que les religions génèrent la férocité ! À chaque époque on abat. Au nom de n'importe quoi. Toutes ces intolérances expriment l'identique peur de la perplexité. Le barbare élimine celui qui ne pense pas comme lui.

Il soupire, épuisé, tandis que Diderot lui murmure quelque chose à l'oreille.

— Quelle perspective débilitante ! poursuit-il. On peut exterminer les trois quarts de l'humanité, on ne tuera pas le doute.

— J'apprécie cette définition : la violence comme une pathologie de l'incertitude.

— Ou comme un impérialisme de la bêtise.

— Quelle solution ?

Diderot claironne dans l'oreille de Schmitt.

— La solution ? Tous philosophes ! Le salut ? La connaissance ! Attention, une connaissance aussi humble que la foi, une connaissance qui sait qu'elle tire sa validité de ses procédures restreintes. J'estime définitivement que la seule discipline qu'on devrait pratiquer après avoir appris à lire et à compter, c'est la philosophie.

— Nous en sommes loin.

— Raison pour laquelle nous en sommes là !

Il se lève et s'approche d'une fenêtre. Les yeux mi-clos, il respire la lumière comme d'autres boivent ou fument, avec volupté. Quelques secondes après, il se retourne vers moi, semble me redécouvrir, puis désigne la chienne caramel qui voudrait se glisser entre le sofa et le fauteuil. Les cuisses courtes, bardées de muscles, tel un lutteur japonais, elle gémit en piétinant.

— Vous avez remarqué ? Ma chienne Daphnée hésite toujours à passer par là. Elle tergiverse, elle attend, elle opère parfois un demi-tour. À croire qu'elle évite quelqu'un, ou qu'elle lui quémande l'accès, voire qu'elle patiente jusqu'à son départ… J'en viens à me demander si elle ne perçoit pas les fantômes. Lulu également, le chien noir, fixe la bibliothèque pendant des heures en observant des éléments précis que je ne repère pas. Non seulement les animaux ont certains sens plus développés que les nôtres, comme l'ouïe et l'odorat, mais ils détiennent peut-être un sens supplémentaire. Qu'en pensez-vous ?

Je m'empare de ce moment pour risquer le tout pour le tout :

— Monsieur Schmitt, je dois posséder ce sens-là.

— Pardon ?

— Je vois ce que voit Daphnée.

— Ah…

— C'est Pascal.

— Pardon ?

— Le philosophe Blaise Pascal. Depuis tout à l'heure, il est assis en tailleur et il écrit sur des feuillets. Quand Daphnée a essayé de se frayer un chemin, il n'y a pas pris garde.

Schmitt me toise, effaré, puis contemple Daphnée qui cherche à se faufiler entre les deux fauteuils. Sa queue fouette, ses reins frétillent, ses babines se retroussent. Comme Pascal reste concentré sur ses pensées, Daphnée, déçue, les oreilles couchées par l'échec, renonce et esquive le sofa.

Schmitt se frappe le front.

— Vous déconnez ?

L'émotion l'étrangle.

— Vous vous foutez de ma gueule ?

Il devient véhément sans que je discerne si cette ardeur signifie qu'il se cramponne au monde normal ou qu'il s'apprête à changer de plan.

— Monsieur Schmitt, depuis que vous vous êtes assis dans votre fauteuil, je vois de nombreux morts autour de vous. Des morts vivants puisqu'ils vous espionnent, vous écoutent et parfois vous parlent.

Il rentre la tête dans les épaules.

— Là ?

— Oui, ils édifient presque un mur.

Je désigne Lulu, la truffe posée sur ses pattes avant, qui ne lâche pas la féline Colette des yeux.

— Voilà ce que Lulu surveille.

Schmitt détourne les yeux, mi-sceptique, mi-effrayé.

— Je… je n'oppose pas d'objection de principe à ce que vous me racontez… je tiens à garder l'esprit ouvert… mais vous avouerez… Qui nous rendrait visite ?

— Ici, Mozart. Là, Diderot. Charles de Foucauld trône au plafond. Colette paresse au bord du bureau. Milarepa n'a pas bougé, sauf quand vous avez évoqué les carnages bouddhistes en Asie. Molière fait les cent pas et Bach, Schubert, Debussy voltigent aussi.

Schmitt éclate de rire, d'un rire froid, cruel, excédé, qui ne lui ressemble pas.

— Bravo, jeune homme ! Vous m'avez bien lu. Vous vous souvenez de mon panthéon et vous en tirez une bien jolie fiction. À cause de Daphnée, je vous ai cru un instant.

— Je ne plaisante pas, monsieur.

— Si.

— Non.

Il se fige et ne feint plus l'enjouement.

— N'insistez pas.

— Je vous jure que…

— Notre entretien s'achève. Merci.

Fidèles aux sentiments de leur maître, les trois chiens se relèvent, me signifient que je dois partir en se disposant à m'escorter.

— Monsieur Schmitt, je vous jure que je ne vous mens pas. Je n'ai pas extrait de vos livres les personnages qui planent ici car je ne les reconnais pas tous. Certains me demeurent obscurs.

— Exemple ? lance-t-il de manière mécanique.

— Ce garçon de dix ans au crâne chauve.

— Oscar, le jeune malade dont j'ai raconté les derniers jours sur terre dans un conte.

Il me toise sans aménité.

— J'ai souvent précisé que, même si mon texte relève de l'imagination, cet enfant ne me quitte pas.

— Et ce vieil homme souriant à la prestance moyen-orientale ?

— Monsieur Ibrahim ! J'ai répété mille fois en interview que ces deux personnages, Oscar et Monsieur Ibrahim, quoique je les aie inventés, m'accompagnaient partout et me prodiguaient leur sagesse ou leur courage. Je détecte d'où vient tout ce que vous avancez. Vous en restez à votre copié-collé, monsieur l'imposteur.

Sa physionomie s'est durcie. Sa main m'incite à partir de façon impérieuse. Il ne me supporte plus.

— Et là, monsieur Schmitt…

Je désigne une figure qui se tient à l'écart depuis le début.

— Là, une femme de trente ans, petite, un peu dodue, les yeux marron, regarde devant elle avec l'air étonné.

— Pardon ?

— Elle chantonne de temps en temps, sinon elle va déchiffrer les reliures et les caresse.

— Le chant… les livres… Oh, mon Dieu.

Ses lèvres se mettent à trembler. Il fixe le sol, abasourdi.

— L'air étonné, vous dites ?

— Oui, l'air étonné… Comme ces morts qui n'ont pas compris qu'ils sont morts.

Schmitt s'écroule dans un fauteuil.

— Les yeux marron ? Très ronds ?

— Oui.

— Belle ?

— Ni belle ni pas belle. Jolie.

Il se mord les lèvres, douloureux.

— Elle est… ici !

Ses prunelles se remplissent de larmes.

Il se relève, me bouscule, s'enfuit par les escaliers, talonné par ses chiens gémissants qui ont perçu la détresse de leur maître.

Une porte claque à l'étage. J'entends des verrous s'enclencher.

Me voilà seul. Je tourne la tête vers le salon. Le mur de morts a disparu.

— Zohra ? Madame Zohra ?

La femme d'ouvrage s'est éclipsée. Aucun bruit ne résonne dans l'immense demeure. Que faire ?

12

Je me morfonds. Depuis une heure, planté au salon, je moisis sur le siège que Schmitt m'a attribué, droit, sans émettre un son ni même oser ouvrir un livre, alors que la table basse en supporte une trentaine, les murs des centaines, en cuir fauve, kaki, chocolat, outremer, aux ors atténués. Par peur que l'on me prenne pour un voleur en me trouvant ici, j'agis comme si j'attendais le maître des lieux parti quelques secondes.

Au fond des couloirs, dans le lointain des larges pièces, je perçois de temps en temps des gens qui vaquent, poussent les portes, s'interpellent. Chaque fois, mes épaules se serrent, mon torse s'amenuise, je coupe ma respiration : non seulement je ne me résous pas à les appeler, mais je crains qu'ils ne surgissent car je devrais expliquer le malaise que j'ai provoqué.

Des pattes griffent les marches, telle une pluie de plomb. Un pas lourd les suit. Des corps descendent de l'étage.

Schmitt réapparaît, escorté de sa meute. Lorsqu'il m'aperçoit, il semble davantage soulagé que déçu. Ses chiens grognent furtivement.

— Excusez-moi, murmure-t-il. Je suis désolé de vous avoir laissé en plan comme ça… mais j'étais estomaqué que vous me parliez d'elle.

— Elle ?

— La jeune femme à l'air étonné. Moi seul sais qui elle est. D'elle, vous ne pouviez trouver trace nulle part.

Il s'assoit face à moi. Sa nuque se crispe. Ses yeux toupillent.

— Est-elle là ?

Je regarde autour de lui : le mur n'est pas revenu.

— Il n'y a personne.

Les chiens viennent se coucher à ses pieds. Il les flatte à l'encolure.

— J'ai aimé cette femme de toutes mes forces. Nous avions vingt ans quand nous nous sommes jetés dans les bras l'un de l'autre. Face à face, nous découvrions le mystère du premier couple. Pendant plusieurs années, nous n'avons quasiment pas quitté l'appartement parisien où nous vivions en poursuivant nos études. En dehors des cours, elle écrivait, moi aussi. Chaque mot sortait d'elle lentement, au prix d'efforts considérables – une page nécessitait des semaines. Au contraire, ma plume courait sur le papier, sautant d'un projet de drame à celui d'un roman, passant par un essai puis se fixant sur une nouvelle, avec une adresse fluide qui révélait mon immaturité. Faute de savoir quoi écrire, je noircissais des cahiers. Elle, en revanche, avait pleinement conscience de sa vocation. Je cherchais, elle trouvait. Je l'admirais, elle m'encourageait.

Il contemple le jardin qu'illumine le soleil.

— Un jour, nous avons cessé d'être amants et nous sommes partis habiter séparément. Mais, restés amis, nous nous présentions nos conquêtes – ce qui exigeait beaucoup d'abnégation chez les candidats ! Nous échangions aussi nos nouveaux textes, preuve que nous n'avions pas totalement quitté la mansarde littéraire où nos rêves s'étaient mêlés durant sept ans. Ses poèmes, de plus en plus condensés, touchaient à l'excellence ; mes pièces commençaient à trouver une cohérence.

Il saisit Lulu, le chien noir, dont il frotte le dos souple avec tendresse.

— Une maladie l'a emportée vers trente ans. Après une interminable agonie, elle s'est éteinte. Sur son lit d'hôpital, j'ai ramassé une feuille. Une phrase dansait sur le papier – « Autour de moi, tout est blanc et silencieux » –, une petite ligne au sommet d'une page vide, un fil de vie au-dessus du néant. Son texte ultime.

Il sourit douloureusement.

— La mort avait eu le dernier mot.

Il redresse la tête.

— En fait, j'ai toujours refusé de laisser la mort conclure.

Il repose le chien à terre.

— Depuis, j'écris pour deux. Pour elle qui n'a pas eu le temps de s'accomplir. Pour moi qui jouis de ce privilège. Quand on souligne ma prolixité, lorsqu'on s'étonne des genres multiples que je pratique, j'ai envie de répondre : « Normal que je publie autant, je mène deux carrières d'écrivain. »

Il se détend. Le museau habile de Lulu sollicite les câlins de son maître.

— Elle m'accompagne encore. Souvent, en travaillant, je me sens intimidé parce que j'imagine son regard sur ma page, sa rigueur qui veille à la précision des termes, sa patience pour capturer l'image juste, sa volonté qui traque le mot inutile. Il m'arrive, comme autrefois, de l'entendre se moquer de mes facilités, tout en me conseillant d'accepter cette incroyable aisance.

Il s'empare d'un volume sur la table.

— Depuis vingt-cinq ans, je connais d'entre mes livres ceux qu'elle aime, ceux qu'elle apprécie moins. Je sais, dans une page, ce qui lui appartient ou ce qui vient de moi. Et si l'envie de continuer ma vie de créateur me tonifie, c'est parce que je me répète que j'ai devant moi deux chefs-d'œuvre à rédiger, le mien, le sien.

Derrière Schmitt, le mur des morts réapparaît. Diderot, Mozart, Molière, Pascal, Milarepa, Colette et les autres se livrent à leurs occupations ordinaires, tandis que la femme à l'air étonné regarde Schmitt avec tendresse.

Il relève la tête, fragile, incertain.

— Est-ce que…

L'émotion l'empêche de finir sa phrase. Je crois comprendre et réponds :

— Oui. Elle est là.

Il respire à pleins poumons, heureux.

J'ajoute délicatement :

— Ils sont tous revenus.

Comme pour m'apporter leur confirmation, Lulu fixe Molière pendant que Daphnée se pousse afin de laisser place à Milarepa.

Schmitt se tourne vers moi.

— Votre don éclaire une question que je me pose régulièrement.

— Pardon ?

— Qui écrit quand j'écris ? Qui agit quand j'agis ?

Un chauffeur me ramène à Charleroi. Quel contraste entre ma venue discrète en bus à Guermanty et le retour triomphal dans la berline silencieuse aux fauteuils de cuir écru où je m'étale.

Schmitt désire me revoir. Puisque son travail le requérait, il m'a donné rendez-vous au bistrot *Les Chevaliers*.

— Ce soir huit heures. D'accord ?

— D'accord.

— Puis-je vous appeler Augustin ?

— Bien sûr, monsieur Schmitt.

— Et vous tutoyer si ça me vient ?

— Si vous le souhaitez.

— Merci. Et surtout, n'hésite pas à faire pareillement, Augustin, ajouta-t-il en s'éclipsant dans les étages du château.

Le front collé contre la vitre, je m'amuse à imaginer la réaction de Pégard et des collègues s'ils m'avaient surpris dans une telle intimité avec un homme célèbre.

La voiture me dépose devant la rédaction de *Demain*.

— Dites-moi, monseigneur, n'auriez pas un petit peu de monnaie ?

La clocharde au baigneur en plastique s'est précipitée sur moi.

— Pour mon enfant et moi, monseigneur. Nous n'avons rien à manger.

Fatiguée, plus vieille que je ne l'avais perçue l'autre nuit, elle se prosterne, esquisse une révérence, concentrée, laborieuse, sans un regard pour moi. Son attention n'est allée qu'à la berline, au chauffeur qui m'ouvrait la porte pour descendre.

Au fond de ma poche, je ne palpe que trois euros.

— S'il vous plaît !

Elle a parcouru mes traits mais elle ne me reconnaît pas. J'appartiens désormais à une autre sphère sur laquelle ses yeux patinent. Elle ne me propose pas de coucher avec elle.

Comment lui ferais-je avaler que je suis plus fauché qu'elle ? J'agrippe un de mes euros et le lui glisse.

— Oh merci !

Elle considère la pièce avec ravissement : sans doute y aperçoit-elle encore les reflets de la berline et du chauffeur ; cet euro-là vaut davantage que l'euro remis par un individu ordinaire.

Appuyé contre la gouttière, un homme svelte aux yeux étroits fume en me scrutant sévèrement.

Je me réfugie dans le hall de l'immeuble. Alors que je me croyais à l'apogée du bonheur, je m'effondre en sanglots. Brisé.

Une marche. De l'ombre. Du silence.

Je me blottis à l'angle du palier, mes bras encerclant mes jambes. Les larmes coulent sur mes joues. J'ai besoin de me reconstituer. Qui suis-je ?

Avec ces tourbillons, j'ignore qui va entrer à la rédaction de *Demain* : le stagiaire pouilleux ou le nouvel ami d'Éric-Emmanuel Schmitt... ? En respirant posément, en maîtrisant mon diaphragme, je ralentis ce cœur qui bat trop fort. Jamais on ne m'a cru aussi volontiers ! Jamais un homme ou une femme n'a accepté mon don plus vite que lui ! Cette fraternité me bouleverse, sans que je détermine si l'émotion, intense, déchirante, violente, se colore de joie ou de tristesse. Les deux probablement... Dans le même instant, je jubile d'avoir été entendu par un homme important et je pleure d'épuisement parce que, rejeté durant vingt ans, je ressens subitement le poids de ces exclusions sur mes épaules.

— Faut pas rester là, monsieur.

Je relève la tête et découvre Oum Kalsoum. Surprise par mon visage, elle tente de se rappeler mon identité, hésite, tangue un peu et bafouille :

— Ah… c'est… c'est…

Aucun nom n'atteint ses lèvres molles mais cela ne la déconcerte pas, elle se comprend !

D'un élan, elle s'assoit à côté de moi, ou plutôt laisse tomber sur le carrelage quatre-vingt-dix kilos moulés de jersey. De son sac à main, elle sort un mouchoir fleurant la rose et l'introduit entre mes doigts.

— Pas pleurer… pas pleurer…

Si les termes sont misérables, le sentiment est grand. J'aperçois de l'émotion dans ses gros yeux humides. Beaucoup d'amour émane d'elle, de son corps chaud, trapu. Dans ma nuque, sa main presse doucement mes cheveux et elle se met à chantonner… *Salou Kououssa Atala… ya qalbi… ya habibi…* Les paroles coulent de ses lèvres dans une sorte d'arabe griffé d'accent flamand. Pour avoir étudié cette langue pendant deux ans à l'orphelinat de Saint-Georges, je saisis des bribes. Les promesses rompues… l'indifférence froide… le geste qui écarte… les destins qui se séparent… Avec une voix râpeuse, fausse, abdominale, qui ne se risque même pas à la justesse, Oum Kalsoum, griffonnant les phrases plus que les dessinant, chante les déboires de la délaissée et décrit la vie comme un champ de ruines :

Rends-moi ma liberté, libère mes mains,
Moi, je t'ai donné la tienne, et je n'ai pas essayé
 de te retenir.
Ah, tes chaînes ont ensanglanté mes poignets,
Pourquoi sont-ils encore là alors que je ne te
 séduis plus ?
Pourquoi dois-je tenir des promesses que tu
 n'honores plus ?
J'en ai assez de cette prison, maintenant le monde
 m'appartient.

La scène frôle le ridicule, j'en suis conscient. Je devrais ricaner, me dégager, repousser cet être improbable, mi-homme, mi-femme, qui fouette à la fois le patchouli et la sueur des aisselles, dont les pieds, posés sur la marche devant moi écartèlent d'antiques escarpins orange au bord de la rupture, oui, je devrais m'arracher à la confusion mentale de ce mâle qui se croit femelle, de ce vivant qui se prend pour une morte, de ce Flamand qui s'estime arabe, de cet imposteur qui parle en s'imaginant chanter, mais Oum Kalsoum enchaîne une autre mélodie qui me berce et me rassure. Chaque fois, il s'agit de plainte languide, de femmes abandonnées, de compagnons ingrats. De l'amour, elle semble ne connaître que la déroute douloureuse. Même si les situations évoquées n'ont rien en commun avec la mienne, je cède amèrement. Ensemble, nous partageons la griserie du chagrin.

Un coursier surgit. Le moteur de l'ascenseur interrompt notre torpeur.

Je me raidis, subitement gêné. Oum Kalsoum se recompose, récupère le mouchoir, essuie ses yeux, et le range délicatement dans son sac. Elle bredouille :

— Toujours comme ça en amour…

Je ne réponds pas. Elle hoche la tête, le regard perdu dans le lointain.

— Oh… les hommes… les hommes.

— Mais je ne pleure pas à cause des hommes ! Je suis un homme !

J'ai protesté malgré moi. Elle se tourne et, surprise, me considère. Un frisson de désarroi parcourt sa peau épaisse. Oui, elle avait oublié. Oublié que je n'étais pas elle, que je ne pleurais pas l'amoureux disparu. Sa langue claque.

— Quand un homme pleure, il laisse parler son trésor précieux, la fille qui demeure en lui. Moi, j'ai beaucoup pleuré avant de devenir femme.

Elle ferme son sac et, empoignant la rampe, se redresse difficilement. Elle conclut :

— Maintenant, ça va mieux.

— Tu ne pleures plus, Oum Kalsoum ?

— Non, je chante.

— Tu récites, tu ne chantes pas !

— Si.

— Non.

Avec un sourire, elle se penche vers moi et touche du doigt sa tempe.

— Ça chante tout le temps, là. Tout le temps. Et c'est beau.

— C'est sûrement beau mais toi seule l'entends.

— Oui, mais c'est beau.

Satisfaite, elle farfouille dans son sac.

— Tiens, cadeau.

Elle me tend un porte-clés en peluche rose.

— Je n'ai pas de clés, Oum Kalsoum.

Elle secoue un front têtu. Elle veut me faire plaisir.

— Tiens.

— Je n'ai pas d'appartement non plus.

Capte-t-elle ce que je lui dis ? Elle pousse un soupir insistant.

— Tu auras déjà le porte-clés. Commence par quelque chose.

Mon refus la vexerait et je recueille l'objet comme une chose précieuse.

— Merci, Oum Kalsoum.

Un éclair de satisfaction ensoleille ses prunelles, elle reprend son souffle, a un geste de princesse pour signifier « de rien, ça n'a pas d'importance » et descend les dernières marches avec une légèreté inattendue.

Au milieu du hall, ses bras se mettent au niveau de ses épaules, ses mains brassent l'air, ses hanches ondulent imperceptiblement : au fond d'elle-même, elle chante et danse.

À la rédaction, je joue la modestie discrète. Sans rien relater à quiconque, penché sur mon bureau, je consacre des heures à reformuler mon entretien avec Schmitt. Au fur et à mesure que je polis les phrases, je comprends mieux ce que l'écrivain m'a dit : il pense le contraire exact de la juge Poitrenot. Lorsqu'ils pointent l'origine de la violence, les deux divergent. Pour elle, la violence vient de Dieu ; pour lui, des hommes. Selon elle, Dieu se sert des hommes ; selon lui, les hommes se servent de Dieu. Paradoxalement, celle qui est chargée de la justice humaine inculpe Dieu, celui qui passe pour un humaniste accuse les hommes.

Et moi ? Quelle théorie me semble raconter la réalité ?

Je me rends compte que, depuis quelques jours, je me contente d'écouter, sans vraiment réfléchir par moi-même. Réflexe de journaliste, peut-être... Et pourtant, cet individu creux, dépourvu d'avis, démuni d'angle singulier, Schmitt ou Poitrenot souhaitent le revoir. Mon insipidité ne les révulse pas. Pourquoi ?

Vers huit heures, je quitte la rédaction et me dirige vers le café de notre rendez-vous, en face du Palais des Beaux-Arts. En route, je recroise l'homme émacié aux yeux gris qui m'observait tout à l'heure quand je rentrais au journal. Quelle figure antipathique ! Sa seule présence dérange. Il s'esquive dans une rue voisine.

Aux *Chevaliers*, je m'installe près de la fenêtre. Sans le bar et ses chopes, le bistrot rappelle une salle de patronage : de vieux drapeaux, des écussons, des restes de guirlandes pendent aux murs pisseux. Quelques affiches aux couleurs vernies par la graisse évoquent les fromages de la région ou vantent ses brasseries ancestrales. Les clients appartiennent au mobilier ; à l'instar des tables et des chaises de bois rustiques, ils ne bougent pas, ils ne parlent pas, ils demeurent là depuis des heures. L'établissement empeste le poireau. Tout semble chaud, l'air, les vitraux, jusqu'à la lumière jaune et les pans d'ombre. Une hébétude douce baigne l'atmosphère.

Lorsque le serveur vient prendre ma commande, j'ai envie de décamper car je ne pourrai pas payer ma consommation si Schmitt me fait défaut, mais ma ringardise m'effraie et je réclame une bière. Les dés sont jetés ! Dans la minute, on m'apporte une chope avec des bouts de cervelas et une soucoupe de moutarde.

Quelle suavité ! Je retrouve la sensation éprouvée dans la limousine : roi du monde, on me sert, on me dorlote, l'univers se plie à mon avantage.

Schmitt se glisse en face de moi.

— Excuse-moi, Augustin. Ah, je déteste le retard !

— Cinq minutes, ce n'est pas du retard.

— Moui… J'adore la ponctualité. Je me casserais une jambe pour filer à un rendez-vous. En me pressant, ce n'est pas l'heure que je respecte, mais l'autre. Tu vas bien ? Qu'est-ce que tu bois ?

En attendant ma réponse, il pique des bouts de cervelas et les porte à sa bouche. Cet homme dégage une vitalité hors du commun. Avant même qu'il n'apparaisse, une énergie positive avait pénétré la pièce. Maintenant qu'il se tient devant moi, il efface le décor, les habitués, il renvoie loin derrière lui les fausses pierres dessinées en trompe l'œil, l'immense lustre en fer forgé où les ampoules remplacent les chandelles. Je ne vois plus que lui, qui me contemple, et son regard me dévore.

— Une bière d'Orval ? Ah, pourquoi pas ! Très maltée… Excellente, j'adore. Fichus moines trappistes… La même pour moi, s'il vous plaît ! Et puis, rapportez-nous du cervelas. Et du fromage d'abbaye avec le sel de céleri.

Rien qu'à prononcer ces mots, ses lèvres se régalent.

— La vie nous gâte parfois. J'ai l'impression que je t'espérais, Augustin. Il me paraît étrangement normal que tu sois là.

— Vous avez été d'emblée très accueillant.

— Exception ! Habituellement, je ne reçois personne. Surtout à Guermanty. Tu t'es imposé comme une évidence.

Je baisse les yeux, gêné. Il continue vivement :

— Depuis que tu es parti, je n'ai cessé de penser à ce que tu m'as révélé. Si un mur d'artistes – auteurs, musiciens, philosophes, guides spirituels – m'abrite, cela montre que l'on n'est jamais seul quand on écrit.

— Je n'ai jamais abordé quelqu'un qui avait de si belles fréquentations.

— Tu plaisantes ?

— Non. D'ordinaire, les gens ne sont flanqués que d'un mort. Un mort anonyme, enfin, un mort familier, pas une personnalité publique. Vous êtes le premier que je rencontre qui vit avec un panthéon.

— J'aime admirer. Je me lève avec l'impatience de découvrir ce qui m'émerveillera ce jour.

Il renifle sa bière et ajoute :

— Je suis persuadé que chaque écrivain possède son mur de personnalités.

— Je ne sais pas, je n'ai jamais interrogé d'autres écrivains.

— Dommage !

Il boit. La mousse reste autour de ses lèvres, lui dessinant une mine d'enfant surpris.

— Lequel de mes morts est intervenu durant notre conversation ?

— Diderot a chuchoté quelque chose dans votre oreille.

— Quand ?

— Lorsque vous avez évoqué le salut par la connaissance.

— Ah oui, la libération par les « lumières », c'était son cheval de bataille, à monsieur l'encyclopédiste.

Il avale une longue gorgée de bière.

— Diderot souffle, Mozart corrige, Colette ricane. Ils ne sont pas seulement ma mémoire, n'est-ce pas ? Ils ne se réduisent pas à mes lectures, au savoir entassé, à la réserve, ils sont vivants, ils découvrent, ils réagissent.

— Oui.

— Ces morts-là n'ont pas tout dit. Ils cherchent une oreille, une bouche, une main pour nous instruire et nous nourrir. Ils parlent encore. Je suis leur chambre d'écho. Quel honneur !

Il rit. Ses traits expriment la volupté de réfléchir.

— Grâce à tes visions, Augustin, on redéfinit bien des concepts. Ainsi, le discours des morts à un vivant comme moi, c'est une influence.

— Exact !

— Et la perception de nos erreurs suinte de la critique des morts.

— Sans doute.

— Et la confiance qui nous regonfle subitement, c'est leur approbation.

Il se frotte le front.

— Je ne me suis jamais considéré comme un créateur, plutôt comme un scribe. Des idées, des détails, des émotions m'envahissent sans que je saisisse d'où ils surgissent. Les morts ! J'ai décrit avec exactitude des lieux où je n'avais jamais mis les pieds. Au cours de mon roman *L'Évangile selon Pilate*, j'ai émis des hypothèses confirmées par la découverte postérieure de documents au Moyen-Orient. Les morts ! Et je ne prédis pas que le passé, je rapporte l'avenir. Alors que je croyais n'utiliser que ma seule imagination, j'ai écrit, sur la société, sur l'argent, sur les migrations, des pages que la réalité a ensuite rendues prémonitoires. Les morts ! Toujours les morts ! Sais-tu comment j'appelle mon bureau ? J'ai composé le terme à partir de Flaubert qui nommait « gueuloir » la pièce où il ressassait cent fois ses textes à voix haute. Moi, je tends l'oreille dans mon « écoutoir ».

Il étale ses mains à plat sur la table et me fixe.

— Qui écrit quand on écrit ? Qui agit quand on agit ?

Je profite de cette interrogation pour lui rapporter mes réflexions de l'après-midi :

— Je me posais cette question en recopiant notre entretien, monsieur Schmitt. Qui est violent ? Est-ce Dieu à travers l'homme ? Est-ce l'homme lui-même qui se sert de Dieu comme excuse ou prétexte ? Vous penchez pour la deuxième solution, mais comment en être sûr ?

— Avez-vous lu les œuvres de Dieu ?

— Pardon ?

— Avez-vous lu les trois livres qu'il a écrits ? L'Ancien Testament, le Nouveau Testament, le Coran ?

— Oui et non. Des extraits.

— Voilà le problème, quand on écrit trop…

— Devrais-je les lire ?

— Je vous le conseille. La lecture achevée, vous vous poserez davantage de questions sur l'auteur.

— Par exemple ?

— Est-il sérieux quand il menace ? Demeure-t-il au premier degré s'il engage les hommes au crime, à la vengeance ? Et puis surtout, pourquoi…

Schmitt s'interrompt, se frotte le menton, le front plissé, les yeux plus noirs que jamais.

— Pourquoi s'y prend-il à trois fois ?

— Pardon ?

— Pourquoi Dieu écrit-il trois livres ? N'a-t-il pas tout dit dans le premier, l'Ancien Testament ? S'il remet ça avec le Nouveau Testament, qu'est-ce qu'il ajoute qu'il aurait oublié ? Et enfin, ce Nouveau Testament le rend-il insatisfait au point qu'il recommence quelques siècles plus tard et nous livre le Coran ?

Il se repousse au creux du siège.

— Fichue carrière d'écrivain, celle de Dieu ! S'y reprendre à trois fois… Et trouve-t-on un progrès du premier écrit au dernier ?

Il contemple le plafond, démoralisé.

— Autant j'identifie Dieu au fond de mon cœur, dans la prière ou l'action de grâce, autant l'écrivain Dieu m'échappe.

Il soupire.

— Et pourtant, nous sommes collègues.

Il éclate de rire. Je m'esclaffe à mon tour et enchaîne :

— Voilà l'interview idéale, l'interview importante, l'interview définitive, celle qui éclairerait l'humanité entière : l'interview de Dieu ! « Bonjour, monsieur Dieu, je suis venu vous interroger sur votre œuvre littéraire. »

Il sourit de façon mécanique et me scrute, comme s'il déshabillait mon âme.

— Vous, Augustin, vous seriez capable de réaliser cette interview de Dieu.

Il s'approuve, presque étonné par cette évidence.

— Oui. Vous êtes l'homme de la situation.

Amusé par cette conversation absurde, je me pique au jeu :

— Pourquoi moi ?

— Parce que vous êtes d'une sensibilité extrême, ouvert, présent à ce que chacun de nous exprime. Et puis votre don !

— Mon don ?

— Vous détenez le privilège de voir et d'entendre ce que les autres n'entendent ni ne voient.

Sa solennité m'impressionne. Quel acteur ! Il me fait penser au druide qui visite parfois mes rêves, celui qui me confie des missions. Je glousse pour détendre l'atmosphère.

— Ah, ah… Dommage que je n'aie pas l'adresse de Dieu.

Schmitt m'attrape rudement les poignets.

— Moi, je l'ai.

Je tente de rire. D'un geste brusque, il accentue la pression sur mes mains pour que je me calme.

— Augustin, j'ai le moyen de vous procurer un entretien avec Dieu.

— Vous… vous vous moquez de moi !

Il avance son visage vers le mien, tendu, concentré, grave, et prononce d'une voix sourde :

— Je n'ai jamais été aussi sérieux.

13

« Trouver le cristal ! »

Voilà ses derniers mots.

« Trouver le cristal ! »

Mon obsession désormais.

Cette nuit, je ne parviens pas à fermer l'œil. L'usine désaffectée a beau m'offrir sa protection, je n'espère plus dormir tant les pensées me torturent.

Le ciel étouffe la campagne. Un velours sombre couvre l'infini et les trous qui le criblent – les étoiles – filtrent la lumière incandescente d'un feu qui brillerait derrière. Quelque chose de dur, de minéral, stagne dans l'air. Autour de moi, murs et murets semblent laqués de gris par la lune, tandis que leurs reliefs, leurs arêtes, leurs angles ressortent crûment. Ombre et rayons contrastent avec violence. Quelque chose de lucide s'impose. Le temps, ainsi que le sommeil, demeure suspendu.

En moi, les zones de trouble et d'obscurité ont disparu. J'aperçois ma mission avec clarté. « Trouver le cristal ! »

Étendu sur un sommier constitué de plusieurs cartons entassés, j'énumère les hypothèses avec frénésie et désire rejoindre au plus vite le lendemain. Attendre me supplicie. Vite ! « Trouver le cristal ! »

Lorsque, trois heures auparavant, nous avons quitté, Schmitt et moi, *Les Chevaliers*, rassasiés par les bières et un plat de boulettes, j'avais atteint une telle béatitude gastrique et intellectuelle que je n'opposais plus de résistance à quoi que ce soit.

Schmitt me proposa de retourner au château de Guermanty pour m'en dévoiler davantage.

La voiture traversa des forêts et des champs noirâtres par une route qui éprouvait la suspension du véhicule, un chemin cahoteux qu'évitaient les bus. Le raccourci nous mena en dix minutes chez lui, au lieu de trente.

Au milieu des rues paisibles qui alignaient les maisons fleuries, la ferme-château se détachait. Les ténèbres altéraient sa physionomie qui reprenait son allure guerrière. Épais, les remparts dressaient leur hauteur hostile ; la tour ronde assurait le guet alentour pendant que le donjon rectangulaire révélait à son sommet des meurtrières étroites par lesquelles on glissait l'arc ou la baïonnette pour viser l'ennemi.

Les chiens hurlèrent à notre arrivée, choisissant d'insulter l'intrus plutôt que de fêter leur maître. Il fallut que Schmitt les calme, allume toutes les lampes du rez-de-chaussée, recrée une ambiance dorée et confortable, pour qu'ils me tolèrent.

— Ne perdons pas de temps, filons au sous-sol.

L'écrivain souleva une lourde tenture et nous descendîmes dans les entrailles de la terre.

Par une porte bardée d'acier, nous accédâmes à la cave, ou plutôt à une succession de caveaux voûtés, un univers alvéolaire qui s'étendait sous toute la surface du bâtiment. L'éclairage rampant léchait les murs de brique sans atteindre les plafonds bas, de sorte que mon crâne s'y cogna plusieurs fois.

Dans le premier local s'entassaient à foison des boîtes remplies de guirlandes, de boules, de figurines. Schmitt répondit à mon étonnement :

— Les parures pour le sapin de Noël.

— Quoi ? Vous décorez une forêt, pas un arbre ?

— Ici, nous aimons varier les teintes chaque année. Rouge. Fuchsia. Orangé. Vert. Or. Bleu. Blanc. Argent. Etc. Vous avez raison : avec tant de matériel, nous pourrions ouvrir un magasin.

Dans la deuxième cave, j'aperçus des bouteilles de vin alignées, ainsi que des caisses en pin portant la mention des domaines viticoles.

Dans la troisième, gisait un bric-à-brac, tables, chaises, lampes, jarres, têtes de lit, les reliquats de déménagements successifs.

Nous allions buter contre le pan du fond lorsque Schmitt s'agenouilla, palpa la paroi, jura, se déplaça, recommença, soupira, glissa de nouveau à gauche et finit par crier :

— Voilà !

Avec délicatesse, il désinséra une brique du mur.

Une brique ? Une demi-brique, voire un tiers de brique, juste de quoi leurrer les yeux. Dans l'espace dégagé, il introduisit la main et en retira une boîte de fer-blanc.

— Je le tiens !

Avant de considérer l'objet, je pensai encore à l'extravagant camouflage.

— Curieux, de dissimuler ses trésors derrière des briques…

— Tradition familiale.

— Ne possédez-vous pas un coffre-fort ?

— Si, bien sûr. Mais j'y abrite peu de choses. Tradition familiale.

— Ah… On cache beaucoup dans votre famille ?

— Mon grand-père exerçait le métier de joaillier-sertisseur. S'il ne recevait que le salaire d'un artisan, des fortunes passaient entre ses mains, le temps d'une réparation. Aussi avait-il organisé dans son appartement lyonnais un système de planques. Comme il se doutait qu'un voleur triomphant des verrous et des portes blindées se dirigerait vers le coffre, il avait installé un coffre d'apparat, bien visible, où il entassait des pacotilles, puis un coffre utile masqué au cul d'une armoire, et surtout – sous prétexte qu'on ne met pas tous ses œufs dans le même panier – de multiples réduits aménagés au sein des murs, des endroits que personne ne soupçonnerait. Depuis mon enfance, je sais donc très bien desceller et resceller les briques.

Il me désigna la boîte en fer-blanc.

— Assieds-toi, Augustin.

Je m'accroupis en face de lui sur le gravier.

Il sortit une lampe et l'orienta sur l'objet.

— Un chaman m'a confié cette substance. C'est du yagé.

— Du… ?

— Du yagé, ou de l'ayahuasca. Selon certains, cela signifie la *liane amère*, selon d'autres la *liane des morts*. On le nomme *jus mystique*. On extrait cette

238

matière des lianes de la jungle amazonienne. Enfin, de leur écorce.

— Est-ce un médicament ?

— Si l'on veut.

— Pardon ?

— C'est une drogue. À l'instar de toute drogue, selon le dosage, elle soigne, hallucine… ou tue.

Un silence respectueux accompagna cette phrase. Schmitt souleva le couvercle et exhiba deux bourses en coton fermées par un cordon, l'une écrue, la seconde brune.

— Au XXe siècle, des savants français ont procédé à l'analyse chimique de l'ayahuasca et ont nommé le premier alcaloïde isolé *télépathine*, car ce psychotrope confère le pouvoir de capter les pensées à distance.

Il brandit le sachet marron.

— Voici une préparation exceptionnelle, unique, puisque le chaman a joint à l'ayahuasca de la coca, ainsi que d'autres plantes, des solanacées qui contiennent de la nicotine, de l'atropine et de la scopolamine. Bref, pas moins de cinquante-sept végétaux sont broyés ici, conservés frais sous vide car l'assèchement anéantirait leurs propriétés. Ce stupéfiant mène à la vision supérieure.

Il caressa le sac en m'expliquant le mode d'emploi :

— Le produit définitif s'obtient par décoction. Tiens, tout est noté sur ce papier. Ajoute deux volumes d'eau. Laisse mariner une nuit. Puis, le lendemain, chauffe à feu doux durant trois heures en remuant. Ensuite, tu filtres, tu attends le refroidissement et tu renouvelles deux fois l'opération. Prêt, le liquide offre une apparence anthracite.

Il me sourit, le visage parcouru de frissons.

— Là, tu l'ingères et tu deviens en état d'aborder Dieu.

— Vous y croyez ?

— Je ne cultive aucun préjugé rationaliste. Qu'on accède au savoir par un moyen irrationnel ne me pose pas de problèmes. Je suis persuadé que cette flore abolit nos réflexes ordinaires, dénoue les fils de notre intelligence et nous permet de saisir divers niveaux de réalité.

— Que m'arrivera-t-il si je bois ça ?

— Une transe, des hallucinations.

— Rien de négatif ?

— Si ! Tu risques de vider tes intestins après l'absorption. Je te conseille de faire la diète avant.

Ne pas manger ? Encore ? J'ironisai :

— Le jeûne ? Ma spécialité !

Il ne discerna pas l'acidité de ma remarque. Son insensibilité m'agaça brièvement et je lui lançai, agressif :

— Pourquoi n'essayez-vous pas ?

Sa figure perdit toute expression. Il blêmit.

— Je ne me suis jamais drogué.

— Et alors ?

— Je ne veux pas.

— Il faut tout expérimenter.

— Ah oui ?

— Surtout un écrivain !

Il ricana.

— Quel cliché ! À quoi sert la fantaisie ? Depuis trente ans, j'explore le monde avec mon imagination, laquelle m'apparaît un véritable mode de connaissance.

240

Quel ennui, vivre tout ce qu'on raconte ! Quelle perte de temps ! Je laisse ça à ceux qui s'obstinent à passer pour des romanciers bien qu'il leur manque le don de base : l'imagination. Je n'ambitionne pas d'ajouter le millionième livre sur le divorce, la dépression, la maladie, la disparition du père, la paternité…

Le soupçonnant de détourner mon attention, je répétai :

— Pourquoi n'avez-vous pas tenté l'expérience ?

Il cessa de pérorer et baissa le ton, soudain sincère :

— Je ne supporte pas l'idée de lâcher le contrôle. Sans doute ai-je tort tant les plus beaux événements qui me sont tombés dessus résultent de l'abandon : ma rencontre avec Dieu dans le désert, mes grandes histoires d'amour. Seulement… D'ailleurs, je ne bois quasiment pas d'alcool.

— Quoi ? Vous n'avez jamais été saoul ?

— Non. Enfin si, une fois, par accident. Comme je pratique la sobriété, deux gin tonics espagnols ont suffi pour m'étourdir ! Horrible soirée ! Dramatique.

— Pourquoi ?

— J'ai le vin triste.

— Vous ? Vous, si énergique ? Vous qui souriez constamment ?

— Justement ! L'alcool détruit les barrages que nous édifions durant notre existence consciente. Moi, j'en conclus que je dois combattre la nostalgie, la mélancolie, la déception, puisqu'elles jaillissent sous l'effet de l'ébriété. Ceux qui ont le vin gai luttent contre leur chaleur et leur magnanimité pendant la journée, non ?

Il ne souffla plus un mot, puis sortit d'une voix de petit garçon :

— L'ayahuasca suppose que l'on arrête tout traitement médical, ce que je ne peux m'autoriser. Vous savez, je n'ai que ça…

Il posa son doigt sur sa tempe.

— … mon cerveau pour vivre et pour gagner ma vie. Je crains d'y toucher.

— Mais la curiosité ?

— La curiosité s'avère moins puissante que la peur.

En hochant la tête, je me rendis compte que j'éprouvais l'exact inverse : j'aurais avalé cette poudre sur-le-champ.

J'attrapai le sachet. Schmitt retint ma main.

— Attends ! Et le second ?

Il agita la bourse en toile écrue.

— Cette substance-là est administrée au cristal.

— Au cristal ?

Il se frottait le front.

— La difficulté de l'épreuve réside là. Le mélange que tu vas avaler te mettra en état de voir Dieu. Mais quelqu'un doit te précéder et t'amener à lui, celui ou celle qu'on nomme le cristal. Le chaman se montrait formel.

— Pourquoi parlez-vous de cristal ?

— Augustin, as-tu déjà fait chanter des coupes en cristal ?

— Oui.

— Alors, tu as remarqué qu'il ne faut pas trop serrer le verre dans ta main, sinon ta peau, ta graisse, tes tendons, tes os contrarient la résonance en absorbant le son. Pour que le verre siffle, tu maintiens légèrement le pied entre deux doigts. Voilà pourquoi on nomme cristal l'acolyte qui autorise l'apparition. Il doit rendre possible la vibration sans la gêner. Dans leur système, les catholiques diraient « saint » plutôt que « cristal » pour désigner l'intercesseur, celui dont la qualité d'âme te permet de monter jusqu'à Dieu, celui qui te tient la porte et te recommande au Tout-Puissant.

Sa respiration se raccourcit. Il m'accrocha l'avant-bras.

— Déniche le médiateur qui t'amènera à Dieu en consommant l'autre substance. L'expérience réussira à ce prix.

— Vous ne voulez pas vous y aventurer ?

— Exclu !

— La peur, encore ?

— Non, je te le jure ! Les qualités qui me permet-traient d'être le cristal me font défaut.

— Et vous ?

— Moi, j'absorbe.

— Pourquoi ?

— Parce que je suis trop moi. Parce que, bien que ma tête fréquente les nuages, j'ai une personnalité mar-quée, les deux jambes plantées dans ma vie et dans mon passé. Trouve quelqu'un de déraciné… quelqu'un qui… – comment formuler ça ? –… adhère moins à lui-même, se tient à distance de son histoire, possède une identité suffisamment plastique, mobile, évasive pour laisser venir… Dieu. Sans les fêlures, la lumière ne passe pas.

Il se tut un instant.

— Comprends-tu, Augustin ?

— Je crois…

Il se tut de nouveau.

— Vois-tu qui pourrait jouer le rôle du cristal ?

— Pas une seconde.

Le hululement d'une chouette vrille les ténèbres silencieuses.

Furtifs, craintifs, des battements d'ailes et des crissements aigus interrompent ma méditation et me rappellent que je demeure une bête au milieu des bêtes dans le site industriel abandonné.

La lune scintille durement, comme courroucée.

Je roule d'un flanc sur l'autre. Qui incarnera le cristal ? Depuis que la voiture m'a déposé près du rond-point – j'ai naturellement prétendu que je finirais mon trajet à pied –, je me torture les méninges pour trouver la personne qui remplirait les exigences détaillées par Schmitt.

À un mètre de moi, dans deux bols, les herbes s'imprègnent d'eau. Certaines flottent à la surface, d'autres paressent au fond ; la lueur de la lune m'empêche de vérifier si la préparation varie de couleur.

Qui ?

J'espérais qu'une intuition me traverserait l'esprit. Faute de révélation, je cherche maintenant de façon systématique, énumérant tous ceux, classe par classe, bureau par bureau, que j'ai rencontrés au cours de mes études.

Des craquements me font tressaillir. On dirait que des chaussures écrasent du bois mort.

Quelqu'un a-t-il franchi l'enceinte ? Ne suis-je plus seul ?

Mon cœur déclenche l'alarme en s'accélérant.

Je me redresse, déserte ma couche et me dirige doucement vers l'une des fenêtres dépourvues de vitre qui
surplombent la cour de l'usine.

Rien.

Les crépitements reprennent, plus secs, plus nombreux.

Mon regard se porte vers la droite où une lueur rougeoie derrière le rempart. Assez vite, un filet de fumée
s'échappe, qui blanchit, puis noircit, puis s'épaissit. La
benne brûle !

La nouvelle me rassure d'abord, car je craignais
une intrusion pernicieuse. Or les flammes jaillissent,
bondissent, grimacent, tels des singes furieux, le feu
dévore l'ensemble des détritus, je panique.

Le bois, le carton, le papier au milieu des ordures
nourrissent l'embrasement. L'incendie se propage.

Alerte ! Y a-t-il une chance que les étincelles sautent
le mur et gagnent le site ?

Par prudence, je rassemble mes vêtements. Que faire
de mes bols ?

Je retourne vers la fenêtre. La benne entière vomit
des flammes, cependant les parois de fer limitent leur
développement. Non, la fournaise ne franchira pas la
clôture, elle ne viendra pas griller le site.

À cet instant, j'entends une sirène. Les secours rappliquent.

Rassuré, je me tapis en arrière, afin d'assister à leur
intervention sans qu'ils me voient.

La sirène continue à pousser son braillement strident,
s'approche puis, sans interruption, commence à s'éloigner.

Quoi ? Les pompiers renoncent-ils ?

Mon oreille suit la sirène qui, virulente, se déplace. Je calcule que le camion a quitté l'autoroute et emprunté la nationale qui mène au village suivant. Interloqué, je rejoins la fenêtre.

Mes yeux fouillent la direction où meurt le son : une lumière rouge auréole l'horizon, couronnée de fumée.

Un deuxième incendie, plus important, s'est déclaré à un kilomètre d'ici.

Une nuée de canards déchire le ciel. Des cris perçants – les oiseaux de proie – donnent l'alerte. Au sol, des pas précipités indiquent que rongeurs, lapins, renards, chats tentent de fuir le danger. Du bourg pointe une voix enrouée qui hurle à la mort, aussitôt relayée en écho par les chiens des maisons voisines. L'horizon opaque résonne de désespoirs rauques.

Je me rue sur la terrasse des ateliers qui offre une vue panoramique.

L'atmosphère a changé.

La lune pâlit, les étoiles faiblissent, la voûte devient cendre. La terre drue et sauvage détient le pouvoir.

À l'est, à l'ouest, au nord, au sud, des éclairs crèvent les ténèbres. Partout, des incendies ont éclaté, qui crachent au firmament leur torche d'incandescence enragée.

Minuit sonne. Le ciel prend la couleur du crépuscule.

Je suis encerclé par le feu.

14

— C'est l'Apocalypse !

La juge Poitrenot me fixe dans la pénombre du hall.

— Dix bennes d'ordures ont pris feu cette nuit. Des alertes à la bombe paralysent trois écoles. Les démineurs ont fait sauter des paquets suspects, l'un au centre commercial, l'autre à la gare. La police est sur les dents. Le Premier ministre envoie des renforts militaires et des équipes canines. Les chars quadrillent nos rues.

Sa voix résonne, métallique, en s'engouffrant dans la cage d'escalier.

Je détaille son visage long, net, privé de traits, sans détail qui attire l'attention sinon ses yeux sombres et ronds. Midi sonne : elle me guettait dans l'immeuble qu'occupe le journal *Demain*.

— Où étais-tu à minuit, Augustin ?

— Chez un ami. Pas loin d'une des bennes incendiées.

— As-tu eu peur ?

— J'ai peur.

Elle m'attrape par la main et me tire vers la porte de bronze qui donne sur la rue.

— Viens, nous en parlerons.

— Mais… on m'attend à la rédaction dans vingt minutes… je…

Elle s'arrête et me toise :

— On t'attend ? Nouveau, ça… L'infâme Pégard ne peut-il plus se passer de toi ?

— Non, mais… je dois travailler.

— Exactement, tu dois travailler pour moi.

Elle m'entraîne dehors. Nous débarquons sur le trottoir. Même si je me suis déjà acquitté ce matin de mes tâches durant quatre longues heures au bureau, et si je me réjouirais de ne plus endurer l'exultation obscène de Pégard qui se félicite que Charleroi subisse une nouvelle calamité, je résiste par principe :

— Pourquoi devrais-je travailler pour vous ?

— Parce que je ne te paie pas moins que l'infâme Pégard.

Elle rit avec insolence et m'emmène.

Des miettes d'eau tombent mollement sur Charleroi, particules qui mouillent encore plus que la pluie. Depuis nos bureaux, le jour gris et bas offrait l'impression qu'un rideau occultait les fenêtres ; maintenant que j'affronte l'air maussade, les ruissellements laiteux l'emportent, la chaussée glisse, les auvents pleurent, les rues frissonnent ; même les pierres des façades semblent pénétrées d'humidité.

Face à nous, au pied d'un arbre, Méchin patiente, piteux, sous un parapluie qui dégouline.

— Suivez-nous, Méchin, lance la juge.

Soumis, il se met à trotter derrière nous.

Nous avançons d'une centaine de mètres, puis Poitrenot oblique, grimpe trois marches détrempées et pousse un battant en bronze.

— Tu n'as rien contre les églises, j'espère ?

— Euh…

— Rien de plus discret et de plus confidentiel qu'une chapelle. Mieux qu'un hôtel de passe.

Méchin baisse une tête consternée, Poitrenot glousse et, sans me laisser répondre, me conduit dans un carré obscur, à l'opposé du bénitier, derrière un confessionnal déglingué. Deux chaises miteuses qui nécessitent un rempaillage traînent dans les coins. Poitrenot les réunit.

— Voilà ! Seul Dieu peut nous entendre et il s'en fiche. Méchin, allez donc voir à l'autel si j'y suis.

— Bien, madame la juge.

Il se meut vers le chœur, empressé.

Elle croise les jambes et me contemple.

— Bon ! Comment avance ton enquête ?

Je lui relate ma discussion avec Schmitt. Elle m'écoute, attentive, bâille deux fois, puis se passionne quand j'en viens à l'ayahuasca, la substance amazonienne qui permettrait de rencontrer Dieu.

— Des junkies m'ont mentionné cette drogue, s'exclame-t-elle, ainsi que des dépressifs profonds, ce qui ne m'incitait pas à y donner crédit. Serais-tu prêt à en boire ?

— De toute façon, avec qui ? L'expérience se réalise à deux.

Elle réfléchit.

— Quelqu'un de pur, éthéré, dépourvu de narcissisme ? Effectivement, ça court moins les rues qu'un trèfle à quatre feuilles. Au cas où nous dénicherions l'oiseau rare, te risquerais-tu au… voyage ?

Je me tais. Pas question de livrer mes secrets : elle continuera à ignorer que, dans la kitchenette de la rédaction, les deux préparations refroidissent.

— Essaie, je t'en supplie ! L'Apocalypse commence, Augustin, je ne plaisante pas.

— L'Apocalypse ?

— Celle qu'annoncent les Livres sacrés. Dieu nous infligera bientôt ses derniers coups. La destruction vient. Le temps approche.

— Qu'est-ce que vous racontez ?

— « Vous entendrez parler de guerres et de rumeurs de guerres. Attention ! Ne vous alarmez point : il faut que cela arrive, mais ce n'est pas encore la fin. Car on se dressera nation contre nation, royaume contre royaume : il y aura en divers endroits des famines et des tremblements de terre. » Qui penses-tu que je cite ? Le journal de ce matin ? Non, Dieu ! Dieu, il y a 2 000 ans… « On vous abandonnera à l'adversité, on vous tuera, vous serez maudits à cause de mon nom, et nombreux succomberont. Ils se livreront les uns les autres, ils se honniront. » Crois-tu que j'écris un éditorial sur notre Occident soumis à la menace de Daech ? Non, je citais le même texte de Matthieu. « De faux prophètes surgiront en foule et égareront beaucoup d'hommes. Alors viendra la fin. Il y aura une grande détresse, comme il n'y en a pas eu depuis le commencement du monde jusqu'à maintenant. »

— Les prédictions réussissent plus facilement que les tickets de loto !

— « Le frère livrera son frère à la mort, et le père son enfant : les enfants se rebelleront et feront condamner leurs parents. » Imagines-tu que je te rapporte une étude sociologique sur la destruction des familles par la radicalisation islamiste ? Non, je me souviens simplement de l'Évangile selon Marc. Comprends-tu ?

Dieu a auguré le pire et il tient promesse. Tout croule sur la planète. Le climat se dérègle, l'atmosphère brûle, les canicules se succèdent, la banquise fond, les forêts s'effacent, les rivières débordent, les océans rognent les côtes, les cyclones se multiplient, les ouragans se déchaînent, les déserts s'agrandissent, les animaux meurent, des milliers d'espèces disparaissent et des plantes périssent avec tous leurs secrets. La Terre n'en a plus pour longtemps, elle bascule. Enfin, la Terre qui permettait la vie des hommes... le caillou-terre, lui, subsistera, mais vide...

— Vous dramatisez !

— Écoute, malheureux, et regarde le monde en face. « Le soleil s'obscurcira, la lune ne brillera plus, les étoiles tomberont du zénith, et les puissances des cieux seront ébranlées », rapportait Matthieu avant que Dieu, dans la bouche du Jean de l'Apocalypse, n'en rajoute une couche : « Éclatera un violent séisme, le soleil deviendra noir comme une étoffe de crin, et la lune s'ensanglantera. Les étoiles tomberont sur le sol, le ciel se retirera. Tout le monde se cachera dans les cavernes et les roches des montagnes. » La catastrophe nucléaire aura lieu, Augustin, soit par volonté, soit par accident, et elle supprimera la vie de cette planète, sauf pour ceux qui se seront réfugiés dans les abris anti-atomiques. Ce « jour de colère » scellera notre nuit définitive.

— Encore une fois, vous attribuez toutes les responsabilités à Dieu.

— Il l'a dit ! Il l'a écrit ! Plusieurs fois... Tu retrouves ces textes apocalyptiques dans la tradition coranique. Augustin, toi et tes semblables, vous pratiquez une surdité volontaire. Je te signale que Hitler, dès les années 1920, avant de conquérir le pouvoir, avait lui aussi annoncé son plan. Seulement, à l'époque, aucun « homme sérieux » ne lui avait prêté l'oreille.

— Quelle comparaison !

— Les gens sérieux se débarrassent des agités qui les gênent en haussant les épaules et en répétant « un fou ! ». Voilà comment ils ont minoré Hitler. Voilà comment ils négligent Dieu. Dieu se révèle un barbare très clair, qui notifie tout, le pire et le meilleur, mais on caviarde ces déclarations pour n'en garder que ce qui réconforte. La Bible est aussi mal lue que *Mein Kampf*.

— Oh !

— Même l'Église ne se réfère plus aux textes apocalyptiques. Les gens recherchent davantage le bonheur que la vérité.

— Pas vous ?

— Je suis juge d'instruction. J'ai renoncé à la tranquillité pour traquer le sens des choses. Cesse de te voiler l'esprit, Augustin. « Je suis l'alpha et l'oméga, le commencement et la fin », clame Dieu dans l'Apocalypse. Nous voici entrés dans l'ère de l'oméga, la lettre ultime… De la bouche de Dieu ne sort plus que le glaive. La violence se répand, échappant à tout contrôle.

— Vous continuez votre enquête à charge, madame Poitrenot. Acceptez cependant de considérer que le coupable pourrait être l'homme… C'est lui qui modifie le climat en émettant des gaz. C'est son activité qui réchauffe l'atmosphère et attaque la couche d'ozone. C'est son avidité qui épuise la Terre pour

252

la rentabiliser. C'est son appétit qui industrialise la nature, y compris les animaux transformés en ouvriers gratuits prodiguant lait, œufs, viande. C'est sa cupidité qui détruit les forêts. C'est son impérialisme qui amenuise la biodiversité. C'est sa science qui a créé le danger atomique. Peut-être vos textes apocalyptiques nous mettent-ils en garde ? Ils signalent aux hommes que, s'ils oublient l'essentiel, ils produisent du chaos et marchent vers le néant. Ces pages effraient dans le but de permettre une prise de conscience, une réflexion, puis un changement de conduite.

— Oui, oui… La pédagogie de la peur, je connais…

— Les cataclysmes engendrent toujours des comportements meilleurs, solidaires, éclairés, judicieux. À quel prix ! Or la menace, elle, abstraite, imaginaire, nous dispense des catastrophes. Non seulement elle représente un gain, mais elle oblige à progresser.

— Tu veux que les hommes soient responsables. Responsables du bien, responsables du mal, peu importe, responsables… Quel orgueil ! Putain d'égocentrisme ! Certaines culpabilités n'ont que la vanité pour origine. Vous crevez de suffisance, vous les hommes, persuadés que vous pilotez la manœuvre, y compris quand vous démolissez la planète. Je prétends, moi, que si vous faites beaucoup, vous n'êtes rien ! Juste des instruments de Dieu.

— Qu'en savez-vous ?

— Et toi ?

— Il faudrait poser la question à Dieu.

À peine ai-je crié cela que je sens le piège se refermer sur moi. La juge Poitrenot plisse les yeux, me fixe, palpant ses genoux avec ses doigts, tel un chat qui sort et rentre ses griffes, attentif, prêt à capturer sa proie.

Je baisse le front, quasi vaincu.

La porte de l'église grince. Une vieille femme rachitique apparaît, fait un signe de croix près du bénitier et se dirige en sautillant vers les premiers bancs qui permettent d'observer le Christ.

— Vas-tu tenter le coup ? s'enquiert la juge.

— Cette nuit, j'ai déjà trempé les plantes dans l'eau et ce matin j'ai pratiqué une première décoction.

— Bravo.

— Mais je n'ai pas trouvé le cristal.

Poitrenot se frotte le menton.

— Pas commode de t'aider, je n'ai que de mauvaises fréquentations… des voyous, des apprentis voyous, des voyous repentis, des assassins, des terroristes, bref un chapelet de criminels.

— Et dans la police ?

Elle pince les lèvres.

— Ils ont les mêmes fréquentations que moi, et ça use ! Dans nos métiers, nous ne restons pas des enfants de chœur. Imagines-tu Terletti en cristal ?

Elle s'esclaffe et renchérit :

— Terletti cessant d'être Terletti pour devenir le vecteur de Dieu ? Impossible ! Terletti ne pourra jamais s'absenter de lui-même, se mettre à distance, trop authentique, trop dans son rôle, trop viril, trop poilu… Une pilosité pareille, c'est plus que de l'insistance, c'est de l'entêtement.

La voix de Méchin retentit au loin, rendue tremblante par l'écho.

— Oh pardon, madame, excusez-moi.

Nous tendons le cou en sa direction. Fidèle à sa réputation de maladresse, il vient de renverser ses dossiers sur la vieillarde qui priait.

— Et Méchin ? lui demandé-je.

— Quoi, Méchin ?

— Méchin en cristal ?

— Oh, le pauvre…

Elle se triture les doigts.

— Certes, il a l'avantage d'être obtus, ce qui le transforme en bonne caisse de résonance – faut du creux pour que ça résonne –, mais il ne présente pas tes autres critères. Méchin reste très Méchin, bas de plafond. Il ne décollera pas.

Elle hausse subitement la voix et interpelle son secrétaire avec naturel :

— N'est-ce pas Méchin que vous êtes très Méchin ?

— Très… quoi, madame la juge ?

— Méchin !

— Mais… certainement, madame la juge.

— Et que vous êtes sans doute Méchin depuis le premier jour ?

— De toute évidence, madame la juge.

Il s'est incliné pour répondre, ce qui a fait glisser ses dossiers sur le carrelage. Les pages se répandent dans la travée où il se jette à quatre pattes.

Poitrenot conclut :

— Pas Méchin.

En se remettant debout, elle s'époussette.

— Bon, je te rends à l'infâme Pégard.

Je me lève à mon tour.

— Pourquoi l'appelez-vous toujours l'infâme Pégard ?

— Quelle drôle de remarque... S'appelle-t-il bien Pégard ?

— Oui.

— Alors, je ne me trompe pas.

Elle penche la tête sur le côté et soutient mon regard.

— S'il y a un défaut que j'abomine, Augustin, c'est la négligence. L'infâme Pégard a gagné le titre de champion du monde.

— Ah oui ?

— Ne joue pas les étonnés ! Te traite-t-il bien ?

— Non.

— Te montre-t-il de la considération ?

— Non.

— Du respect ?

— Il m'utilise quand il a besoin de moi – à cela se limite son attention. Cependant, je ne vois là rien de singulier ni d'exceptionnel. Beaucoup de gens se comportent ainsi.

— Question de dosage, mon garçon. Le caractère, comme le médicament, selon la concentration, ça guérit ou ça tue. Et lui, crois-moi, il extermine.

Je songe à la fillette blonde en kilt qui le suit partout.

— Sa fille ?

— Sa femme d'abord. Elle a sombré en sortant de la maternité. Sa dépression comprenait sans doute une grande part de bon sens : se rendre compte qu'on a fait un enfant à Pégard et qu'on l'élèvera en sa compagnie, ça ternit l'enthousiasme. Seulement, cette femme, une De Woutters, avait reçu une éducation catholique. Conclusion ? Elle s'est reproché de regretter son mariage, et elle a ajouté la culpabilité à la morosité.

Elle se crispe avant de continuer, agacée de radoter ces souvenirs :

— Le divorce les aurait tous sauvés. Lui aurait dû l'accepter, la première fois qu'elle le lui a proposé, mais il a répondu : « Chez les Pégard, on ne divorce pas ! Et chez les De Woutters non plus, à ma connaissance. » Du coup, elle s'est rongée et un cancer l'a emportée deux ans après la naissance d'Ophélie.

— Ophélie ? La petite s'appelle Ophélie ?

— Horrible idée.

— Ravissant prénom.

— Plus qu'un prénom, c'est un destin.

— Pardon ?

— Le destin d'une fille rejetée qui finit par se noyer.

Elle baisse soudain la voix :

— La petite a coulé dans la piscine de la propriété. Une hydrocution sans doute. Un employé l'a retrouvée au fond, plusieurs heures après. Son père ne travaillait pas à la maison, ce jour-là. De toute façon, il ne s'en occupait guère, elle demeurait entièrement livrée à elle-même – par radinerie, il n'avait engagé ni nurse, ni gouvernante, ni jeune fille au pair. Quand il déjeunait sur place, Ophélie mangeait ses restes et montait dormir sitôt qu'il le lui ordonnait. Jamais de tendresse. Jamais de jeux. Jamais de discussions. Rien. Ça ne l'intéressait pas davantage d'être père qu'époux. Il avait dû se marier et forniquer par inattention. Ou par convenance sociale...

— La mort de sa fille l'a-t-elle affecté ?

— Lui ? S'il a joué la comédie du père inconsolable le temps de la cérémonie, il a montré ensuite plus d'énergie qu'avant, comme libre, débarrassé. Seules ses affaires le fascinent.

— Sa fille lui manque puisqu'il ne se déplace pas sans elle. Elle l'accompagne. C'est sa morte. Je la vois souvent.

— Oui, tu me l'as dit. J'y ai repensé. Ça m'étonne. L'infâme Pégard se révélerait-il moins primaire, moins ingrat, moins inhumain que je ne l'imaginais ?

— Il a une âme.

— Elle a très peu servi.

De retour à la rédaction, je peaufine mon entretien avec Schmitt. Si les incidents du jour ont retardé sa parution, il constitue un plat de résistance pertinent pour demain.

Oum Kalsoum me tend une feuille.

— Message pour toi.

Je relève la tête et j'aperçois la signature de Schmitt.

— Merci, Oum Kalsoum.

Une lueur de satisfaction traverse ses yeux puis elle dénie son importance de la main droite, modeste et impériale. Aujourd'hui, sa robe imprimée arbore une jungle où tigres, singes et serpents rivalisent d'adresse entre les lianes, les troncs et les herbes géantes. Où achète-t-on des vêtements pareils ?

Elle note mon regard sur sa tenue, l'interprète comme un compliment, me sourit et part, ravie, en chantonnant, les hanches bercées par le souvenir d'une danse. Elle semble particulièrement amoureuse d'elle-même, cet après-midi.

Par fax, Schmitt m'envoie une liste de questions destinées à Dieu sous le titre « Au cas où… ». Je parcours les lignes, m'amuse de certaines, me passionne pour d'autres, puis songe avec malaise que je n'ai toujours pas repéré le cristal.

Profitant du vide créé par une réunion de journalistes à laquelle Pégard ne m'a pas convié, je me rends à la kitchenette pour déterminer comment se comportent mes deux préparations d'ayahuasca. Depuis l'aube, le liquide a viré du rouge au bitumeux, il s'est épaissi, il est devenu huileux. Je le remets à chauffer dans deux casseroles, le laisse bouillir quelques minutes, puis le verse dans les deux bols que je dissimule, comme auparavant, au-dessus du placard.

Séjourner dans une cuisine me tourmente. Mon estomac se tord, gémit, réclame une pitance que je lui refuserai : outre que je n'ai rien à grignoter, je jeûne pour absorber la drogue.

Je bois au robinet.

Qui ?

Qui contacter ?

L'infirmière si diligente qui me soignait à l'hôpital ? Comment s'appelait-elle ? Myriam… Ou bien celle qui voulait que je « pense à elle » en me présentant les boîtes où pisser et déféquer ? Je ne m'imagine pas les inviter à prendre un verre avec moi. Encore moins les droguer par surprise. Il me faudrait de l'argent, de toute façon…

Alors qui ?

Épuisé par cette interrogation stérile qui me tourmente la cervelle depuis le matin, je décide de me dégourdir les jambes.

Je descends l'escalier quand une silhouette m'arrête au bas des marches.

— T'as le temps ?

Mohammed Badawi se tapit dans la pénombre.

— Momo !

Il rosit sous l'appellation de Momo, jette des regards furtifs alentour.

— J'ai besoin de te parler.

Il s'approche. Ses lèvres tremblent et ses yeux dégagent une inquiétude fiévreuse. Comme l'écho de notre dialogue nous revient par la cage d'escalier, il me saisit par le bras.

— Viens, filons aux ordures.

Il m'entraîne dans la cour que nous traversons vite, pousse une porte de bois crasseuse donnant sur un minuscule réduit où trois poubelles en plastique vert gazon jettent un aigrelet fumet de décomposition.

Il me fixe par en dessous.

— T'as vu ce qui se passe ? Les feux, les alertes, la panique ?

— Évidemment.

— Tu sais qui a fait tout ça ?

— Non. Rien n'a été revendiqué.

Je m'autorise même à lui livrer les dernières informations reçues de la police à la rédaction : les bandes de vidéosurveillance ne procurent aucun renseignement parce que les caméras avaient été neutralisées avant. Les forces de l'ordre pataugent.

Momo grimace.

— Pourquoi t'avais planqué l'ordinateur ?

Il répète avec une énergie hostile :

— Pendant la garde à vue, les flics m'ont dit que tu l'avais découvert dans la benne. Pourquoi tu m'as pas donné l'ordinateur d'Hocine ?

— À ton avis ?

J'ai envoyé cette phrase du tac au tac, une habitude contractée à l'orphelinat ; dès que j'ignorais pourquoi mes camarades m'interpellaient, je répliquais « À ton avis ? », réaction qui me permettait de découvrir que les gens n'attendaient pas ma réponse, mais la leur. Momo n'apporte pas d'exception à la règle, car il enchaîne, volubile :

— Tu voulais effacer des informations capitales ?

Ouf, je préfère qu'il suppose cela plutôt qu'il devine que je comptais conserver l'appareil. Il sourit, rassuré. Encore une fois, mon astuce a fonctionné.

— Dis-moi, Momo, es-tu retourné au collège ?

Momo se ferme.

— Réponds.

— Je n'y vais plus.

— Ça s'est mal passé ?

— J'ai la lèpre. Ils s'écartent.

— Ils sont immatures.

— Ils sont cons. De toute façon, je n'y fous plus les pieds. J'ai choisi l'enseignement par correspondance.

— Bonne idée. Mais tu prends un risque, celui de t'isoler, de ne plus fréquenter personne.

— Fréquenter qui ?

Une sirène de police hurle dans la rue. Momo frémit puis se tourne vers moi, suppliant :

— T'accepterais qu'on discute ?

— Bien sûr.

J'ai rétorqué par pitié, sans réfléchir. Trop tard pour revenir à la prudence… Les Terletti et autres policiers s'indigneront que je fréquente le frère du terroriste et je regrette déjà mon empressement.

Momo relève sa capuche et enfouit ses mains dans son anorak.

— Demain, midi, ici ?

— OK.

— Dégote-nous un endroit plus discret.

— OK, je m'en occupe.

Momo se faufile vers la sortie, vérifie que la voie est libre puis disparaît. Au-dessus de lui, voletant avec énergie, Hocine avance, tournant la tête de droite à gauche, tel un garde du corps en alerte. J'ai l'impression qu'il a grandi depuis la dernière fois…

Je marine une minute au milieu des détritus avant de remonter à la rédaction. En gravissant les marches, je reviens à mes ruminations et conclus que Momo, lui non plus, n'incarnera pas le cristal. Mes recherches stagnent et les boissons fermentent, bientôt prêtes… Décidément, on ne peut rien me confier d'important, j'échoue toujours.

La porte passée, je croise devant le bureau de Pégard la fillette en jupe écossaise qui s'amuse avec un yoyo.

— Bonjour Ophélie.

Elle sursaute, d'abord surprise d'entendre son prénom, puis enchantée.

— Bonjour.

— Tu ne quittes jamais ton papa, toi.

Elle rembobine le fil.

— Pourquoi je le quitterais ?

— Il s'occupe bien de toi, ton papa ?

Elle fronce le front : elle ne s'était pas posé cette question. J'insiste :

— Puisque vous passez tant de temps ensemble, vous en profitez sûrement pour bavarder. Qu'est-ce qu'il te raconte ?

Elle me considère avec stupéfaction.

— Mais… rien.

Ses lèvres forment un rictus descendant, dubitatif. Selon elle, je tiens vraiment un discours aberrant.

— Je suis là, c'est tout. C'est mon devoir. C'est mon papa.

— Il n'est pas triste de ce qui t'est arrivé ?

— Qu'est-ce qui m'est arrivé ?

— L'accident. Dans la piscine.

Elle écarquille les paupières.

— Dans la piscine ?

— La piscine de votre maison. Celle où tu t'es noyée.

— Moi ?

— Tu ne t'en souviens pas ?

— Je ne me suis pas noyée.

— Si. Il y a trente ans.

Elle me dévisage, déconcertée.

— J'ai cinq ans ! Et je ne vais jamais dans l'eau ! Tu dis vraiment n'importe quoi…

Haussant les épaules, elle se détourne et entre dans le bureau directorial en relançant son yoyo.

Je continue mon chemin jusqu'à ma table. J'ai compris ! La juge Poitrenot voit juste : Pégard n'éprouve ni regrets ni remords, sa fille ne lui manque pas, son passé ne le hante plus. Ophélie n'apparaît pas à la demande de son père ; elle erre dans notre monde parce qu'elle n'a pas compris qu'elle était morte.

La tête dans les mains, j'examine ce phénomène. Des âmes resteraient parmi nous lorsqu'elles se croient encore vivantes, non parce que les vivants les réclament ! Voilà un cas que je n'avais pas rencontré auparavant. Ou qui m'avait échappé…

Dois-je apprendre à Ophélie qu'elle n'existe plus ? De quel droit ? Serait-elle plus heureuse si elle tirait une croix sur Pégard qui ne lui prête aucune attention ? Plus heureuse où ? Quel endroit rejoindrait-elle alors ?

Un à un, les collègues quittent le bureau et me saluent au passage.

Le désordre commence à troubler mes pensées. De temps en temps, un étourdissement m'abat, telle une panne d'électricité dans mon cerveau, car je m'écroule sur la table. Chaque fois, je me redresse et m'efforce de poursuivre mon travail. Je fixe désespérément mon écran, mes papiers, mes notes, sans parvenir à tisser un rapport entre eux. Mon corps, moite de fièvre et d'épuisement, ne sait plus où se mettre. J'ai maintenant si faim que mes boyaux se nouent dans mon ventre, tels des serpents. Ma tête se vide aussi. Une humeur funeste m'écrase sur ma chaise.

— Monsieur Pégard !

Sanglé dans son manteau, un chapeau sur le crâne, cigare éteint aux lèvres, il s'apprête à quitter le journal. Je l'apostrophe :

— Monsieur Pégard, puis-je continuer un peu ? Mon entretien avec Schmitt exige un nettoyage et l'on m'a confié un rangement de documents qui s'éternise depuis trois jours.

Pégard grommelle. Deux forces luttent en lui, celle qui accepte tout travail non rémunéré, celle qui le pousse à refuser une faveur.

— D'accord. Tu brancheras l'alarme en partant.

Il mord le bout rond du cigare, l'arrache, le crache, et s'éloigne, comme si je n'existais plus. Ophélie le suit en me snobant ouvertement, car elle n'a pas apprécié notre conversation. Son regard étincelle et elle me souffle au dernier moment :

— Toi, tu es un cornichon !

Ces paroles prononcées, elle s'enfuit pour talonner son père.

La porte claque. Me voilà enfin seul.

J'enlève mes chaussures.

L'obscurité règne autour de moi. Tout est tranquille, tout.

Je ne mènerai pas l'expérience du yagé cette nuit. La faim m'étrangle.

Où puiserais-je le courage, l'énergie de marcher une heure jusqu'à mon squat ? Et puis j'y arriverais trempé, sans y trouver la possibilité de me sécher ni de me réchauffer. Autant dormir ici.

Un bruit retentit.

Un choc ébranle le plancher.

Effrayé, je parviens à identifier qu'il s'agit d'un corps lourd qui est tombé.

Je me précipite dans le couloir central.

Une lumière brille au fond.

Je gagne la kitchenette.

Oum Kalsoum gît sur le sol en gémissant. Elle a vomi. Ses paupières sont fermées. Elle halète.

Au-dessus de sa masse endolorie, sur la tablette de l'évier, reposent les deux bols que j'avais dissimulés. L'un est vide.

Oum Kalsoum a englouti l'ayahuasca.

15

Parfois, il y a des évidences tellement éblouissantes qu'elles aveuglent. Pendant une journée, j'ai désespéré de trouver le cristal alors qu'il passait constamment devant moi.

Oum Kalsoum, voilà le médium parfait ! Si un être a pris de la distance avec son corps, son histoire et ses origines, c'est elle, l'homme devenu la femme, le Flamand devenu l'Arabe, le catholique devenu la musulmane, ambiguë, sibylline, floue, incertaine, sans frontières, glaise de toutes les métamorphoses.

Sur le dos, pattes en l'air, tel un éléphant renversé, Oum Kalsoum frétille dans sa robe aux imprimés amazoniens, râle, siffle, grince des dents. Je me penche.

— Tout va bien, Oum Kalsoum ?

Comme une abeille au cœur d'une ruche bourdonnante, ma phrase met plusieurs secondes à lui parvenir, tant son système nerveux traite des informations nombreuses. Enfin, son crâne vire dans ma direction, ses pupilles dilatées me considèrent un instant puis reprennent leur va-et-vient désordonné, comme si mille choses circulaient alentour.

— Oh !

Sa bouche s'arrondit. Elle paraît très étonnée par ce qu'elle surprend à ma gauche. Si, en y jetant un œil, je n'y distingue qu'un four à micro-ondes, Oum Kalsoum semble entrevoir une personne importante à laquelle elle sourit et adresse des borborygmes, lesquels, sans doute, au fond de son cerveau, correspondent à de longues tirades. Elle a déjà accosté un autre monde, elle se meut sur un plan de réalité différent – furtivement, elle m'évoque les chiens qui voyaient les morts célèbres dans la bibliothèque de Guermanty. Vite ! La rejoindre. Selon la prescription de Schmitt, elle m'a précédé et s'occupe peut-être de me recommander à Dieu en ce moment. Plus une seconde à perdre, sinon je risque de rater ma correspondance télépathique.

Je file jusqu'à mon ordinateur, envoie à Schmitt comme message « Le voyage commence ce soir à la rédaction », puis retourne à la cuisine.

J'attrape le second bol et, sans hésitation, ingurgite le yagé.

Bien m'en a pris de le boire d'une traite ! Le liquide résineux, sombre, quasi phosphorescent, colle aux dents et dégage une infecte saveur de putréfaction sur-salée, telle une banane pourrie amalgamée à un poisson avarié après un séjour dans la vase.

Je m'assois sur le tabouret.

J'attends.

L'amertume qui demeure en mon palais distille un avant-goût de malaise.

Rien ne se passe pourtant.

J'attends.

Peut-être n'en ai-je pas avalé assez ?

Aucun résultat.

Non ?

Non.

Aucun.

Oum Kalsoum, épinglée au sol, roucoule, bave aux lèvres, puis agite ses doigts au-dessus d'elle comme si elle déployait des ailes.

Schmitt m'avait assuré que les effets du breuvage se produisaient de façon quasi instantanée.

Attendre.

Cependant, si je n'ai pas absorbé assez de substance, je patienterai pour rien.

En reprendre !

Je saisis le bol, or, tandis que je lèche ses parois, des éclairs bleus criblent mon champ de vision.

Le bol tombe. En se brisant, il émet un bruit ample, fort, continu, proche d'une avalanche.

Des fulgurations zèbrent la pièce. Oh ! Quelque chose s'infiltre en moi. La couleur bleue envahit lentement ma chair. Je me modifie. Mon corps change de registre, il se gonfle, il s'étend, il s'huile.

Éclairs encore.

Le vertige me frappe par vagues, comme si je me dressais en phare au milieu d'un océan déchaîné. Des frissons me parcourent.

Je deviens bleu. Bleu et souple.

Me laissant glisser du tabouret, je me répands sur le sol.

La cuisine se transforme autour de moi. Elle vibre, elle trépide, elle piaffe, elle pivote, elle joue avec ses murs, baisse une cloison, en hausse une autre, les troue, les tord, les plie. C'est elle qui part en voyage, pas moi. Et voilà qu'elle s'élance et que nous survolons la mer, la jungle, une cascade, un désert, une montagne, des forêts, un canyon. Vallées, cavernes, lacs,

269

ruisseaux se succèdent, puis nous traversons Charle-roi, dont les cheminées d'usine dorées expulsent des fumées rose pâle. De la pièce ne reste plus que le sol qui me véhicule dans l'univers. Un tapis volant. Non, un linoléum volant.

Grelottements. Secousses. Début de nausée. Normal, j'ai toujours éprouvé le mal des transports.

Je m'accroche.

Grisé, je contemple des mines de sel orange au soleil couchant. Soudain, le linoléum ralentit, stoppe, relève ses murs comme on remonte son pantalon, la cuisine se reconstruit, le plafond la capsule.

Retour au journal.

J'ai envie de rendre.

Non, je ne veux pas vomir ici. Pas auprès d'Oum Kalsoum qui déjà se tortille dans sa bouillie.

Je m'agrippe au bord d'un meuble pour me mettre debout et je me rue aux toilettes. Au passage, je cogne la porte, les chambranles, les armoires – épaule, coude, tête – sans ressentir aucune douleur.

Prosterné devant la cuvette, je dégurgite. Mieux, je vide mon être. Religieusement. À chaque spasme, je me nettoie. J'accède à la pureté. J'adore… Certes, le son de cachalot accompagnant chaque gerbe me donne l'impression de provenir d'une personne à mes côtés, d'une carcasse de géant, mais j'ai conscience de cau-ser ce vacarme.

Alléluia, plus rien à cracher. Je suis éthéré. Céleste. Angélique…

Je regagne la cuisine, car je ne souhaite pas manquer ma correspondance télépathique avec Oum Kalsoum.

En m'allongeant à côté d'elle, je constate que je m'immobilise à temps… Les trois mètres que j'ai franchis pour m'écrouler ici m'ont coûté : je traînais des pieds de plomb et coordonnais mal mes membres raides.

Sur le dos, je respire mieux. Je fixe le plafond blanc et il me répond en m'envoyant du coton. Des flocons d'ouate. À foison. Il neige de la douceur. Me voici enseveli sous des couches de duvet, par dizaines, qui m'isolent, m'enfoncent et m'anesthésient. Délices.

La pièce vibre de nouveau, les parois disparaissent : nous repartons.

Des perroquets jasent. L'univers défile, prodiguant des paysages aux couleurs vives, intenses. Il y a beaucoup de serpents. Beaucoup trop. Même en moi. Oui, des reptiles tressent un filet qui m'enserre, leurs écailles dardent une lumière argentée. J'ignore si ça m'effraie ou si ça me plaît.

Si, je le sais : ça me panique. Les boas, les cobras, les pythons, les couleuvres, les roches, les nuages, les cimes des arbres, les flots furieux, tous réclament ma mort. Ils conspirent à me pulvériser. Mon cœur s'accélère. Les perroquets se muent en vautours. Au secours, freiner, me libérer, m'enfuir.

Comment faire ? J'ai beau essayer de rétablir le contact avec la cuisine, par mes paumes, par mes omoplates, par mes reins, par mes talons, impossible, mon corps ne tient plus compte de mes désirs. Je ne contrôle rien.

Je suis pris dans mon hallucination comme une guêpe dans la confiture. Pas moyen de m'en dépêtrer. Alors, consentir ?

Puisque je subis, ne devrais-je pas me soumettre ?

Ma défaite, ma résignation ne sont-elles pas les plus belles choses que je puisse offrir désormais ?

Je m'abandonne.

Je cède au mystère en secouant la tête de droite à gauche.

En récompense, la peur s'efface.

Des myriades d'étoiles me frôlent. Je flotte vers un zénith ombreux. En son centre, j'aperçois un grand trou. Oum Kalsoum garde l'orifice, assise en tailleur, plus jeune, plus élégante, coiffée d'un chignon faramineux, maquillée à la perfection. Voici ma sainte ! Elle me sourit et, d'une main effilée, m'invite à entrer.

Je m'introduis dans la fente. J'emprunte un couloir noir et vide puis me trouve en face d'une lumière.

C'est un œil. Un œil immense. Qui occupe l'espace entier.

L'œil me regarde. L'œil m'attend.

Je tremble.

Autour de moi : le néant.

En face, Dieu.

Je sens que si je ne m'approche pas, je vais chuter.

Que faire ?

Arrêter ? Continuer ?

C'est mourir ou comprendre.

16

Le Grand Œil lumineux m'examine. Je me laisse réchauffer par son regard.

— C'est vous ?

— Qui, moi ?

— Dieu.

Le Grand Œil se tait. Quoique l'obscurité l'encercle, il embrase les ténèbres d'une chaleur apaisante.

— Tu es venu me poser des questions, j'imagine.

— Comment le savez-vous ?

— Caractéristique humaine.

— Ah… Les animaux ne se comportent-ils pas ainsi ?

— Auprès de moi, ils recherchent la protection, le réconfort, l'amour, mais ils n'arrivent pas hérissés de questions.

— Les hommes vous adressent aussi des requêtes, non ?

— Je ne sers pas à ça.

— Quoi ? Vous n'écoutez pas les millions de prières qui affluent à chaque instant ?

— Une véritable prière ne formule pas une supplique, mais un remerciement.

— Quelle horrible nouvelle ! Ainsi, vous fermez l'oreille aux requêtes, même celles qui montent mouillées de larmes, tachées de sang, vibrantes de désespoir ?

Le Grand Œil ne répond pas.

— Pourquoi vous tenez-vous à l'écart ?

— À l'écart de quoi ?

— Du monde.

— Je l'ai fait. On ne peut guère s'impliquer davantage.

— À l'écart de nous, les hommes ?

— Pour vous laisser libres. Libres de croire ou de ne pas croire. Libres de bien ou de mal agir. Libres de me consulter ou de me bouder. Il me semble que Dieu doit se cacher. En ne m'imposant ni par l'évidence rationnelle ni par les trompettes de l'action, je vous sollicite et je vous respecte.

— Un gros risque.

— Risque pour qui ? Pas pour moi.

— Risque pour nous. Nous ne détenons pas de certitudes vous concernant.

— Tant mieux. Il vous reste la foi.

— Tous les gens ne la possèdent pas.

— La foi n'a rien d'obligatoire. Sa précarité même la définit.

— Moi, par exemple, je n'ai jamais cru en vous.

— Dommage. Moi, je crois en toi.

Le Grand Œil abaisse son regard, se tait, puis enchaîne :

— Tu estimes que je m'absente, mais je suis là. Si Dieu ne se présente pas à toi, tu te présentes toujours à Dieu. Ne confonds pas. J'habite partout, tout le temps. Les hommes se montrent d'ordinaire aveugles et sourds à Dieu car ils ne prennent conscience que du petit, ils s'ouvrent peu à la conscience du grand. Toi-même, il t'a fallu avaler une drogue pour sortir de ta courte intelligence, prétendument autonome, et me rejoindre.

— Mais vous vous réduisez peut-être à un songe ! Je vous rappelle que j'ai absorbé des stupéfiants et que, en ce moment, j'hallucine…

— Tu conçois l'hallucination comme une tromperie alors qu'elle met fin aux tromperies. Loin de produire une illusion, l'hallucination révèle la vérité. Le yagé n'a pas altéré ta conscience, il l'a accrue.

— Franchement, vous n'avez pas trouvé mieux que la dope pour nous conduire jusqu'à vous ?

— Désolé, c'est vous qui n'avez pas trouvé mieux.

Nous nous détendons. Le vide en dessous de moi me supporte avec une élasticité agréable. La sérénité m'envahit. Pourquoi parler ? J'ai la chance de côtoyer Dieu, autant en profiter.

Le Grand Œil me scrute. Un frisson me parcourt. Je songe aux questions que Schmitt m'a envoyées et romps le silence.

— Je suis venu vous interroger sur vos livres.

— Avec plaisir.

La cornée du Grand Œil se liquéfie légèrement et brille. Connaîtrait-il, lui aussi, des vanités d'auteur ? Pour une fois, il me devance :

— Lequel de mes livres ?

— Les trois.

— Soit.

— Pourquoi avez-vous décidé d'écrire ?

— En réalité, je n'ai pas écrit tout seul, je me suis fait aider.

— Oui, je sais, vous avez utilisé des nègres.

— Je préfère dire prophètes.

— Prophètes, nègres, ça revient au même : ils écrivaient à votre place.

— Qui écrit quand j'écris ? Non, ils n'écrivaient pas à ma place, ils rédigeaient à partir de ce que je leur avais suggéré. Un peu de déférence, jeune homme ! Ne m'accusez pas d'imposture.

— Pourquoi n'avez-vous pas pris la plume ?

— Avec quelle main ?

Le Grand Œil clignote. Puis il ajoute :

— Avec quels mots ? Les créatures ont inventé le langage afin de communiquer avec leurs semblables. Moi, je demeure le seul de mon espèce. Manquant d'équivalents, je ne parle donc pas. Le Créateur échappe aux besoins des créatures.

— À cet instant, pourtant, nous discutons !

— Tu en as l'impression... En fait, j'influe sur ta pensée en deçà des concepts ; tu me prêtes des phrases.

— Si je vous habille de mots, je peux vous travestir.

— Ne te vante pas, l'auteur t'oriente. Tu m'entends et tu transcris mon message dans ta langue.

— Comment m'assurer d'y parvenir ?

— Sois plutôt certain de ne pas y parvenir. Néanmoins, ça vaut le coup d'essayer.

— Vous restez mystérieux.

— Je n'ai pas le choix.

— Comment devient-on Dieu ?

La pupille s'élargit au centre du Grand Œil, comme si l'étonnement s'y déployait.

— Je ne me suis jamais posé la question.

— Eh bien, je vous la pose : comment devient-on Dieu ?

Le Grand Œil bat des cils.

— Ça s'est fait... malgré moi... mais pas sans moi... dans la mesure où je suis tout. Une forme de contrainte.

— Vous ne vous êtes pas dit « Plus tard, je serai Dieu », lorsque vous étiez petit ?

— Je n'ai jamais été petit.

— Quand même...

— Et je n'ai jamais voulu être Dieu puisque je le suis.

— Alors, vous n'êtes pas libre ?

— À l'évidence !

— Les hommes détiennent une supériorité sur Dieu : la liberté.

— Tu attaches beaucoup d'importance à la liberté. Je ne connais, moi, que la nécessité.

— Vous ignorez en quoi consiste un devoir ?

— Le devoir ? Ce à quoi l'on souscrit ou pas ? Ce qu'on peut accomplir, négliger ou refuser ? J'ignore en effet cette éventualité. La latitude n'est pas mon fort.

— Et le Bien ? Et le Mal ?

— Je me situe au-delà. Ces panneaux directionnels ont été conçus à votre usage exclusif.

— Par vous ? Ou par nous, les hommes ?

— J'ai donné un coup de pouce.

— Comment ?

— En écrivant, justement. Revenons à notre sujet et à la raison de ta visite : mes livres.

— Pourquoi avez-vous mis tant de temps à vous atteler à l'écriture ?

277

— Pardon ?

— Selon mes renseignements, vous avez commencé avec Moïse, en lui livrant les Dix Commandements.

— Oui.

— Or ce Moïse – le chef historique – a vécu il y a vingt-six siècles…

— Et alors ?

— Puisque les scientifiques conjecturent que l'espèce humaine est apparue il y a 200 000 ans en Afrique, vous avez attendu 197 400 ans pour vous manifester. Voilà un écrivain tardif, vous n'avez vraiment rien d'un enfant prodige !

— Je ne suis pas soumis au temps, je vis en dehors. Si je m'y trempe parfois, comme vous vous baignez dans une rivière, j'en ressors.

— En vous adressant à nous, vous êtes descendu dans le fleuve de notre durée ?

— Exact.

— Pourquoi patienter 197 400 ans ? Des générations d'hommes n'ont jamais été éclairées par vous.

— Si, si… J'ai envoyé des messages, mais leurs âmes poétiques les transformaient aussitôt en mythes, en légendes, en épopées, de ravissants récits qui me trahissaient. J'ai longuement éprouvé le sentiment d'une impuissance.

— La vôtre ?

— La leur. Ils modifiaient tout. Dès le départ, ils enjolivaient et ils exagéraient. Par exemple, je ne restais jamais un Dieu, je me morcelais en plusieurs dieux.

— Pourquoi ?

— L'ennui. Je nourrissais leurs besoins spirituels mais je remplissais en outre leur appétit de spectacles.

278

Imagine, ils n'avaient ni livres, ni théâtres, ni opéras, ni cinémas, ni télévisions, ni ordinateurs ! Je suppléais à cette lacune. Ils préféraient se frotter à de multiples personnages, plutôt qu'à un seul. De surcroît, leurs fables se transmettaient oralement, chaque bouche ajoutant des fioritures à ce qu'elle colportait. À l'arrivée, le conteur initial n'aurait plus rien reconnu de son discours. Tout changea quand l'écriture fut inventée : les hommes gravaient les mots dans la pierre, une mémoire plus fiable que la mémoire humaine. Ils distinguaient enfin l'Éternel, l'Histoire et les histoires.

— Les Assyriens et les Égyptiens écrivirent les premiers. Vous ne leur avez pourtant rien dicté.

— J'ai parié sur les juifs.

— Pourquoi ?

— Travailleurs, intelligents, pragmatiques, rigoureux, les juifs ! Ils savaient aussi bien compter qu'écrire. S'ils accouchaient de quelques rêveurs – des exceptions à la règle –, ils témoignaient généralement d'un bon équilibre entre les pieds et le crâne, la terre et le ciel. À ce moment-là, ils manquaient d'un territoire.

— Le temps de l'Exode…

— Exact. J'ai supposé que l'absence d'un pays les rendrait réceptifs et j'ai misé sur eux.

— Vous avez élu ce peuple.

— On peut le dire ainsi.

— Moïse, d'abord ?

— Un garçon formidable, éduqué chez des aristocrates égyptiens, lettré, volontaire, actif, doté d'une autorité naturelle, un meneur d'hommes. À la fois patient et vif, sage et ferme, il affichait des qualités contradictoires qui m'ont donné confiance. J'ai pris le risque !

— Vous lui avez dicté dix paroles, appelées depuis le Décalogue, ou les Dix Commandements. Félicitations ! Concis, mais efficace.

— Merci.

— Pourquoi des commandements ?

— L'autorité gagne à ne pas se justifier : elle doit se contenter d'énoncer. « Tu ne tueras point » marque davantage l'esprit qu'« Il ne faut pas tuer un individu parce que cela revient à tuer ton prochain, donc ton frère, donc toi, donc toute l'humanité ». Je suis Dieu : j'ordonne. Je laisse les explications aux philosophes.

— Le travail de Moïse vous a-t-il satisfait ?

— À quelques détails près, il m'a parfaitement entendu.

— Là, vous avez attrapé le virus de l'écriture. Combien de rédacteurs avez-vous utilisés pour la Bible ?

— Quarante-huit.

— Quoi ? Vous vous en souvenez encore, des milliers d'années après ?

— Je me souviens de tout. Trois mille ans dans le passé, trois secondes maintenant, trois siècles demain, c'est égal pour ma mémoire en dehors de votre temps.

— Votre entreprise me surprend : vous commencez par dix paroles, précises, fondatrices, brèves, puis soudain vous multipliez les volumes par dizaines et vous couvrez des centaines de pages. Vous êtes-vous toujours consacré à l'essentiel ?

— Pardon ?

— Moi, je conclus le contraire en vous lisant. Pourquoi proposez-vous tant d'histoires différentes ?

— Afin que chacun de vous trouve, un jour, sa place dans une histoire, reçoive une parole singulière qui lui sera destinée... Celui-ci s'identifiera à Caïn, celui-là à Noé, ce troisième à Judith, à Samson, à Job, à Esther, à Dalila. On n'écrit pas pour soi, Augustin, mais pour les autres. Mes livres assurent une double fonction : lumière et miroir. Lumière pour éclairer votre chemin, miroir pour que vous vous y reconnaissiez. La multiplicité, voire l'encyclopédisme, appartient à mon projet.

— D'accord, mais le récit de la Création...

— Quoi ?

— La Genèse.

— Oui ? Eh bien ?

— Pourquoi avez-vous écrit n'importe quoi ?

— Moi ?

— Vous pouviez vous douter que les hommes finiraient par développer les sciences, par rechercher rationnellement l'origine du monde, par cerner les lois de la nature et de l'évolution ; vous pouviez deviner qu'à l'avenir plus personne ne souscrirait à votre parabole. Sept jours ! Sept jours pour passer du chaos à l'univers ! Quelques heures pour fabriquer les espèces vivantes ! Et le pire, Ève conçue à partir d'une côte d'Adam ! Vous vous êtes tiré une balle dans le pied.

— Évidemment, je m'en doutais !

— Alors ?

— Comment vouliez-vous que je livre une conception scientifique de la Création à une époque où les sciences n'existaient pas ? Personne n'aurait saisi.

— Je n'accepte pas cet argument. Vous deviez nous guider.

— Ce que j'ai fait. Je vous ai conduits à prospecter par vous-mêmes.

— Pourquoi ne pas divulguer la vérité ?

— On dit la vérité quand elle est audible. D'ailleurs, détenez-vous aujourd'hui la vérité sur l'univers ?

— Oui, il me semble que les dernières théories physiques…

— La dernière théorie demeure la dernière théorie. Il y en eut d'autres avant ; il y en aura d'autres après. Dans deux siècles, les hommes riront de ce que vos contemporains appellent la vérité.

— Certes. Mais si nous, les hommes, nous sommes limités, pas vous.

— Si !

— Pardon ?

— Je suis limité par vos limites.

Le Grand Œil circule dans son orbite, comme s'il éprouvait de l'agacement à répéter des truismes. Il se fige et me fixe. Il attend. J'ai l'impression qu'il s'efface en douceur, que sa fluorescence décroît… Je me précipite pour reprendre notre discussion :

— Venons-en à l'essentiel : pourquoi tant de violence dans la Bible ?

— Bonne question. Je vous remercie de me l'avoir posée.

Le Grand Œil se remet à briller.

— Attention, votre camarade Oum Kalsoum vous grignote les doigts de pieds.

— Pardon ?

— J'ignore avec quoi elle les confond – un bonbon, une noix, une frite –, mais elle entreprend de vous sucer le cinquième orteil du pied droit, le plus moelleux.

Aussitôt, sans que j'esquisse le moindre mouvement, je rallie la cuisine du journal. Couché sur le linoléum, je redresse la tête et constate qu'Oum Kalsoum ronronne en tétant mon orteil. À côté de sa chevelure gisent mes chaussures. Ce qui m'étonne, ce n'est pas qu'elle me biberonne, mais qu'elle soit parvenue à m'ôter baskets et chaussettes.

En m'aidant des mains, je m'éloigne d'elle et récupère mon intégrité. La cuisine disparaît incontinent et je rejoins le Grand Œil. Peut-être maîtrisé-je le chemin ?

Le Grand Œil me considère et, à je ne sais quel détail – l'écartement de l'iris, l'humidité de la cornée –, je soupçonne qu'il se moque de moi. M'entendant penser, il tressaille, gêné, et relance la conversation :

— Où en étions-nous ?

— À la violence.

— Ah oui ! On me comprend mal sur ce point. Ou plutôt on ne me comprend plus. Les temps ont radicalement changé… J'ai toujours conçu la Bible comme un livre contre la violence, or certains s'en servent pour exprimer la leur en mon nom.

— N'esquivez pas les faits ! Dans maints passages, vous vous emportez.

— Pas moi, mes personnages !

— Vous ! Si en certaines occasions les personnages vous brandissent, en d'autres aucun doute ne subsiste : vous chassez Ève et Adam du Paradis terrestre, vous envoyez le Déluge par colère, vous massacrez les Égyptiens pour que Moïse et les siens partent.

— De la pédagogie.

— Pardon ?

— N'avez-vous pas remarqué que je commence la Bible par un tableau de paix et que je l'achève de même ?

— Je n'ai rien noté de tel.

— Dans la Genèse, je brosse un jardin des délices, cette steppe merveilleuse où Adam et Ève vivent heureux, puis ce monde de paix, je le peins de nouveau dans les ultimes lignes de l'Apocalypse. Ce dont vous avez d'abord joui, vous l'obtiendrez plus tard. L'espoir est le revers de la nostalgie. Or cet Éden, l'homme et la femme n'en ont pas voulu. Ève a croqué le fruit de la connaissance, le couple fut chassé, lui condamné à travailler, elle à enfanter dans la douleur. Qu'en conclure ? Il faut vouloir l'Éden. Les hommes y parviendront par l'épreuve du mal, de la souffrance, de l'injustice. On n'apprend qu'au prix de l'effort, mais le bonheur de la fin supplantera le bonheur du début, car un bonheur acquis s'avère plus solide qu'un bonheur donné. Entre ces deux félicités, j'établis un trajet et la Bible constitue un ouvrage initiatique. La violence jaillit dans la vie de l'homme – à cause de lui – et je lui enseigne comment s'en débarrasser. Du meurtre d'Abel à la Croix, j'aligne des étapes. Naturellement, toute étape prise à part choque. On doit la mettre en perspective dans le plan global. À l'échéance, tout ce par quoi l'on est passé semble alors dépassé.

— Désarmant comme vous paraissez sûr de vous !

— Je vous ai fourni un manuel pour vous libérer de la violence.

— Vous ne vous en tirerez pas à si bon compte. Lorsque je vous lis, un fait me heurte : vous vous êtes compromis dans la violence ! Après Moïse, vous recourez à Josué, un chef de guerre cruel, implacable, qui conquiert la Terre promise en l'arrosant de sang. À Jéricho, il extermine la population entière, hommes, femmes, enfants, vieillards, pratiquant un authentique génocide en votre nom. Était-ce utile ? Il pend les cinq rois amorrites. Était-ce utile ? Il prospère ainsi jusqu'à cent dix ans. Était-ce utile ? Plus tard, Élie, votre prophète, égorge quatre cents prêtres de Baal avec votre complicité. Ensuite…

— Arrête ! Tu contemples cela de ton point de vue actuel, celui d'un citoyen moderne, rationaliste, appartenant à une civilisation qui a proclamé les droits de l'homme et rabâche que la violence représente un mal. Autrefois, on ne survivait pas sans la violence. Elle sévissait partout. Tribus et nomades luttaient pour la possession de chaque chose, de chaque puits, de chaque champ, de la nourriture, des forêts, des animaux. Tous vénéraient des dieux brutaux pour effrayer et répandre l'idée de leur force. Si je voulais qu'ils m'entendent, je devais parler comme un tigre, pas comme une souris. Je n'aurais pas semblé puissant si j'avais abandonné la véhémence. Pour amadouer ce monde-là, j'employais les insignes de ce monde-là.

— Décidément, vous n'avez jamais tort ! Il ne vous arrive jamais d'user d'autocritique ?

— Si. Raison pour laquelle j'ai rédigé mon deuxième livre.

— Le Nouveau Testament ?

— Les récits autour de Jésus.

— L'aviez-vous en tête dès le départ ?

— Bien sûr.

— J'ai du mal à le gober.

— Lis bien l'Ancien Testament, lis bien le Nouveau, tu verras dans le premier la promesse du second.

— Parce que vous annoncez le Messie ?

— Voilà ! J'avais prévu mon deuxième tome.

— Mmm...

— Et je commençais aussi à indiquer la solution qui vous purgerait de la sauvagerie. Une anecdote pour te convaincre : un psalmiste implore Dieu d'écraser les bébés des ennemis contre les remparts de la ville. Violence, diras-tu ? Non, dépassement de la violence. Demander à Dieu de frapper, c'est y renoncer soi-même. L'homme éloigne l'animosité de la réalité et de sa volonté.

— Pas de sa pensée !

— Exact. Il fallait donc que j'achève mon travail et j'ai écrit mon deuxième livre. Jésus dénonce l'agressivité. Non seulement il se montre tendre, aimant, guérisseur, proche des faibles, des malades, des femmes, des enfants, non seulement il ne lapide pas l'adultère, mais il expire sur la croix. Son agonie révèle le scandale : Dieu lui-même devient victime, Dieu meurt de la violence humaine. Celui qui aurait pu se comporter comme un lion, vu ses pouvoirs, a choisi de se conduire en agneau. Il souffre pour vous, vous signalant votre stupide fureur et vous engageant à l'extirper. Il se sacrifie pour vous instruire, puis vous réformer. Difficile de clarifier plus, non ?

— Touché.

Le silence se réinstalle. Le Grand Œil devient doré, content de lui. Je décide de ne pas le laisser s'encenser :

— Au fond, vous aviez tout dévoilé dans ces deux tomes, en ménageant une belle progression : vous auriez dû vous arrêter là.

— Exact.

— Alors, pourquoi avez-vous écrit un troisième tome ? Pourquoi le Coran ?

17

Le Grand Œil se ternit. Alentour, les ténèbres refroidissent. Il murmure :

— L'islam, bien sûr… Pourquoi l'islam ?

Des poussières lumineuses nous frôlent, issues d'un courant d'air galactique. Je frissonne et chancelle, sentant soudain le vide moins enclin à me soutenir. Mes bras s'agitent pour rétablir l'équilibre.

Le Grand Œil finit par lâcher :

— J'avais raté.

— Vous ? Rater quelque chose ?

Il bat des cils.

— Je reconnais que, si les hommes ne m'ont pas entendu, j'ai échoué à me faire entendre. Je revendique ma part de défaite.

— Parlez-vous du Nouveau Testament ?

— Oui.

— Du christianisme ?

— Exact. J'appelle christianisme les conséquences de mon deuxième livre. Quel fiasco !

— Vous plaisantez ! Les Évangiles offrent un poème magnifique, d'une élévation touchante.

— Trop…

— Même les intellectuels qui n'adhèrent ni à vous ni aux religions vantent les sublimes qualités spirituelles de Jésus. L'éminent Spinoza lui décernait le titre de « philosophe suprême ».

— Voilà le problème : mon deuxième livre n'a récolté qu'un succès d'estime, il ne fut encensé que par une élite, un club, des « happy few ». J'aurais voulu qu'il devînt populaire.

Le souffle me manque. Je crains que le Grand Œil n'ait plus toute sa tête. Je m'indigne :

— Certes, les premiers chrétiens furent persécutés, martyrisés, exécutés, mais les Évangiles ont été consultés, médités, commentés, traduits, sacralisés, couvrant le bassin méditerranéen, pénétrant les territoires du Nord. En quelques siècles, le christianisme a chassé les cultes païens antérieurs et s'est imposé comme la confession dominante. Quel triomphe ! Vous n'aviez pas obtenu cela avec votre livre précédent.

— Juste… L'Ancien Testament n'avait acquis qu'une notoriété locale.

— Régionale ! On ne le lisait pas en dehors de la Judée.

— Je plaide coupable ! J'avais fait appel à Moïse comme rédacteur, puis à des artisans du coin. Le judaïsme a souffert d'une méprise : le peuple élu. Bien que j'aie conçu son déploiement universel et l'aie maintes fois conseillé lors de mes interventions, les juifs l'ont gardé pour eux. Ils l'ont capturé, l'ont transformé en identité enrichie d'un passé partagé. Conclusion ? Cette spiritualité moisissait à l'intérieur des tribus que j'avais choisies pour porte-voix. Puisque je souhaitais élargir mon audience, j'ai conçu le christianisme comme un judaïsme accessible aux non-juifs.

— Réussi ! Le christianisme a conquis le monde.

— Était-il destiné à « conquérir » ?

Le Grand Œil hésite, songeur.

— En confidence, je me délectai d'abord du christianisme. J'avais inventé une forme littéraire novatrice : la même histoire racontée de quatre points de vue. Je faisais narrer l'aventure de Jésus par Matthieu, Marc, Luc, Jean. Personne n'avait jamais osé ce procédé.

— Effectivement, c'était très original.

— Mieux qu'original, c'était utile.

— Utile ?

— Je désirais stimuler mon auditoire, le contraindre à réfléchir, l'obliger à s'interroger. Les quatre Évangiles décrivent un héros de façons différentes, à travers des sensibilités diverses – par exemple, Jean bénéficie d'une éducation philosophique, tandis que Marc colle aux faits ou que Matthieu s'adresse surtout aux juifs. Si certains épisodes appartiennent aux quatre versions, d'autres non, ce qui précipite le lecteur dans un subtil jeu de piste pour reconstituer les faits. Je ne supportais plus les lecteurs crédules !

— Vous ?

— Tantôt, tu me reprochais la Genèse ! Pourquoi ? Parce que tu l'as déchiffrée au premier degré. Tu l'as reçue comme un procès-verbal des origines, alors que je te présentais une fable poétique. Les hommes tendent fâcheusement à voir dans les récits une transposition de la réalité. Avec les Évangiles que j'ai dictés, j'ai dynamité ce réflexe. Le lecteur rigoureux des quatre témoignages élabore un texte, le sien, celui qu'il compose par comparaisons et recoupements. Idéalement s'édifient cinq Évangiles, ceux des apôtres et celui du lecteur.

— Tous écrivains, voilà votre slogan de l'époque ?

— Non : tous intelligents !

Un temps.

— J'avais péché par ambition. Au rayon des livres sacrés, on ne change pas les habitudes du lectorat en un seul volume.

— Attendez, un détail me gêne dans vos explications. Vous évoquez quatre livres « dictés » aux apôtres. Insinuez-vous qu'ils n'ont pas vu Jésus ? Que Jésus n'a pas existé ?

Le Grand Œil cligne lentement.

— Il y a plusieurs manières de dicter quelque chose : soit l'on souffle des idées, soit l'on fabrique de la réalité.

— Et là ?

Il se tait et fronce le sourcil.

— Causons-nous littérature, oui ou non ?

— Oui… Cependant, je doute que la littérature m'importe davantage que la vérité. J'ai besoin de savoir si la vie du Christ est avérée.

— Tu gardes une conception étroite de la vérité. Pour toi, la vérité c'est ce qui précède le livre et que le livre raconte. Pour moi, c'est ce qui lui succède et qu'il génère. La rédaction du Nouveau Testament me passionnait parce que les hommes allaient en tirer une doctrine. Je semais.

— Vous esquivez la réponse.

— Jésus n'a connu que Jésus, pas le christianisme. Dans mon œuvre, le juif s'estimait juif et accomplissait le judaïsme. Le christianisme naquit après sa mort, distinct du judaïsme – ce que je n'avais pas prévu –, parce que certains juifs lui dénièrent le statut de Messie en le réduisant à un prophète. Peu me chaut ! Le christianisme, voilà ce que j'aspirais à créer par ces livres.

— De la précision, s'il vous plaît. Jésus vint-il sur terre ?

— Je l'ai écrit.

— Répondez.

— Ce qui m'intéresse, c'est l'arbre, pas la graine.

— Répondez !

— De la vérité factuelle à la vérité spirituelle s'étend la même distance que de la graine à l'arbre.

— Répondez…

— J'ai répondu, tu ne t'en rends pas compte.

Le Grand Œil paraît très sûr de lui tandis que je défaille, l'estomac attaqué par des spasmes serrés qui m'annoncent des vomissements. Je déglutis, tente de maîtriser ma respiration. Hors de question ! Je persiste. Dussé-je consacrer une partie de mes forces à lutter contre les effets de la drogue, je n'interromprai pas cette rencontre au sommet.

L'iris du Grand Œil s'enrichit de couleurs audacieuses. Il se réjouit.

— Au départ, je me félicitais du christianisme. Il me semblait que, par ce second livre, j'avais clairement exposé à quel point d'arbitraire, d'injustice, d'immoralité, d'ineptie, la violence pouvait mener. Sur la croix, je tuais la haine. En voyant mourir l'innocent, chaque individu apercevrait le résultat odieux de sa propre violence, imaginais-je. Jésus agonisant guérissait le violent de sa violence, incitait le genre humain à chercher les solutions ailleurs que dans la force, à construire un monde neuf où la bienveillance remplacerait la peur. Quel beau programme ! Cesser de redouter les autres pour les aimer.

— Une utopie.

— Oui, enfin ! J'éclairais la réalité à la lumière de l'idéal. Et je pensais – avec ma naïveté d'auteur satisfait – que j'avais libéré les esprits, pas seulement de leur brutalité, mais aussi de leur imbécillité. Si tu décryptes les Évangiles, Jésus révise les pseudo-évidences sur lesquelles vivait son époque. Il se défend de considérer les femmes comme inférieures, leur réservant les révélations capitales. Il dépasse la famille au sens étriqué, en accusant ses frères de comportements nuisibles et en indiquant une fraternité supérieure, celle de l'humanité. Plus insolent encore, il s'attaque aux institutions religieuses, expulsant les marchands du Temple, stigmatisant les pratiques dépourvues de sens, répétant que « l'homme n'est pas fait pour le shabbat, mais le shabbat pour l'homme ». Selon lui, l'individu ne se montre pas pieux en respectant formellement les rites, il ne parvient à la piété que s'il purifie son âme et ses intentions. En enfantant les Évangiles, je poussais les hommes à privilégier l'esprit sur la lettre.

Il attend quelques secondes puis lâche, douloureux :

— Hélas…

— Quoi ? Vous ne considérez pas qu'ils se sont améliorés ?

— Peu. Trop peu. Le christianisme n'a percé que dans un cadre restreint.

— Les chrétiens se comptent par millions depuis des siècles !

— La quantité ne dissimule pas l'absence de qualité. J'ai échoué.

Le Grand Œil soupire :

— Apprendre à l'homme qu'il s'égarait en clouant Dieu sur la croix, c'était une idée géniale, mais ça n'a pas marché.

— Pourquoi ?

— Parce que je dénonçais sa responsabilité. Or l'homme ne veut pas d'un monde où il serait coupable. Ça trouble sa tranquillité.

— Et ?

— J'ai rebroussé chemin. Le christianisme n'avait pas été reçu parce qu'il n'avait pas été compris. Longtemps, j'ai nié l'évidence, l'institutionnalisation des Évangiles, son impérialisme, des meurtres commis en son nom. Jésus avait pourtant créé la laïcité en déclarant « Rendez à César ce qui revient à César, à Dieu ce qui revient à Dieu » ou « Qui m'a établi pour vous juger ou régler vos partages ? », or le contraire se développait : le religieux, loin de s'affranchir du politique, du militaire, de l'économique et du civil, s'y infiltrait, voire les préemptait. J'ai mis quelques siècles à m'en aviser, huit exactement. Alors j'ai décidé de reprendre la plume. Ou plutôt de solliciter Mahomet.

— Et vous dictez le Coran. En quoi progressez-vous ?

— Je parle aux hommes tels qu'ils sont, j'accepte qu'ils restent tendus entre les instincts animaux et les appels spirituels, entre le corps et l'âme, entre l'intérêt matériel et la générosité. J'élabore donc un livre qui leur recommande l'équilibre, le juste milieu. Ensuite, je précise que l'individu n'entretient aucun rapport privé avec moi, éloignement que les juifs et les chrétiens avaient toujours tenté d'ignorer et de raccourcir. Je m'affirme distinct et distant. Je n'entre pas dans votre Histoire, je ne m'y compromets pas. Sauf bien sûr quand je vous écris.

— D'un point de vue littéraire, vous opérez une révolution.

— Exact. Je renonce aux récits parfois embroussaillés de l'Ancien Testament, je me détourne des paraboles du Nouveau Testament. Leur impact m'avait déçu : la majorité des gens se contentaient d'une appréhension distraite et n'avaient pas été modifiés autant que je l'aurais escompté. Dans le Coran, je me montre pragmatique. Je rédige des prescriptions. De sa naissance à sa mort, j'encadre la vie d'une personne en structurant nuits et journées. Je réclame des actes fort simples, mais astreignants : une bonne hygiène corporelle et alimentaire, cinq prières qui la rendent humble en la ramenant à son statut de créature finie, une domination de ses appétits avec le jeûne du ramadan. Bref, je dessine son horizon spirituel sans séparer son corps et son âme.

— Cela me paraît excellent.

— N'est-ce pas ? Et je pointe la tolérance comme un devoir : « pas de contrainte en religion ». J'exige le respect des croyances.

— Vous mentionnez ce point pour que les fans de vos premiers livres s'accordent avec ceux du troisième ?

— Exact. Quoique mes trois livres désignent un Dieu unique, il n'est pas identique. Par conséquent, j'ai voulu établir des liens. Dans le Coran, j'évoque le

grimoire que je garde au Ciel sur une table bien pro-
tégée, la Mère du Livre, connue de moi seul, que j'ai
déjà prêtée à Abraham, à Moïse, à Jésus, et que je
confie à Mahomet. Je le lui ai remis un peu plus longuement qu'aux précédents, afin que, cette fois-ci, il
constitue l'ouvrage de référence. Selon moi, il n'y a
qu'une religion du Livre : l'islam. Le judaïsme et le
christianisme demeurent des religions avec des livres.

— Ces trois monothéismes forment donc une
famille de trois frères.

— Trois frères souvent plus fratricides que fraternels, mais trois frères.

— Heureux de l'entendre.

— Merci. De plus, à l'occasion du Coran, j'ai
enrobé les préceptes d'une poésie inédite dont je me
régale encore. Écoute : « Nous sommes plus proches
de Lui que la veine de son cou. » Ou : « La lumière de
Dieu ressemble à une lampe dans une niche. La lampe
luit au creux d'un verre pareil à un astre étincelant qui
s'allume grâce à un arbre béni, l'olivier, qui n'appartient ni à l'Orient ni à l'Occident, et dont l'huile brille
sans qu'un feu la touche, Lumière sur Lumière. »

Un vacarme retentit dans l'infini. Je crois reconnaître une explosion. Sous le coup de la déflagration,
les étoiles vacillent puis, au lointain, une rumeur sourd,
composée de cris, de pleurs, de plaintes. Le Grand Œil,
occupé à savourer les expressions du Coran, n'a rien
remarqué. Ces éclats me ramènent aux questions que
Schmitt m'a envoyées et je reprends la parole :

— Permettez-moi de m'étonner. Quand je parcours
le Coran, je repère des passages opposés. Si certaines
sourates invitent à l'amour, à la miséricorde, au rejet

de la force brute, d'autres justifient des massacres. Tantôt vous assurez : « Pas de contrainte en matière de religion », tantôt vous déclarez : « Tout Juif qui vous tombe sous la main, tuez-le. »

— Dicter n'équivaut pas à libeller. Le Coran, comme je te l'ai rappelé en évoquant le Livre Mère, je ne l'ai pas rédigé, je l'ai confié à des humains. Il comporte un historique, un contexte, des approximations. Ne sais-tu pas que la version que tu as compulsée ne fut établie que cent quarante-quatre ans après la mort de Mahomet ?

— Quelle plate excuse ! Les contradictions viendraient de nous, pas de vous ?

— Et voilà : ça recommence !

— Quoi ?

— L'incompréhension.

— Vous recommencez ! L'Ancien Testament fourmillait déjà de ces contradictions.

— Tu me fatigues…

— Vous prônez le *djihad*, la guerre sainte.

— *Djihad* ne signifie pas « guerre sainte » mais « effort contre ses mauvais penchants ». Il exprime une lutte intérieure.

— Pas dans la *sîra*, cette biographie du Prophète. Pas non plus dans *maghazi*, qui raconte ses expéditions militaires.

— Ils n'appartiennent pas au Coran !

— N'avez-vous pas dit dans le Coran : « Exterminez les extrémistes jusqu'au dernier » ? Ou « Tuez les polythéistes partout où vous les trouverez » ?

— Il y a ce que j'ai dit et ce qu'il faut comprendre. Incroyable ! Ces intellectuels qui étudient Platon sans être gênés par son esclavagisme ou Nietzsche sans être arrêtés par son antisémitisme deviennent intransigeants avec moi. Voilà qu'ils perdent le sens de la nuance, qu'ils cessent d'interpréter, qu'ils ne distinguent plus le bon grain de l'ivraie, qu'ils déposent leur esprit critique. Ils m'écartent en bloc, discourtoisement, plutôt que de me discuter.

— Normal : vous êtes Dieu.

— Et alors ?

— On s'attend à ce que vous parliez sans ambiguïté.

— À ce que j'ordonne ?

— Surtout à ce que vous décrétiez des actions cohérentes. Nous ne pouvons admettre vos divergences.

— Je ne vous demande pas de les admettre mais de les examiner.

— Enfin, vous êtes Dieu !

— Oui, mais vous, vous êtes hommes ! C'est-à-dire libres. Je ne vais pas piétiner votre libre arbitre, votre capacité à délibérer, votre pouvoir de choisir.

— Restez Dieu, nom de Dieu !

— Quelle confusion ! Dieu ne vous appelle pas à la soumission mais à la déduction. Triez !

— Choisir entre les propos de Dieu ? De quel droit ? Par quelle autorité ? Nos caprices l'emporteraient sur votre toute-puissance ? Absurde ! Selon ce que je picore dans le Coran, je tiens dans mes mains un livre de paix ou un livre de guerre. Pour ma part, j'apprécie le musulman qui adopte les paroles douces, je réprouve celui qui sélectionne les paroles agressives, mais je demeure incapable de déterminer lequel se conduit en vrai musulman. Qu'est-ce que l'islam chimiquement pur ? Le Coran renferme au moins deux Coran.

— Il n'y a pas de Livre, il n'y a que des lectures.

— Hors de question ! Lorsque vous vous adressez à nous, nous ne hiérarchisons pas vos commandements. Qui serions-nous pour nous l'autoriser ? La créature doit-elle corriger le Créateur ?

— La créature doit se corriger elle-même, voilà le chemin que suggère un livre sacré.

— Pourquoi ne vous montrez-vous jamais explicite ?

— Parce que je demeure caché et que je compte sur votre liberté. De temps en temps, je vous lance des éclaircissements, mais je me garde bien de vous apporter la clarté.

— Une erreur, selon moi.

— Pas si je m'en tiens à mon projet initial : faire des hommes libres.

— Alors la bavure date de là : nous faire libres...

— Tu ne me contredirais pas si tu ne jouissais pas de l'indépendance.

Un bruit de multitude monte dans les ténèbres alentour. Par instants, j'aperçois un visage qui rugit, un faciès convulsé, une tête ruisselante de sang. Défile au loin une armée de spectres monstrueux qui, par milliers, brandissant des épées, des lances, des fusils, chantent des hymnes forcenés... Épinglées dans le noir, certaines étoiles deviennent des yeux farouches.

Le Grand Œil a constaté que le vide se peuplait de figures vociférantes. Il baisse le ton :

— Je ne vous ai soumis que trois livres. Mais vous devez les lire, c'est-à-dire les analyser, les déconstruire, les évaluer, les vivifier par l'attention et le temps que vous leur consacrez. Le livre propose, le lecteur dispose. La lecture fait la qualité d'un livre.

— Vous affirmez cela ? Vous ?

— Naturellement. Quand certains relatent mes livres, j'ai l'impression d'avoir lâché une ânerie. Lorsque d'autres pratiquent l'exercice, j'ai le réconfort d'avoir composé une merveille. Le crétin crétinise le livre, tandis que le profond l'approfondit. Un livre équivaut à une auberge espagnole : le client y apporte son déjeuner.

— Comme d'habitude, si les malentendus prolifèrent, vous en déclinez la responsabilité !

— Le malentendu est commis par celui qui n'entend pas, non ?

— Je résume votre argumentation : vous écrivez bien mais nous lisons mal.

— Mal lire ne consiste pas à jeter le livre. Mal lire revient à prendre un texte pour argent comptant, à l'avaler tout cru sans le mâcher avec son esprit. Bien lire implique une distance critique.

— Quoi ? Dieu préconise la distance aux hommes ?

— Si je ne vous le demande pas, qui vous le demandera ? Ceux qui ne savent pas virent à l'intégrisme. Ils pullulent et s'attirent. Tu as d'ailleurs rejoint cette meute hurlante.

— Moi ? Moi, un intégriste ?

— Absolument. Tu parles en fanatique.

— Moi !

— Tu t'empares du Livre sacré et tu t'interdis de raisonner. L'islamiste qui extrait des versets belliqueux du Coran et les réalise sous prétexte qu'ils sortent de la bouche divine agit comme toi : il n'exerce pas son libre arbitre.

— Qu'on puisse choisir dans les sourates de Dieu me choque.

— Tu répliques en intégriste athée : tu ne crois pas en Dieu, mais tu le rêves puissant et univoque. Quelle naïveté ! Et surtout, quelle déchéance ! Non seulement tu ne crois pas en Dieu, mais tu ne crois pas en la liberté de l'homme.

— Vous avez marqué dans le Coran : « Voici le Livre. Et il ne comporte aucun doute. »

— Aucun doute pour moi. Mais j'espère qu'il en provoque chez vous.

— Si nous devons interpréter vos livres, pourquoi recourir encore à vous ? Nous n'avons qu'à écrire les nôtres.

— Ce que vous faites. Plus aucune bibliothèque ne parvient à contenir vos milliards de livres.

Le lointain se brouille. Des millions de faces nous entourent, des faces qui ont connu l'inimitié, les fléaux, les douleurs, l'ignorance, la faim, la détresse, les hérésies, l'esclavage, le gazage, l'Inquisition, la mort brutale, la mort injuste. Dans toutes les langues, leurs cris nous arrivent.

Nous tâchons de nous concentrer pour achever notre conversation. Dans le Grand Œil flamboient des reflets d'Apocalypse.

— En fait, mes trois œuvres ont engendré équivoques, imbroglios, cafouillis et chaos. À chaque fois, j'ai voulu solliciter l'intelligence des populations et à chaque fois, la majorité l'a refusé. Petit est le nombre de ceux qui réfléchissent. Au fond, tu avais raison tout à l'heure : peut-être ai-je fauté ?

— Quand ?

— En concevant l'homme libre. J'aurais dû le réguler par une mécanique d'instincts, comme les animaux. Nous ne pataugerions pas dans ce bourbier.

— Si vous n'aviez pas façonné un homme autonome, vous n'auriez pas éprouvé la nécessité d'écrire.

— Avec chacun de mes livres, j'ai tenté de le guider et de l'améliorer. Hélas, l'homme reste incorrigible.

— Un de vos textes domine-t-il les autres ?

— Ah non, jamais je ne dirais ça !

Sa voix a vibré dans l'ombre, couvrant les multiples fracas. Autour de nous, les âmes soudain se figent, surprises. Le Grand Œil me fixe.

— En réalité, tu me demandes si un des trois monothéismes vaut mieux que les autres ?

— Oui.

— Aucun ne se tient à l'abri de la sottise. Aucun ne se tient à l'abri de l'intelligence. Dans chaque religion, le paresseux trouvera ce qu'il cherche, le pire. Dans chaque religion, l'attentif trouvera ce qu'il ne cherchait pas, le meilleur.

Le Grand Œil se voile.

— Préparez-vous un quatrième livre ?

— Je n'écrirai plus, Augustin. Je mets un terme définitif à ma carrière littéraire. Quand j'ai composé un livre, c'était pour créer une relation ; quand j'en ai composé trois, c'était pour créer une réflexion. Je n'ai pas eu de lecteurs à la hauteur de mon projet.

— Allons… vous exagérez.

— On ne comprend rien à mes livres. On les imprime, on les vend, on les achète, on s'y réfère, mais on les lit n'importe comment. J'ai mal à l'homme.

Le Grand Œil disparaît subitement, et les légions de malheureux aussi. L'infini s'ouvre sous moi, je chute, je hurle… et je me fracasse, les bras en croix, sur le linoléum de la cuisine.

Le long des murs et des meubles, résonne, concassée, diffractée, chuchotée, la dernière phrase du Grand Œil :

— J'ai mal à l'homme.

18

Le soleil me scie le crâne. Auparavant, je n'avais pas remarqué que les rayons de lumière déchiraient les chairs en émettant un horrible sifflement. Ils lacèrent ma tempe gauche, ils insistent, ils me haïssent.

Je me tortille sur le flanc pour leur échapper. Voilà. Hors de la lame. Sauvé.

Mes paupières se soulèvent.

Où suis-je ?

D'une grosse bâche aux couleurs psychédéliques posée devant moi sortent des grognements, des gargouillis et des râles. Diverses odeurs donnent l'assaut à mes narines, certaines acides, d'autres lourdes, d'autres grasses, d'autres rances, d'autres fétides, toutes répugnantes.

Une araignée se tient non loin de mon visage. Énorme. Adipeuse. Son corps charnu, garni de rares poils, se tapit, prêt à bondir sur moi. Frissons de peur. En tentant de la chasser, je me rends compte qu'il s'agit de ma main droite.

Une sonnerie retentit.

Ce bruit banal m'arrache à la torpeur. Retour au quotidien. Je me redresse. En m'appuyant au sol afin de m'asseoir, je constate que mes membres ankylosés pèsent horriblement lourd.

Où suis-je ?

Je contemple les alentours et découvre la cuisine du journal *Demain* sens dessus dessous. Entre les meubles renversés gisent des mares de vomissures, d'urine, des déjections, augmentées de débris divers, bols, verres, assiettes. Je me penche vers la bâche et reconnais Oum Kalsoum dans sa robe aux motifs de jungle. Elle ronfle comme un porc. Des coulis de bave refluent de sa bouche. Son maquillage ruiné lui fait un visage tabassé. De son ventre fusent des bruits de tuyaux qui se vidangent.

La sonnerie reprend.

Catastrophe ! La pièce ressemble à un bourbier. Sous l'effet de l'ayahuasca, Oum Kalsoum et moi avons tout saccagé.

J'échoue à me lever mais, décidé à me comporter comme si de rien n'était, j'obéis au grelot et rampe pour rejoindre le hall.

En traversant le couloir, j'évite quelques dégueulis puis continue à me traîner, le corps comme engourdi sous plusieurs épaisseurs de goudron.

La sonnerie récidive.

Chaque centimètre me coûte davantage.

— Oui, oui, j'arrive…

Ma voix m'a sidéré, molle, apathique, résonnant partout sans que je perçoive d'où elle jaillit.

Encore un effort. Me voici couché devant la porte d'entrée.

— Qui est-ce ?

— C'est moi, Augustin, c'est Schmitt.

Je pousse un soupir de soulagement. En entendant l'écrivain, j'imagine que Pégard, un collègue, un policier, aurait pu tambouriner à la place de Schmitt, lequel reste la moins mauvaise nouvelle. J'éprouve une peur rétrospective.

— Ça va ? demande-t-il depuis le palier extérieur.

— Oui… J'ai réussi à me remorquer jusqu'ici.

— Parviendras-tu à m'ouvrir ?

— Oh oh… C'est le bordel. Je ne tiens plus debout. Et on a tout cassé, tout salopé, Oum Kalsoum et moi.

— Oum Kalsoum ?

À la perspective de décrire Oum Kalsoum, je ressens une fatigue brutale et refoule des arriérés de nausée.

Silence. Et si je somnolais un peu…

— Ouvre-moi, Augustin ! Je rangerai avec toi.

— D'accord.

Décidément, je me soumets à tout ce matin, aux ordres, à la sonnette de la porte…

Avec une minutie maladroite, j'entreprends d'atteindre la serrure, seul d'abord, en m'aidant ensuite d'un porte-parapluie, enfin d'un tabouret sur lequel je m'appuie à mi-parcours – petit repos, grande inspiration –, et hop : je débloque le système.

— Voilà !

— Puis-je pousser la porte ?

— Attendez.

Je me laisse choir au sol et m'éloigne d'un mètre sur le dos, fasciné de me montrer plus brillant à chaque cascade.

Schmitt apparaît, m'aperçoit. Ses yeux s'arrondissent de consternation, il grimace en humant la puanteur, se mordille les lèvres, puis se penche.

— Comment te sens-tu ?

— Mal.

— Des douleurs ?

— Partout.

— As-tu accompli le voyage ?

— Oui.

— L'as-tu rencontré ?

— Oui.

Schmitt pose sa main sur ma bouche.

— Pas un mot !

Il me sourit, les yeux extatiques, et m'explique d'une voix ferme :

— Ne dis rien. Je veux que tu l'écrives. Garde ça en toi.

Il tourne la tête, observe bureaux et couloirs.

— Où avez-vous fait ça ?

— Dans la cuisine.

— Là-bas ?

— Avec Oum Kalsoum.

— Oum… Très bien, je m'occupe de tout, je suis venu pour ça. Lorsque j'ai reçu ton mail hier soir, je me suis douté que tu ne péterais pas la forme ce matin.

Schmitt glisse ses mains sous mes aisselles, me soulève, puis, d'un élan, me prend dans ses bras ; je m'y abandonne comme un bouquet de lys. Après m'avoir déposé dans un fauteuil avoisinant la cuisine, il s'y rend.

— Nom de Dieu !

Je m'esclaffe, car il dérape sur une des nombreuses souillures. Le voilà maintenant qui s'approche de la bâche colorée et sonore.

— Quoi ?

Il revient vers moi et murmure, les traits tirés :

— C'est ça… Oum Kalsoum ?

Un hennissement me tord les boyaux. Je hoquette. Sans attendre, Schmitt s'empare d'une serpillière.

— Au travail !

Affecté d'une transpiration intense, les oreilles bourdonnantes, je demeure incapable de l'aider ; il semble l'avoir compris puisqu'il s'affaire, courant de la cuisine aux toilettes avec ses seaux, essuyant, frottant, grattant, récurant, aérant, ventilant, parfumant.

Les lieux ont récupéré leur apparence coutumière.

Schmitt s'agenouille auprès d'Oum Kalsoum et tapote ses joues flasques.

— Monsieur... monsieur... réveillez-vous, s'il vous plaît... monsieur... vous m'entendez... monsieur ?

Oum Kalsoum suspend son nasillement en deux apnées périlleuses, mais ne répond pas.

Schmitt se précipite vers moi.

— Est-il dans le coma ?

— Ce n'est pas « il », c'est « elle ».

— Ah...

— Oum Kalsoum a déjà l'air léthargique lorsqu'elle est réveillée. Normal qu'elle produise cet effet-là en pionçant.

— Aide-moi à la ranimer.

Je m'appuie sur l'épaule de Schmitt et nous nous arrêtons au-dessus d'elle.

— Oum Kalsoum ! Oh oh !

Aucune réaction. Sur la tablette à côté de l'évier, j'aperçois son appareil à musique.

— Mettez-lui ses chansons.

Schmitt saisit l'engin, manipule les touches et une mélopée s'élève. *Ghanili chwaya chwaya.*

Oum Kalsoum ouvre les paupières, ravie.

Je me penche vers elle.

— Comment te sens-tu ?

— Migraine.

— Légitime ! Tu as reçu une pyramide sur le crâne.

Ses pupilles se dilatent un instant, avant qu'elle décrypte la plaisanterie et qu'un sourire se dessine sur ses lèvres. Je lui tapote l'épaule.

— J'ai peur que tu aies bu mes herbes hier soir, Oum Kalsoum.

— Waouh ! Premier choix. First class.

Elle pouffe.

— Tu te lèves ?

Elle intime l'ordre à ses muscles ; aucun ne réagissant, elle m'adresse la mimique désolée d'un enfant en faute puis rigole de plus belle.

Schmitt s'interpose :

— Il faut qu'elle se change. Sa robe est maculée.

Oum Kalsoum constate l'ampleur des dégâts et désigne un des lions dessinés sur le jersey, lequel a reçu dans la gueule un morceau de clafoutis dégurgité.

— Il avait faim, lui ! s'écrie-t-elle.

Elle glousse. Moi aussi. L'hilarité s'empare de nous. Voilà qu'Oum Kalsoum rit et pleure en même temps. Schmitt nous toise avec stupéfaction.

Quand nous nous apaisons – plus par fatigue que par manque de joie –, il m'avoue son inquiétude :

— On ne doit pas vous trouver dans cet état. Partons !

À cet instant, une clé tourne dans la porte d'entrée. Je frissonne.

— Pégard !

Je reconnais les cliquetis de son trousseau, sa façon de pousser le battant, de tirer le portemanteau vers lui. Je chuchote prestement :

— Quelle heure est-il ?

— Sept heures.

— Il n'arrive jamais si tôt...

— Aujourd'hui si, rétorque Schmitt. Les attentats de cette nuit...

— Quoi ?

Je demeure bouche bée. Schmitt ne m'accorde pas le temps de m'ébaubir :

— Où se cache-t-on, Augustin ?

— Pardon ?

— Toi, Oum Kalsoum et moi ?

— Nous sommes foutus...

Oum Kalsoum fait soudain preuve d'un à-propos fulgurant :

— Abritez-vous dans le placard à provisions. Moi, je reste.

— Non, tu seras virée.

— Planque-toi !

Je saisis Schmitt par le bras et le pousse dans la réserve de bouteilles qui sert aussi de local poubelles. Quoique les pas de Pégard se rapprochent dangereusement, je ferme la porte à temps.

— Un petit café, fredonne Pégard en débarquant à la cuisine.

Son chantonnement allègre s'arrête. Il vient sans doute de repérer Oum Kalsoum étalée sur le sol.

— Que fais-tu là ?

— Je me repose.

— Tu n'as pas le droit de dormir ici ! Qu'est-ce que ça sent ? Mais… tu t'es gerbé dessus. Oh, l'immonde ! Elle ne dort pas, elle cuve !

Oum Kalsoum ne réplique pas. L'exaspération serre le gosier de Pégard :

— Dehors ! Je te vire !

— Non.

— Trop tard, tu es licenciée !

— Si tu me renvoies, je parle.

Un silence de mort s'impose. Oum Kalsoum reprend, d'une diction lente et tranchante :

— Je dis aux policiers ce que je leur ai dissimulé. Et j'avoue aussi ce que tu m'as prié de leur dire.

Le silence de nouveau.

— Bon, on ne va pas s'emberlificoter, s'exclame Pégard, radouci, je te maintiens. La surprise… la colère… Je m'emportais… Je plaisantais surtout ! Redresse-toi. Pour ta dignité, je ne souhaite pas que les autres te voient dans cet état…

— Pour la tienne ! Des fois qu'ils se demandent pourquoi tu me gardes…

Pégard toussote puis claironne d'un timbre clair, enjoué, presque insouciant :

— Veux-tu que je t'aide à te lever ?

— Fous-moi la paix.

Pégard vocalise, badin, actionne la machine à espresso, s'éloigne au fond de la rédaction, sifflotant comme on roule des épaules, d'une manière fanfaronne. Il referme sa porte.

Après quelques secondes, je murmure à Schmitt :

— La voie est libre.

Poussant le battant, je reviens dans la pièce, avance, bute sur un tabouret. Oum Kalsoum met un doigt sur sa bouche pour me rappeler à la discrétion, tandis que, sur la pointe des pieds, nous passons devant elle.

Dans l'embrasure de la porte se tient la fillette aux nattes.

— Bonjour, Ophélie.

— À qui parles-tu ? chuchote Schmitt.

De la main, je lui signifie que l'explication viendra.

Impressionnée, Ophélie scrute Oum Kalsoum échouée sur le linoléum, telle une baleine qui cherche son souffle.

— Tu la connais ? lui dis-je.

Ophélie fronce les sourcils, agite son nez, mordille sa lèvre inférieure.

— Non…

Les paupières contractées, elle se tourne vers moi.

— Mais j'ai connu son frère.

Vingt minutes plus tard, assis à la table d'un bistrot, nous nous faisons face, Schmitt et moi, en absorbant un copieux petit déjeuner. Malgré le coin ombreux où je me suis abrité, la lumière du soleil m'agresse encore et j'ai la conscience en morceaux. Mes maux de tête aggravent mon état d'ébriété.

Le troquet vibre d'indignations et de soupirs. Hagard, le patron vaque d'une table à l'autre, plus préoccupé de discuter des événements avec ses clients que de les servir. Chaque personne, ici, se sent dépassée.

Schmitt vient de m'aviser que des incendies crimi-nels ont ravagé Charleroi durant la nuit. Quoique les mises à feu aient été bricolées de manière artisanale

– des bouteilles de bière remplies d'essence –, la déclinaison des cibles révèle, elle, une logique implacable : une église, une synagogue, une association laïque, l'antenne locale d'Amnesty International. L'agression islamiste ne laisse aucun doute, les autorités attendant un communiqué revendiquant les actes. Heureusement, les attentats n'ont occasionné que des dégâts matériels – pas de blessés, à part un pompier lors de l'intervention –, mais les dégâts symboliques enflent.

Dans le café, autour de nous, j'aperçois des lueurs nouvelles traverser les regards, la défiance, l'anxiété, le courroux. D'incrédules, les habitants sont devenus suspicieux. Autant l'explosion place Charles-II avait généré des ondes de fraternité chaleureuse, autant la peur gangrène désormais les esprits. Face au premier attentat, les Carolos affichaient leur solidarité, clamaient que le fiel des terroristes ne les contaminerait pas, réaffirmaient leurs valeurs humanistes ou chrétiennes ; maintenant, loin de réclamer la paix, ils se disposent à mener la guerre contre un ennemi sournois, lâche, qui peut les frapper à chaque instant. Les terroristes touchent leur but : notre terreur.

Schmitt repousse d'un geste ce qu'il mangeait, le visage assombri.

— Ce qui nous menace le plus, c'est ce qui nous échappe. L'effroi se nourrit d'inconnu. Arrives-tu à saisir, toi, qu'un garçon de Charleroi qui n'a jamais franchi les frontières, tel Hocine Badawi, commette un carnage au nom de combats se déroulant en Syrie, en Égypte, des pays qu'il ne connaît pas ? Comment ne paniquerais-je pas devant celui qui élit ses cibles de façon aléatoire ? Peu importe qu'on soit jeune, vieux, chrétien, mécréant, musulman, honnête, pervers, génial, il suffit d'être français, belge pour devenir sa proie. Pire, il suffit d'être là. Là par hasard. T'expliques-tu, toi, qu'un individu bousille sa vie pour ôter celle des autres ? Qu'il cultive la mort avec plus de rage que l'existence ? Les fanatiques triomphent, Augustin. La terreur, c'est de ne rien comprendre.

D'une voix altérée, Schmitt poursuit son commentaire funèbre :

— Nous voici entrés dans le temps des amalgames. En attaquant le christianisme, le judaïsme et la République cette nuit, les islamistes engendreront une méfiance systématique à l'endroit de l'islam.

— Pourtant, il n'y a pas qu'un islam.

— Explique ça aux gens ! Ils n'entendront que celui qui parle haut et fort, donc l'islamiste. Bien joué ! Nos sociétés vont régresser vers l'obscurantisme, le dogmatisme, la rigidité, au lieu de s'adapter souplement au présent. Les chocs de ces derniers jours nous écrasent de craintes et de souffrances. La descente aux enfers commence. On ne répond pas à la douleur par la tolérance. Pas tout de suite. Chez nous ou chez les musulmans, les gens s'abîmeront dans une balourdise identique : retourner en arrière, fabriquer du futur avec du passé. La nostalgie va devenir sanglante. Alors que nous devrions grandir en humanité pour apprendre à vivre ensemble, nous allons rapetisser. La vie spirituelle, qui seule peut nous amener à plus de sagesse et d'ouverture, se réduira à un champ de bataille. La rivalité entre les religions s'enflammera.

— La rivalité entre les religions n'a jamais détruit Dieu.

— Elle peut détruire les hommes. L'ère des guerres s'achève. Au cours des millénaires précédents, lors des pires atrocités, une trace d'intelligence subsistait au cœur du chaos : les règles. Les règles de la guerre, voilà ce qui sauvait l'humanité des hommes, même lorsqu'ils descendaient au plus vil, au plus bas. Or le danger se tapit partout désormais, sans ennemis visibles, sans lois. Nous atteignons un point où l'extinction devient possible.

— Celle qui était annoncée dans la Bible ? L'Apocalypse ?

— Oui. Nous nous détruirons si nous ne renonçons pas à la violence. Rien ne se reproduit aussi vite que la violence. Tel un cancer qui multiplie métastases et tumeurs, elle développe des chaînes de vengeances, de punitions, de représailles…

— Que faire ? Négocier ?

— On ne négocie pas avec une menace.

— Alors ?

— Notre destin réside dans les mains de ceux qui, hélas, provoquent la réserve : les musulmans. Qu'ils se montrent sans complexes, s'opposent aux islamistes, affichent les valeurs qu'ils partagent avec les non-musulmans. Et qu'artistes, intellectuels, journalistes de tout bord participent à ces éclaircissements. La crise spirituelle ne sera dénouée que spirituellement.

Je me penche et demande d'une voix discrète :

— Voulez-vous que je vous raconte mon entretien avec Dieu ?

— Hors de question. Il faut l'écrire. Uniquement l'écrire.

— Pourquoi ?

— L'important doit trouver une porte, une seule porte, une porte étroite, pour s'exprimer. Choisis celle de l'écriture. En dévoilant cette histoire à l'oral, tu risques de la simplifier, de la banaliser, de la perdre.

— Quand même, il me semble…

— Les livres dont j'ai parlé, je ne les ai pas écrits. Lorsque je brossais mes romans à mes proches, ma conversation devenait leur cimetière sans que je m'en rende compte.

— À ce point-là ?

— Ceux qui annoncent qu'ils vont écrire n'écrivent jamais.

Il entame son troisième café.

— Quand ton stage au journal *Demain* finit-il ?

— Dans vingt jours.

— Combien gagnes-tu ?

En quelques mots, je dénonce la réalité de mon stage, sa gratuité, son absence probable de conséquences professionnelles, mes tracas matériels. Schmitt tape sur la table.

— Je te paie deux mille euros pour que tu rédiges ton entretien avec Dieu.

— Vous êtes sérieux ?

— Surtout mécène. Es-tu bien installé pour travailler, chez toi ?

Vais-je encore confesser la vérité ? Depuis le premier jour, la franchise me réussit avec lui :

— Je squatte.

Schmitt recule sa chaise, me considère, jette deux ou trois regards autour de lui comme s'il cherchait l'approbation de gens qui ne se trouvent pas là.

— Installe-toi à Guermanty pendant un mois. Une maison d'amis – l'annexe – a été construite au fond du jardin. Tu y jouiras d'une totale indépendance, tu pourras y cuisiner. Moi, je vivrai de mon côté, mais je m'absenterai souvent pour voyager : je te laisserai donc tranquille. Et vice versa. En revanche, je te préviens : dans un mois, tu empoches ton chèque et du balai. D'accord ?

Il hausse le ton en jouant une sorte de maussaderie agressive pour cacher sa gentillesse.

Je frappe dans la paume qu'il m'offre.

— Merci.

— Ça, tu me l'as dit une fois, inutile de le répéter désormais. Rassemble tes affaires. Je repasse ici à dix-huit heures.

Il me tend un billet de cinquante euros.

— Tiens, voilà une avance sur ton salaire.

Je glisse l'argent dans ma poche, m'abstiens de remercier car cela l'agace puis m'enquiers :

— Faites-vous tout comme ça ?

— Comme ça ?

— Avec intensité ! Je vous ai vu nettoyer les bureaux ce matin : vous vous concentriez comme si votre vie en dépendait.

— Je suis constamment absorbé, vigilant, à l'affût. Je ne fonctionne que sur deux modes : soit assidu, soit endormi. Même quand je joue aux cartes, quand je bavarde à bâtons rompus, quand je subis un insipide spectacle de théâtre, j'ai la mémoire et l'attention en état d'alerte maximale.

— Depuis ce matin, vous vous occupez de moi comme si c'était une question de vie ou de mort.

— Tout est une question de vie ou de mort !

Il saisit mon bras dans sa paume large et chaude.

— L'existence peut se rompre d'une seconde à l'autre, Augustin. Le présent te paraît fort ; il se brise pourtant plus aisément qu'un cheveu. Une artère se bouche… Un vaisseau lâche… Le sang coule dans le cerveau… Une chute… Une bombe… Un ivrogne au volant…

— Vous pensez à ça ?

— Je ne pense pas à ça, mais mes pensées se découpent sur ce fond-là.

— C'est triste.

— C'est gai, c'est vivifiant, c'est dynamique.

— Il n'y a pas urgence à mourir.

— Il y a urgence à vivre. Trop de personnes que j'aimais ont disparu pour que je laisse moisir une seule seconde de vie. Faire bien, vite, beaucoup, telle est ma devise.

À l'évidence, sa vitalité émane de cette conviction ; le colosse tire son énergie du sentiment de son extrême fragilité. Je songe à la femme étonnée, la morte qui l'accompagne et dont il m'a raconté l'histoire. Le devine-t-il ? Les veines de son cou ont gonflé, ses yeux brillent d'irritation, je le sens disposé à me rouer de coups.

— Je suis désolé, monsieur Schmitt, je vous ai mis en colère.

— Justifier d'être celui que je suis m'a toujours ulcéré.

Il paie le patron du café.

En enfilant mon imperméable, je me tourne vers la rue et, du doigt, désigne sur le trottoir un quidam long et mince, appuyé à un arbre, dix mètres plus loin, le regard dans notre direction.

— Lui, là, vous le connaissez ?

Schmitt jette un coup d'œil distrait à travers la vitrine.

— Où ?

— Là ?

Mais l'homme aux yeux gris s'est effacé, sans doute conscient que je l'observais.

— Bizarre. Il surveillait le journal ce matin quand nous sommes sortis. Et je le retrouve ici ! Ses prunelles grises me paraissent familières. Hier ? Avant-hier aussi ?

Intrigué, Schmitt se penche en évitant les reflets qui brouillent notre champ de vision afin de repérer l'inconnu qui a disparu. En vain... Il baisse le front et bouffonne :

— À ton avis, qui a-t-il pris en filature ? Toi ou moi ?

Je réponds aussitôt :

— Moi !

Schmitt lève un sourcil, surpris de ma véhémence alors qu'il plaisantait.

— Toi ? Pourquoi ?

— Je ne sais pas.

Il glousse.

— Tu me vexes, Augustin : je me croyais célèbre et on préfère te suivre.

Je souris en hochant la tête, sans oser lui avouer ce qui me perturbe. Mes sueurs froides recommencent.

Qui est cet inconnu aux yeux de loup que je croise depuis deux jours ?

Mon mort ?

19

Momo abat des soldats chinois sur un écran géant. Les cadavres s'entassent, le sang gicle sur la vitre, aussitôt nettoyé par un nouveau bataillon de combattants qui accourent, impatients de se faire dégommer. Son bras ne tremble pas. Il tue comme il respire.

Derrière lui se tient Hocine, attentif, agressif, l'œil granitique, la bouche crispée en un rictus de haine. Remis de son choc, il a pris du poids, doublé de volume, gagné en intensité, et, déployant ses épaules comme un rapace ses ailes, il écrase son cadet de son ombre, tel un ange de la mort. Même si Momo presse la gâchette, Hocine impulse, stimule, vocifère, jouissant du carnage qu'il réalise à travers son frère.

Momo se rend-il compte du pouvoir qu'exerce sur lui son cruel aîné ? Pas sûr… Son calme abrite quelque chose de raide qui ressemble à un envoûtement. Je lui effleure le coude.

— Aimes-tu ces jeux ?

Surpris, Momo s'extirpe de sa torpeur meurtrière et me dévisage.

— Avant, je détestais ça…

N'affrontant plus d'obstacles, les Chinois prolifèrent désormais sur le moniteur, un sourire assassin aux lèvres ; ils reprennent l'avantage. Furieux, Hocine proteste tandis que Momo considère la kalachnikov en plastique qui repose entre ses paumes.

— En fait, maintenant, ça me soulage…

À ces mots, Hocine triomphe, puis, rageur, adresse un geste obscène aux guerriers jaunes.

Autour de nous, des adolescents par dizaines, jambes écartées, mitraillette à la main, font aussi feu sur des cibles, là des Russes, là des dinosaures, là des pirates, là des vampires – l'un canarde même un régiment de pom-pom girls en glapissant « Salope ! » à chaque bimbo ratatinée. Encadré de rideaux pourpres, le club de jeux vidéo aux murs tendus de velours ébène, agrémenté de miroirs au plafond, ressemble au bordel qu'il fut naguère, à ce détail près que les gémissements sortent des machines.

Momo se tourne vers moi.

— Augustin, accepte-moi dans le groupe !

— Quel groupe ?

— Le tien, celui d'Hocine.

Je recule d'un pas. Voilà que ça recommence ! Je récolte les fruits de ma lâcheté… Quand nous nous sommes rencontrés dans la benne où Momo cherchait l'ordinateur d'Hocine, j'ai fanfaronné en me prétendant l'ami du terroriste. Ensuite, chaque fois qu'il m'a posé une question dont j'ignorais la réponse, j'ai pris la mine de celui qui en sait beaucoup plus qu'il ne peut en dire. Enfin, je l'ai persuadé que j'avais nettoyé le disque dur des messages compromettants. Dans la solitude de son chagrin, Momo s'est sans doute accroché à cette hypothèse. Il me fixe avec dépit.

— Tu me trouves trop jeune ?

Je gagne du temps en approuvant de la tête.

— J'ai quatorze ans. Certains ont commencé avant.

— Commencé et fini ! Au Soudan, ils s'explosent à onze ans.

— Ça ne me gêne pas. Je suis prêt.

Je tâche de rester calme en feignant d'avoir déjà mené cent fois cette conversation.

— Qu'est-ce qui te pousse vers l'action ?

— Mon frère !

Je fixe Hocine au-dessus de lui, lequel croise les bras et nous toise, imbu de sa supériorité.

— Tu le vois ?

— Pardon ?

— Tu l'entends ?

— Quoi ? Je te parle d'Hocine, qui est mort.

— Moi aussi.

— Comment veux-tu que je le voie ou que je l'entende ?

Momo n'a donc pas pris conscience du mort qui l'accompagne, ce qui le rend fragile et manipulable. Par expérience, je sais qu'il vaut mieux être flanqué d'un mort visible avec lequel on discute, quitte à se disputer, que d'un mort invisible qui souffle les comportements à l'oreille.

Prudent, j'essaie de camoufler ma réflexion antérieure :

— J'imaginais qu'il t'apparaissait peut-être dans tes rêves.

— J'adorerais. En fait, je le connaissais pas vraiment, Hocine. Je m'en aperçois aujourd'hui. Voilà pourquoi je désire accomplir le même trajet.

Je considère avec pitié l'adolescent qui, par amour, emprunte le chemin de la rancœur : faute d'avoir compris son frère, il tente de se rapprocher de lui en reproduisant ses erreurs.

— Je ne suis rien pour personne.

— Faux ! Tu comptes pour ta mère.

— Elle ne fait que pleurer.

— Pleurer Hocine ?

— Oui.

— Tu souhaiterais qu'elle te pleure ? Et davantage ? Tu tiens à lui en fournir l'occasion ?

Momo baisse la tête, touché. Depuis son perchoir, Hocine renâcle et vocifère dans la nuque de son frère. Au bout de trente secondes, Momo revient vers moi, l'œil vague.

— Je me suis mis à lire le Coran.

— En français ou en arabe ?

— En français. Sur internet.

— Internet ? Tu n'en parcours donc que des extraits.

— Et alors ? J'ai noté les passages essentiels. Plus je me les répète, plus mes idées s'éclaircissent. J'ai besoin de racines.

— Tiens, joue une nouvelle partie.

Je glisse une pièce dans l'appareil. L'écran se réveille, les Chinois surgissent. Momo saisit le fusil-mitrailleur et affronte les troupes. Ses jeunes muscles tressaillent, il jubile de colère, toute son énergie trouve à s'employer. D'après le compteur, il abat trois cents hommes en deux minutes.

Enchanté, il se tourne fièrement vers moi.

— Je peux le faire pour de vrai, tu sais. Donne-moi seulement ma chance.

Voilà pour qui il me prend, l'intercesseur... Celui qui lui fera traverser le miroir. Celui qui le mettra au centre du jeu.

En un mouvement circulaire, je regarde les adolescents qui s'amusent et il me semble que je contemple une armée de somnambules. Ils ont pris congé de la réalité ; baignés d'hormones, aveuglés par le plaisir, ils blessent, tuent, mitraillent, déchirent, anéantissant des silhouettes dont ils ne savent rien.

Je frissonne. L'inhumanité commence ici, au paradis du divertissement virtuel. Ils agissent comme nous agissons dans les rêves, sans usure, sans crainte des conséquences, impunis. Mentalement, je remercie mes parents anonymes de m'avoir laissé orphelin et de ne m'avoir jamais offert des jouets électroniques. Mes seuls compagnons de lutte contre l'ennui demeurent les livres.

Momo saute de l'estrade d'où il tirait.

— Je ne te décevrai pas. Je mériterai ta confiance.

Son dévouement me déconcerte. Par tendresse et par reconnaissance, il se dispose à commettre le pire. Que faire ?

À cet instant, j'aperçois l'homme aux yeux de loup, appuyé contre un flipper au fond de la salle.

Il remarque que je l'ai remarqué. Se détournant, il s'absorbe dans un prétendu entretien téléphonique.

Que faire ?

Momo m'attrape le bras.

— J'ai trouvé le sens de ma vie.

— Justifier ton frère ?

— Et continuer ce qu'il a entrepris.

— Tu sais, Momo, où ça va te conduire...

— Je n'ai pas peur.

— Pas peur de mourir ?

— Ma vie a un sens si elle sert une cause.

— Pas peur de tuer des innocents ?

— Il n'y a pas d'innocents ! Il n'y a que des traîtres et des héros. J'ai choisi mon camp.

— Tu crois connaître les règles, mais il ne s'agit pas d'un jeu, Momo. C'est la vie réelle.

— Justement. Je veux la corriger.

— Tu veux l'effacer, surtout. Parce qu'elle ne ressemble pas à ce que tu espères.

— Normal que tu me testes, mais prends-moi au sérieux.

— Pries-tu ?

— Je prie que tu m'entendes. Quel est ton vrai nom, Augustin ? Ton nom de djihad ?

Je hausse les épaules. Mes silences impressionnent toujours Momo, qui ne s'attend pas à recevoir une réponse. Au coin, l'homme aux yeux de loup nous observe.

Momo murmure :

— C'est ton groupe qui a déclenché les incendies ces dernières nuits ?

— Bien sûr que non !

Momo sourit, les prunelles brillantes.

— Je le savais.

— Comment le sais-tu ?

— Je peux t'apprendre beaucoup de choses...

Soudain, à l'adolescent maussade se substitue l'enfant qu'il était il y a quelques mois, lequel m'adresse un œil charmeur, féminin. Je bafouille en cherchant une issue :

— Je pars, Momo.

— Où ?

— Je ne peux pas le dire.

— Tu vas… là-bas ?

Pas besoin de confirmer, il se convainc aussitôt que je rejoins la Syrie. Son visage s'attriste.

— Je t'envie. Quand est-ce que tu reviens ?

— Dans un mois.

— Ah… File-moi une adresse, un mail, un numéro de téléphone.

Faute de pouvoir lui en fournir, j'adopte une allure grave et chuchote :

— Passe-moi ton mail, Momo, je t'écrirai.

La gratitude l'envahit. Il balbutie :

— Oh merci… merci… Tu m'écriras ?

— Je te le jure.

La joie l'accable. Il semble plus lourd de dix kilos. Ses yeux scintillent.

— Et toi, tu me renseigneras, Momo, sur ceux qui incendient Charleroi ?

— Oui ! D'ailleurs, qu'est-ce que tu en penses ?

Je me racle la gorge pour devenir professoral :

— Bonne initiative : les Carolos paniquent, tout le monde incrimine tout le monde. Mais ça reste amateur… Niveau bande de gosses. Si la bombe de ton frère n'avait pas explosé auparavant, on en aurait peu parlé et ça n'aurait foutu les jetons à personne.

— Tu attends mieux ?

— Évidemment. Dis-moi qui.

Momo se dispose à répondre, sa bouche s'ouvre puis, soudain, son front se relève, il vrille son regard dans le mien.

— Je te le dirai quand tu m'auras écrit.

Il rabat sa capuche, enfile ses poings dans ses poches, tasse sa tête dans sa nuque et disparaît rapidement en se faufilant entre les joueurs.

Mon fantôme aux yeux gris s'est aussi éclipsé.

Autour de moi, les agonies numériques continuent, émaillées de râles métallisés.

Je quitte le centre de jeux.

Sur la chaussée, appuyé à la façade, Terletti fume, l'œil et le cheveu fuligineux. Son imperméable kaki le raconte autant qu'une deuxième peau, épuisé, chiffonné par des nuits d'insomnie, boueux à l'ourlet, mais remonté noblement au niveau du col, proche d'un costume militaire.

— Alors, Augustin, rien à me dire ?

— Si : bonjour monsieur Terletti.

Il pompe sa cigarette en la coinçant dans le pli de sa bouche. Le tabac rougeoie violemment et le papier raccourcit en noircissant. Ce policier ne fume pas, il grille.

— Tu as de mauvaises fréquentations, à ce que j'apprends.

— Momo Badawi ?

— À moins que ce ne soit lui qui ait de mauvaises fréquentations en te retrouvant ici…

La persistance de sa méfiance m'étonne et, parallèlement, me flatte ; pour lui, je ne me résume pas à une crevette insignifiante, je représente un éventuel danger. Est-ce lui qui me fait suivre ? L'homme aux yeux gris appartient-il à ses informateurs ? La vanité m'enivre et j'attends fièrement la question suivante.

— Que vous êtes-vous dit ?

— Il m'a confessé qu'il vient d'arrêter ses études et j'ai tenté de le convaincre du contraire.

— Et puis ?

— Nous avons parlé des incendies.

— Ah !

— Vous ne me suspectez pas, j'espère ?

— Tu dormais à la rédaction de *Demain* lors des faits.

Maintenant, j'ai la certitude que l'homme aux yeux gris le renseigne.

La clocharde au nourrisson passe sur le trottoir, son baigneur contre la poitrine comme si elle venait de le nourrir au sein, et interpelle un promeneur :

— S'il vous plaît, monsieur, pour mon bébé et moi.

Ne l'ayant jamais vue sous la lumière crue du printemps, je découvre qu'elle a plus de soixante ans. Harcelé, le promeneur qu'elle poursuit finit par lui glisser une pièce, autant pour l'aider que pour l'éloigner. Terletti interpelle durement la femme :

— Dis, Joceline, faudrait peut-être changer de disque ! Tu ne trouves pas que tu as dépassé l'âge d'avoir un enfant ?

Surprise, Joceline se fige, fixe le baigneur en plastique rose, réfléchit, puis lance à Terletti d'un ton sec en brandissant les deux euros qu'elle vient de recevoir :

— On ne change pas une équipe qui gagne !

Elle tourne les talons, ricanante. Terletti hausse les épaules et me regarde de côté.

— Toujours rien à me dire ?

En deux pas et un coup de bassin, il se place à quelques centimètres de moi, trop près pour que je me dégage. Il m'écrase. Il m'envahit. Son odeur d'homme mêlée au parfum âpre du tabac me pénètre et je perçois la chaleur de son corps sec tout contre le mien. J'en frissonne.

— Qui a commis ces attentats ?

— Je l'ignore, mais…

— Mais ?

J'hésite. Voilà que mes cuisses tremblent. Terletti me menace comme on embrasse, à la même distance. J'ignore si je veux prolonger ce moment ou l'interrompre.

Ses yeux me fouillent, me palpent, me pressent. Combien de temps vais-je tenir sans m'effondrer ? Je bafouille :

— Momo, lui, le sait. Ou prétend le savoir.

— Mmm, mineur… On nous reproche trop facilement de harceler les mineurs.

— Et ?

— Fais-lui cracher le morceau et viens me le dire.

Il se détache, recule et dégaine une cigarette. Après l'avoir allumée, il inhale très lentement la fumée, les paupières mi-closes, et la promène à l'intérieur de son corps entier. Il ne cache pas son plaisir, savoure chaque particule, sensuel jusqu'à l'indécence.

— Je t'aime bien, tu sais, Augustin.

La phrase m'atteint comme un coup de poing, si incongrue que, pour une fois, je ne manque pas d'à-propos et réplique :

— Ah bon ? Comment vous comporteriez-vous si vous me haïssiez ? Montrez-moi la différence.

La déception voile sa face. Il jette son mégot comme si celui-ci lui causait ce désagrément, hausse les épaules puis s'éloigne.

— J'attends de tes nouvelles, ajoute-t-il, de dos, avant de monter dans sa voiture.

Sur le trottoir d'en face, l'homme aux yeux gris vient de réapparaître, faussement occupé à lire le journal.

Schmitt patiente devant le bistrot des *Templiers*.

J'ai récupéré mon sac à l'usine de boulons. Une étrange émotion m'a saisi. Alors que j'y débarquais, triomphant, comblé d'en finir avec la précarité et la misère, un malaise grandissait à mesure que je rassemblais mes vêtements. Le croassement déchirant d'un corbeau m'éclaira : j'éprouvais de la crainte. Vivre dans l'annexe d'un château durant un mois, gagner de l'argent, cela m'inquiétait. Les gravats, la poussière, l'humidité, l'odeur de planches pourries, les courants d'air, les hululements, tout cela me rassurait, familier et cerné. La nouveauté allait-elle me plaire ? Survivrais-je dans un environnement luxueux ?

Pendant que je rebroussais chemin pour escalader le mur, je sentais que l'usine désaffectée, telle une vieille amie, m'accompagnait une ultime fois, sans protester, en murmurant dignement : « Normal que tu m'abandonnes, je n'ai pas assez à t'offrir. » Avant de sauter dans la benne, je me ravisai et la contemplai : en vérité, j'étais riche lorsque j'habitais chez elle, elle se donnait tout entière, avec ses trois vastes bâtiments, ses ateliers, ses petites annexes, sa cour dépavée, son puits étouffé d'herbes. Personne ne la revendiquait. Puisque rien ne m'appartenait, tout était à moi. Je ne la partageais qu'avec quelques rongeurs discrets et des araignées ménagères, à peine dérangé par les navettes d'oiseaux.

Dans le bus aller comme dans le bus retour, l'inconnu aux yeux gris m'avait escorté à distance. Sur le boulevard de Charleroi, il se trouve maintenant à cinquante mètres derrière nous. Je l'indique à Schmitt :

— Vous voyez l'homme, là-bas ?

— Non.

— Non ?

Je me retourne et constate qu'il a dû s'échapper dans une allée.

— Je crois qu'il appartient à la police et qu'il me suit.

Schmitt pâlit et me scrute.

— Pourquoi la police organiserait-elle ta filature ?

— Elle me soupçonne d'avoir rallié un groupe terroriste.

Soulagé, Schmitt hausse les épaules tant l'idée lui paraît absurde. Sa physionomie ne laisse planer aucun doute : il exclut totalement que je puisse être un intégriste. D'où tire-t-il cette conviction ? Après tout, je demeure un inconnu pour lui, il devrait se méfier. Son assurance en viendrait à me vexer...

— Vous paraît-il probable que je sois un terroriste ?

— Oh non !

— Pourquoi ?

— Parce que tu te poses des questions. Un intégriste n'a plus de questions, seulement des réponses.

— Il y a des intégristes intelligents.

— La croyance absolue ne relève pas de l'intelligence mais de la volonté. Elle ne représente pas une façon de connaître le monde, mais un engagement dans le monde. Le fanatique rencontre toujours des raisons de douter mais il ne *veut* pas douter. Il préfère tant sa fiction à la réalité qu'il nettoie la réalité à la kalachnikov dès qu'elle le contredit. Toi, tu cherches, tu ne prétends pas avoir trouvé…

— Merci de votre confiance.

Il éclate de rire.

— Plutôt que de confiance, il s'agit de vanité : je n'imagine pas qu'un garçon qui a étudié mes textes avec autant de passion et de précision puisse se montrer borné !

Je participe à son amusement et ajoute :

— Si vous saviez ce que Dieu m'a dit à ce sujet…

— Chut ! Pas un mot ! J'aspire à lire cela, pas à l'entendre.

Il me désigne l'homme aux yeux gris qui vient de réapparaître.

— Bon, tu rêves qu'on le sème, ton policier ?

— Je n'osais vous le demander.

— Formidable ! Je n'ai jamais fait ça, à part dans mes livres.

Il réfléchit, son visage s'éclaire et il envoie un mot à son chauffeur. Il m'invite à le suivre. L'homme aux yeux gris progresse, vingt mètres derrière nous.

Nous arrivons devant un théâtre.

— Viens !

Nous y entrons vivement, Schmitt embrasse la caissière, évoque avec elle les pièces de lui qui furent jouées dans ce théâtre, puis annonce qu'il souhaiterait saluer Gérard, le régisseur.

— Je l'appelle, si vous voulez, propose la caissière.

— Non, je connais le chemin.

Il m'emmène rapidement vers les zones les plus sombres du théâtre, nous passons des sas, parcourons des couloirs, puis il pousse une porte coupe-feu.

Le jour nous surprend, éclatant. Je cligne des yeux.

— Allez, hop : sortie des artistes !

Schmitt me désigne la voiture qui nous attend. Nous y sautons et le chauffeur démarre. Quelques minutes après, nous longeons paisiblement les chemins de campagne, aucun véhicule ne roulant derrière nous.

— Et voilà ! s'exclame Schmitt. Trop facile, je suis presque déçu.

— On dirait que tout vous amuse.

Il me dévisage, interloqué.

— Évidemment que tout m'amuse.

Il soupire et sourit en même temps.

— La vie est une tragédie : autant la vivre en comédie.

20

Au-dehors, les chiens sillonnent la pelouse en se disputant un vieux ballon de foot. Acharnés, rapides, ils feignent de se battre, or, sous leurs sauts, leurs poursuites, leurs luttes, leurs ruses, leurs jappements, leurs menaces, une pure allégresse s'exprime ; le jeu l'emporte sur la compétition ; leur plaisir ne consiste pas à vaincre mais à s'étourdir. Alentour, attirés par le ciel pâle, les rhododendrons projettent des fleurs roses, blanches, violettes, tandis qu'un cerisier disperse généreusement ses pétales crémeux. Le printemps pointe en Wallonie sous un soleil encore frileux.

Accroupi sur la terrasse qui borde le gazon, Schmitt aiguillonne ses chiens en riant, heureux de leur bonheur. Rien d'autre ne compte en cet instant.

Devant ce tableau pastoral et idyllique que j'aperçois de la fenêtre de l'annexe, j'éprouve de la douleur. Depuis quinze jours, un mal me ronge, toujours plus aigu. Sans le dévoiler à quiconque, piqué de mille regrets, je mène une double vie. D'un côté, j'accomplis la mission que Schmitt m'a assignée, rédiger ma rencontre avec le Grand Œil en profitant du confort qu'il m'offre ; d'un autre, j'entretiens une correspondance secrète avec Momo, laquelle prend une tournure nuisible. Dans chacune de ces deux existences, je garde le silence sur sa voisine.

Je n'ai pas l'impression d'être un hypocrite, plutôt celle de me scinder en deux individus, un Augustin qui écrit le texte philosophique pour lequel on le rémunère, un Augustin qui pratique un discours terroriste afin de gagner la confiance de Momo et de suivre sa radicalisation heure par heure.

Je me divise. Je me fractionne. Un poignard fend mon corps autant que mon âme. Me voici aussi sincère que contradictoire.

Ainsi qu'il me l'avait annoncé, Schmitt me laisse tranquille. Il voyage constamment et, sitôt qu'il séjourne à la ferme-château, il s'isole dans le donjon pour achever son roman. Plus je le fréquente, moins je le connais. Tel un horizon, il recule à mesure que j'approche.

Lorsque hier je lui en faisais la remarque, précisant que je ne lui délivrais là ni un compliment, ni une critique, mais un diagnostic, il m'a répondu avec simplicité :

— Comment pourriez-vous connaître quelqu'un qui ne se connaît pas lui-même et qui n'y tient pas ?

— Socrate a pourtant conseillé : « Connais-toi toi-même. »

— Socrate se voulait philosophe, pas romancier ni dramaturge. Je ne me suffis pas, j'ai le culte des autres, lesquels m'intéressent davantage que ma personne. Je ne vaux que par mes trous, mes regards, mes absences. Un mur avec mille portes ouvertes, ça n'a plus vraiment l'air d'un mur.

Quand il ne consacre pas du temps à sa belle-fille, la ravissante Maïa, vingt ans, laquelle révise ses examens de sciences politiques, il me livre des conseils pour écrire.

— Je me fixe Platon comme modèle, monsieur Schmitt.

— Pourquoi ?

— Le meilleur auteur de dialogues philosophiques.

— Et Diderot ? Et Berkeley ?

— Il faut que j'écrive à la Platon.

— Cherche-toi d'abord. On n'est pas l'écrivain qu'on décide, mais l'écrivain qu'on est. Ne te trompe pas. Hâte-toi encore moins. S'il existe, l'écrivain que tu es t'attend, patient, frais, intact, au bout de ta plume, après les milliers de phrases qui t'y conduiront, maladroitement, mais sûrement.

Entre les pages que je recommence sans cesse, j'ai utilisé « l'ordinateur des invités », engin à l'origine de ma duplicité. Après m'être créé une adresse mail le premier soir, je n'ai pu m'empêcher de contacter Momo le lendemain. Il a réagi dans la seconde. Comme d'habitude, il me prêtait des pensées, des intentions, des activités, il peuplait mon absence, il nourrissait mon mystère. Ainsi, selon lui, je me trouve déjà en Syrie en train d'établir la logistique de nouveaux attentats. Par faiblesse, désœuvrement, curiosité, je lui ai permis de fantasmer. Pire même, je lui ai envoyé en confirmation deux photos volées sur internet, l'une d'une chambre monacale, l'autre d'un désert. Mû par je ne sais quelle pulsion, je prête désormais l'oreille à ses délires. Aussi ai-je découvert qu'il consulte, jusqu'à l'ébriété, des vidéos sadiques louant les actes meurtriers perpétrés au nom de Dieu, qu'il participe à des forums de radi-calisés, qu'il jouit de partager ses nouvelles convic-tions avec des internautes de l'aube à minuit. Il a percé le mur de sa chambrette pour communiquer avec les esseulés du monde entier, gravitant désormais dans une constellation internationale. Quant à moi, je tiens un rôle spécial au cœur de sa nouvelle géographie men-tale : j'occupe la place du grand frère, celui qu'il veut épater.

Pourquoi me suis-je embourbé dans ce leurre ? Est-ce un mensonge ou l'une de mes vérités ? Je m'éparpille, je m'atomise, je pars dans tous les sens. En face de chacun, j'ai tendance à éprouver de l'em-pathie et j'alimente la conversation dans son sens : je parle le Schmitt avec Schmitt, le Poitrenot avec Poitre-not, le Terletti avec Terletti, le Momo avec Momo. Quel rapport ? Ai-je tant besoin de plaire ? La recon-naissance des autres me manque-t-elle à ce point ? Je me trouve pathétique…

De temps en temps, je m'efforce de rationaliser mon comportement, j'y parviens presque en me racontant que je travaille honnêtement pour Poitrenot, Schmitt et Terletti, animé par la passion d'enquêter. Cepen-dant, je perçois la superficialité de mes explications, car elles flottent au niveau de la raison ; or je ne me réduis pas à ma raison ; quelque chose de profond, d'aveugle, de puissant, d'irrésistible me pousse à fra-terniser avec la violence de Momo. Si, lors de mes pre-miers messages, je tentais de modérer l'adolescent, j'ai abandonné maintenant toute retenue et laisse prospé-rer son venin.

Qui parle en moi ? Qui agit en moi ?

Ces questions que Schmitt se posait lors de notre entrevue me taraudent à mon tour. Qui écrit quand on écrit ? Pour lui, c'est clair : il vit avec son mur de morts, des morts choisis, qui l'inspirent, le critiquent, le réveillent, le motivent, afin d'intervenir dans le monde présent. Mais pour moi ? Deux fois, j'ai espéré – ou craint – aborder mon mort, le vieillard à l'hôpital, l'homme aux yeux de loup ; malheureusement, ils n'appartenaient qu'à la plate réalité. J'ignore ce qui m'engage à coudoyer ce que je ne comprends pas, un écrivain, Dieu, le Grand Œil, l'adolescent fanatisé. Pourquoi analyser et ne pas vivre ?

Schmitt monte vers mon pavillon avec ses chiens qui galopent en cercle autour de lui. Je descends à sa rencontre.

En me voyant, la petite Daphnée m'apporte la balle pour que je participe à leur jeu. Je ne réagis pas, inaccoutumé à ces turbulences.

Schmitt s'empare du projectile, poursuit le championnat et demande de mes nouvelles. Sans évoquer ma scission intérieure, je brode autour de mes tribulations littéraires et confesse mon impatience de venir à bout de mon entretien avec le Grand Œil.

— Tu ne veux pas écrire, Augustin, tu veux avoir écrit.

Ses chiens sautent de plus en plus haut pour attraper la balle qu'il maintient en l'air. Je saisis soudain ce que ces trois quadrupèdes et ce bipède ont en commun : la joie. Même lorsque j'entrevois l'auteur à sa table de travail, il sourit, attentif, heureux, concentré, entièrement absorbé par l'instant, tel le chien courant après la balle.

— Ne fais pas quelque chose pour le finir, fais-le pour le faire. Les hommes crèvent d'occuper le futur, jamais le présent. Ils se préparent à vivre, ils ne se réjouissent pas de vivre. C'est maintenant que tu écris ton texte, pas quand il sera terminé.

— J'ai peur.

— Bravo.

— Avez-vous encore peur, vous ?

— Oui, quand je travaille bien. Quand je travaille mal, je ne ressens aucun effroi.

— Pardon ?

— On ne crée qu'en équilibrant la peur et l'habileté. Si tu crains trop, tu ne parviens pas à inventer. Si tu contrôles excessivement, tu ne te mets plus en péril et rien d'important ne se glisse sous ta plume.

— Pourtant, la maîtrise progresse avec le temps. J'imagine que vous vous montrez plus à l'aise aujourd'hui qu'hier.

— Voilà le piège... Pour ce motif, l'œuvre de certains stagne, voire régresse, alors qu'ils ont amélioré leur technique. Ils se bornent à ajouter un livre à leurs livres sans éprouver le grand frisson. En revanche, celui qui s'appuie sur son habileté croissante pour élargir aussi sa peur, celui-là risque davantage et se dispose à de bonnes surprises. J'arrêterai ce métier quand je cesserai de trembler. Où en es-tu ?

— Au millième brouillon jeté. Je ne domine pas mon sujet.

— Excellent. Il faut se méfier des sujets qu'on domine. Mieux vaut être dominés par eux. Plus j'avance, moins je détecte qui écrit en moi quand j'écris. Ça s'écrit.

Un frisson me parcourt. J'ai envie de déballer ce qui me trouble, mes pensées contradictoires, mon dédoublement, les forces paradoxales qui me conduisent à me rapprocher de lui tout en développant une complicité mortifère avec un jeune fanatique.

Il me dévisage. Un tremblement nerveux altère ses traits.

— Aie confiance, Augustin, tu es plein. Ton visage, tes silences, tout l'atteste : mille choses grouillent en toi. Elles sortiront.

Il s'éloigne, rejoignant Maïa, sa belle-fille, qui étudie ses manuels de droit au soleil.

Je rentre dans ma chambre et allume l'ordinateur. Le message de Momo s'affiche :

« Je peux te le dire, maintenant : les incendies de Charleroi, je les ai allumés. »

Je m'en doutais. Après un soupir, je me contente de taper, laconique :

« Tous ? »

Momo répond rapidement :

« Tous. Je circulais en mobylette et personne ne s'est méfié. »

« Comment avais-tu anéanti les caméras de surveillance ? »

« En lançant un concours sur Facebook : *Opération liberté*. Les collégiens du coin ont réagi en masse. Ceux qui ont occulté les objectifs ont été enquiquinés ensuite par la police… Pas moi. »

« Malin. »

« Je sais ce que tu en penses : amateur, puéril. Mais ça m'a donné du courage. Maintenant, je prépare beaucoup mieux. Beaucoup beaucoup mieux. Spec-taculaire ! »

Je me tais. Il faut qu'il ait, de lui-même, envie de m'en révéler plus. Pour l'appâter, j'écris simplement :

« Chemin du retour, entre deux avions. Te rappelle dès que je peux. À très vite. »

Je quitte l'ordinateur. Dois-je informer Terletti ? La réponse me paraissant évidente, je décide de la négliger. Terletti attendra. Tant qu'il ne fourre pas des innocents en prison…

En passant près de l'appareil à musique, je déclenche les chansons d'Oum Kalsoum, la vraie, que je me suis mis à écouter après mon départ de *Demain*. Sa voix s'élève sur un tapis de violons et de cordes pincées, souple, onctueuse, une coulée de miel sombre, épais, enrichi de vibrations par milliers. Oum Kalsoum ne chante pas, elle touche mon cœur et me caresse la peau, à la fois mère, sœur, amante. Mes soucis fondent dans ses mélopées et mon corps devient mon meilleur ami. Je m'absente voluptueusement, porté par la musique.

Des bruits secs, brefs, précis parviennent à mon oreille.

D'où viennent-ils ? Des mites mangent-elles les poutres des plafonds ? Baissant le volume des chansons, je lève les yeux, cherche des traces de sciure. Rien. Les bruits se multiplient.

Je me dirige vers leur origine, ce qui me mène à la fenêtre donnant dans la rue.

Sur la chaussée, j'aperçois la juge Poitrenot, flanquée de Méchin, en train de lancer des graviers sur ma vitre.

Hébété, j'écarte le battant. Comment m'a-t-elle retrouvé ?

Elle s'exclame :

— Pas trop tôt. Bon, tu m'ouvres ? Faut qu'on cause.

— Je n'ai pas le droit de recevoir quelqu'un. Je l'ai promis à mon hôte.

À ce moment-là, cinquante mètres plus bas, la voiture noire de la maison abandonne le village, emmenant Schmitt et Maïa.

La juge Poitrenot hausse les épaules.

— Qui l'en avertira ?

— Vous avez quand même de drôles de méthodes…

— Plains-toi. Préfères-tu que je te convoque dans mon bureau ?

— J'arrive.

Je descends et débloque la porte de service. La juge Poitrenot se glisse aussitôt à l'intérieur en criant à Méchin :

— Méchin, allez donc au café voir si j'y suis.

— Bien, madame la juge.

Elle le regarde s'éloigner, maladroit, boitillant, affairé, et ne peut s'empêcher de murmurer :

— Le pauvre…

— Vous le traitez mal.

— Moi ?

— Vous ne lui confiez rien d'intéressant.

— Incompétent… As-tu déjà demandé à une vache une fiche de synthèse ?

— Vous le comparez à une vache, ce n'est pas gentil.

— Tu as raison : une vache réussit au moins à fournir du lait.

— Pourquoi exigez-vous qu'il vous accompagne partout ?

— Je n'exige rien du tout. Il me colle, il croit que ça constitue son travail. Bon, assez perdu de temps, je ne suis pas venue disserter sur Méchin : où s'installe-t-on ?

Je l'emmène au niveau où se trouve mon petit appartement mansardé, composé d'une chambre, d'un bureau, d'une douche et d'une kitchenette.

— C'est Versailles ! s'exclame la juge Poitrenot, admirative.

Elle détaille les volumes posés par Schmitt sur les étagères. Elle s'étonne :

— Tiens, ça lit les livres des autres, un écrivain ?

— Évidemment.

— Non, pas évident. Est-ce qu'un bœuf mange du steak ?

Agacé, je me formalise de son irruption :

— Comment avez-vous appris que je logeais ici ?

— Quel est mon métier, à ton avis ? Vendeuse de choux à la crème ?

— Terletti vous a-t-il informée ?

— Je sais beaucoup de choses qu'ignore Terletti. Il n'y a pas que le poil et l'androstérone pour avancer dans la vie...

Elle se met à chantonner faux par-dessus la voix d'Oum Kalsoum et me désigne la pochette.

— Ah, tu l'apprécies aussi ? Quand l'as-tu découverte ?

— Au journal. En fait, il y a un employé, Robert Peeters, qui se prend pour Oum Kalsoum.

— Une folle ?

— Plutôt un fou. En fait, je l'aimais bien.

— Robert Peeters... Robert Peeters... Attends, ça me rappelle quelque chose...

Elle se mordille le doigt puis s'exclame :

— Robert Peeters, le pisciniste de Pégard ! Il s'occupait du bassin extérieur à l'époque où l'infâme vivait avec sa fille. Robert Peeters avait trouvé l'enfant noyée.

Choqué, je m'appuie contre la cloison car je commence à comprendre le secret qui lie Oum Kalsoum et Pégard. J'emprunte le ton le plus neutre pour demander :

— Avait-il déclaré que Pégard ne se trouvait pas à la maison ce jour-là ?

— En effet, il avait confirmé ce que l'infâme prétendait.

Voilà donc pourquoi Pégard pardonne toutes ses insuffisances à Oum Kalsoum : il craint qu'elle ne révèle un jour son mensonge, qu'elle avoue la présence de Pégard au logis, preuve supplémentaire de son indifférence totale à la fillette. Voire davantage...

La juge Poitrenot arrête la musique et, d'autorité, s'assoit au bord du lit.

— Progresses-tu dans ton enquête sur la violence ? Enfin, mon enquête, celle que tu réalises pour moi... As-tu essayé la drogue ? As-tu rencontré Dieu ? Vite, au rapport !

— Schmitt m'interdit d'en parler et exige que je l'écrive.

— Alors, donne-moi les feuillets que tu as déjà rédigés...

— Non, je vais m'améliorer, je...

— M'en fous ! Tu supplanteras Voltaire ou Proust plus tard. Je veux déterminer comment Dieu se justifie des horreurs qu'il ordonne et que les hommes commettent en son nom.

Je lui tends une version de mon interview du Grand Œil.

La juge Poitrenot ouvre son sac pour en extraire des lunettes et saisit un paquet violet au passage.

— Un bonbon ?

— Non merci.

— Tu as raison ! Une horreur ! Ils sont parfumés à la violette, comme ma laque à cheveux. Du coup, j'ai l'impression de sucer un peigne. J'en vomirais...

Elle saisit deux pastilles, les bloque dans sa joue gauche, puis se consacre à la lecture. Selon les phrases, ses yeux s'agrandissent, son nez se plisse, ses lèvres se pincent, son visage plat et rond ne reflète qu'un sentiment à la fois, définitivement privé de complexité, à l'instar d'une poupée.

Une demi-heure après, la juge Poitrenot repose la dernière page sur la couette, soupire, puis me fixe.

— Quand j'entends Dieu parler, je deviens athée. Ah non, je rejette absolument un Dieu pareil.

— Dieu est tel qu'il est, pas tel que vous le rêvez.

— À quoi bon un Dieu si l'homme est libre ? Autant s'en dispenser...

Elle sort une brosse de son sac et lisse ses cheveux, pensive.

— Est-il vraiment ainsi ?

— Il m'est apparu ainsi.

— Je suis déçue. Je l'aurais désiré tout-puissant. Or il a renoncé à la toute-puissance en nous faisant libres.

— Les déçus de Dieu sont des déçus de l'homme. En réclamant un Dieu omnipotent, ils courent après un homme sans liberté.

— Il n'empêche : nous restons une erreur dans son projet.

— Au contraire, nous incarnons son risque suprême.

— Un risque inutile… Sans nous, ça roulait tout seul. Or nous pouvons tout foutre en l'air. Pourquoi s'est-il embêté à laisser cette faille, une part d'incréé dans la création ?

— Pour ne pas s'embêter, justement. Nous le distrayons.

La juge s'esclaffe :

— Là, je te suis. S'il avait fabriqué un monde parfait, Dieu se barberait comme on s'emmerde en face d'une montre suisse. Mais non, je persiste et signe : un Dieu pareil, ça ne me convient pas. Je préfère l'athéisme.

Elle me tend les pages.

— Je te rends ton enquête sur la violence.

— Mais…

— Merci, j'en tiendrai compte. Dieu a perdu, mais toi tu as gagné : je ne chercherai les responsabilités que du côté des hommes.

— Oui ?

— Exactement. Autre conséquence : je ne veux plus entendre parler de Dieu, de messages divins, de religions. Puisque l'homme doit décider, que Dieu se taise et que l'homme le dédaigne. Je considère que nous

devons mettre un terme à ces vieilles lunes, nous débarrasser des pseudo-transcendances. Si seul l'homme
pèche et si seul l'homme punit, alors l'athéisme et la
justice me suffisent. Pas besoin de Dieu. Il faudrait
même l'interdire.

— Quoi ? L'athéisme obligatoire ?

— L'athéisme obligatoire, voilà la solution.

— L'athéisme obligatoire, c'est aussi sot que le
christianisme forcé ou l'islam contraint. Vous vous
comportez en fanatique, madame Poitrenot : vous pres-
crivez de force vos opinions.

— L'athéisme n'impose pas une croyance, mais
une incroyance. Il n'assène pas la parole de Dieu et
les devoirs qui nous incombent, il nous intime l'ordre
de nous débrouiller.

— Dieu, lui aussi, nous laisse cette responsabilité,
mais lui, au moins, il nous inspire, il nous surprend, il
nous élève, il nous étonne. Que nous reste-t-il de sacré
si nous ne croyons plus en Dieu ? J'aime bien l'idée
que nous ne soyons pas si merveilleux, si puissants, si
géniaux. J'aime bien l'idée que la vie nous dépasse.
J'aime bien l'humilité.

En posant les feuillets près de mon ordinateur, je
repère un nouveau courriel de Momo. Je lutte contre
l'envie de le lire.

La juge Poitrenot me scrute.

— Que me caches-tu, Augustin ?

Je me tais et baisse les yeux.

Elle insiste :

— Tu me dissimules quelque chose d'important.

Je relève le front et la supplie :

— Patientez encore. Je vous en parle bientôt.

Elle approuve lentement, convaincue de ma sincérité, puis s'approche de la fenêtre.

— Regarde : ce pauvre Méchin poireaute déjà dans la ruelle. Quelle pitié ! La tête de victime qu'il se trimballe, celui-là ! As-tu remarqué qu'il est toujours mouillé ? Si je tarde quelques minutes, il se tapera une averse sur la tronche. Voilà l'unique homme capable de recevoir des trombes d'eau au beau milieu du Sahara.

Elle me frôle la joue.

— À très vite, Augustin. J'attends ton secret.

Sitôt que je me retrouve seul, je me précipite vers l'ordinateur et tombe sur le message de Momo :

« Maintenant, tout fonctionne. Boum demain soir ! »

Quatre heures se sont écoulées depuis la visite de la juge et j'ai guerroyé contre des phrases qui se dérobaient. À Momo, j'avais répliqué aussitôt : « Quoi ? Que se passera-t-il demain soir ? Qu'est-ce qui fonctionne ? » Sans obtenir de réponse. L'imminence d'un danger – ou sa séduction – me tourmente, je peine à me concentrer.

J'ai envie d'aller discuter avec Schmitt mais, depuis son retour, il s'est enfermé pour écrire, ne rejoignant même pas Maïa qui a délaissé le droit pour la piscine. À ma honte, je supporte mal d'avoir autant de temps à consacrer à la réflexion. Jusqu'ici, l'urgence de survivre m'a laissé peu d'occasions de méditer sur la vie. Depuis que je séjourne dans l'annexe du château, j'ai le loisir de penser. Résultat ? Loin de s'éclaircir, tout s'obscurcit.

À dix-neuf heures, au moment où le ciel dore les remparts, tandis que les murs du château éliminent la chaleur du jour, Schmitt traverse le jardin et frappe à la porte de l'annexe.

Le souci barre son front. Son regard m'évite. Il se déplace maladroitement, plombé par une sorte d'inconfort. Je ne le reconnais pas. De la main, il m'invite à m'asseoir et se fige en face de moi.

— Je viens de vivre un moment très désagréable, Augustin. Cet après-midi, la police m'a dérangé et m'a interrogé sur toi.

Je baisse la tête, me rendant compte que j'avais toujours prévu que mon séjour s'achèverait mal.

Un tic nerveux agite la lèvre inférieure de Schmitt. Il continue d'un ton sévère qui lutte contre l'émotion :

— La police sait que nous nous sommes rencontrés. Elle le sait par ton article dans *Demain* et par l'homme qui te suivait, celui que nous avons semé… Ils ont traîné pour remonter jusqu'à moi, car ils m'ont cherché à Bruxelles, puis à Paris.

— Ils m'attendent chez vous ?

— Je leur ai confirmé que nous nous sommes vus, que je t'estimais, mais je ne leur ai pas révélé que je t'hébergeais.

— Merci.

— Ils sont partis.

— Ouf…

— Ramasse tes affaires et quitte Guermanty immédiatement.

— Mais…

— Jusqu'à maintenant, j'ai menti aux policiers. Dans quelques minutes, je leur aurai dit la vérité. Fais-le pour moi, Augustin, s'il te plaît.

Il dépose une enveloppe sur mes genoux.

— Tiens, voilà l'argent promis. Je compte sur toi pour me livrer le texte.

— Juré !

— Et ne leur avoue jamais, Augustin, que tu as séjourné ici. Je ne souhaite pas être accusé de faux témoignage ou d'entrave à la justice.

— Je vous le jure aussi, sur ma tête. Ayez confiance.

— Confiance…

Il se lève et se dirige lourdement vers la porte.

Pour le rassurer, je lui annonce avec force :

— J'irai leur parler. Si les policiers désirent m'interroger, je ne me déroberai pas.

Il se frotte le front.

— Ils ne venaient pas t'interroger, Augustin. Ils venaient t'arrêter.

— Pardon ?

Mes jambes se mettent à trembler. La sueur coule dans mon dos. Mon corps s'affaisse sur lui-même, comme si on m'avait coupé tendons et ligaments.

Schmitt m'explique d'une voix dolente :

— Ils m'ont appris que des explosions avaient eu lieu, signalées par des gens qui avaient entendu des détonations louches. La police a découvert un laboratoire clandestin, un endroit où l'on avait fabriqué des bombes. Des ceintures d'explosifs artisanales. Et là… la police a trouvé tes traces.

— Pardon ?

— Tes empreintes digitales et des échantillons de ton ADN.

— Impossible !

— Pourquoi mentirait-elle sur des faits aussi graves ?

— Enfin ! Où est ce laboratoire clandestin ?
— Dans une usine désaffectée. Une usine de boulons.

21

Vingt heures trente.

Tout se déroule comme dans un rêve. Nous sommes dissimulés, Momo et moi, dans le sous-sol du théâtre, patientant sur le praticable en bois qui nous élèvera jusqu'à la scène. Collés contre mon ventre, trois pains de dynamite prêts à éclater gênent ma respiration ; ça ne durera pas. En nage, le pantalon souillé d'urine, Momo palpe aussi sa taille élargie par la ceinture d'explosifs. Nous échangeons des regards fiévreux tandis que nos cœurs battent à tout rompre.

D'en haut nous parvient le brouhaha des enfants qui occupent la salle, rires, cris d'excitation, braillements fougueux. Parents et professeurs tempèrent leur enthousiasme mais ils tolèrent l'effervescence, car c'est un soir de fête.

Au creux de ma main gît un dispositif relié à un fil : le détonateur.

Combien de temps me reste-t-il à vivre ?

Cette journée n'a ressemblé à aucune autre.

Hier, en quittant la demeure de Schmitt, j'ai eu quelques secondes pour adresser un message à Momo :

« Revenu de Syrie. Rendez-vous devant la salle de jeux, neuf heures, demain. »

Après une nuit à grelotter sur un banc derrière la gare, j'ai rejoint Momo qui m'attendait au casino des adolescents. Que s'est-il passé ? En apercevant sa bouille pâle, ses paupières rougies, une joie sincère m'a envahi, un mélange d'affection, de pitié et de désespoir. Quoique nous désirions tous deux nous embrasser tant nous éprouvions du bonheur à ces retrouvailles, sobriété et discrétion nous ont retenus. Nos yeux exprimaient tout.

— Tu me raconteras la Syrie, Augustin ?

— Bien sûr que non.

Sourires.

— Et toi, qu'as-tu préparé ?

En quelques phrases, Momo m'a révélé qu'il avait réalisé des explosifs artisanaux. Grâce à internet pour les détails techniques, grâce aux voyous de sa rue pour le matériel, il avait vaincu toutes les difficultés.

— Où te cachais-tu pour tes expériences ?

— Pas loin de la benne où nous nous sommes rencontrés. Dans l'usine derrière le mur. Personne n'y va.

Il m'a ensuite expliqué à quoi serviraient les bombes : détruire une salle de spectacle.

— Ce soir, huit cents personnes rempliront le théâtre Grammont, des gosses, des ados, leurs familles, des profs. Idéal !

— Il y aura des musulmans aussi ?

— Des juifs, des chrétiens, des athées.

— Et des musulmans ?

— Je m'en fiche. Des mauvais musulmans. Qui ne méritent pas de vivre. De toute façon, je les hais, tous !

Et c'est à cet instant-là que je me suis entendu dire :

— Je viens avec toi.

Installé au fond du café, mon sac entre mes jambes, j'écris en surveillant clients et passants de crainte que Terletti ou des policiers déboulent. Je n'ai pas oublié qu'on me recherche et qu'on m'incarcérera si je me montre... Désormais, le temps ne coule plus dans le même sens : il se défalque au lieu de s'additionner ; je le mesure à partir d'une catastrophe proche, soit mon arrestation, soit l'opération de cette nuit. Prisonnier d'un compte à rebours, j'ai conscience de jouir de mes ultimes moments de liberté et, dès que mon stylo fatigue, je me régale de boulettes de viande, sauce tomate, le plat banal et rassurant de Belgique, idéal pour un repas de condamné.

Parfois, ma main tremble en portant la fourchette à ma bouche.

Que vais-je faire ?

Une image s'est incrustée dans mon cerveau : je nous vois, Momo et moi, cachés dans le gâteau en contreplaqué, bardés d'explosifs, détonateur en main. Mon avenir m'apparaît là !

Tout à l'heure, lorsque j'ai répété plusieurs fois à Momo que j'irais avec lui s'il me procurait une ceinture de dynamite, il s'est jeté contre moi et m'a enlacé. Ses bras m'étouffaient, je sentais aux frémissements de son buste qu'il réfrénait ses sanglots. Brusquement, il a reculé, m'a tiré par la main. En quelques rues, nous avons gagné un café internet et avons choisi un écran. Sortant une clé de sa poche, il l'a glissée dans l'appareil.

Des images apparurent, celles d'enfants entrant graduellement dans une salle de théâtre. Sous le doigt de

Momo, les séquences défilaient en accéléré. Un spectacle amateur commençait, des sketchs se succédaient. Soudain, les gamins de la représentation se réunissaient tous au centre du plateau, un hymne d'anniversaire retentissait, puis surgissait, montant du sol, un immense gâteau rose composé de plusieurs étages, qui culminait à trois mètres de haut. Les enfants applaudirent, enthousiastes, et se mirent à chanter *Happy Birthday*.

Momo arrêta la vidéo.

— Voici : nous nous planquerons là, dans le framboisier en contreplaqué. Cette semaine, j'y ai déjà ajouté des sacs de clous et des billes d'acier, histoire d'assurer que l'explosion provoque un maximum de projections. Tout le public sera touché. Un carnage ! Qu'en penses-tu ? La vidéo vient de la fête de mon école, l'année dernière. J'y ai participé. Cette fois, j'y serai aussi, même si personne souhaite m'y accueillir. Alors, partant ?

— Partant !

En signe d'accord, nous avons claqué nos paumes de mains comme si nous entérinions une anodine promenade à vélo. Puis Momo s'est blotti de nouveau contre moi, à bout de nerfs, tremblant d'exaltation, d'impétuosité, de peur.

J'interromps ma rédaction pour engloutir une nouvelle boulette. Oui, je me trouverai dans le gâteau avec Momo, oui, j'aurai des bombes à la ceinture, mais pas pour tuer les enfants : pour les sauver !

Mon cœur s'accélère, me rendant plus lucide chaque seconde. Si, depuis des semaines, je communiquais avec Momo, c'était pour prévenir les horreurs qu'il commettrait. Voilà ma mission ! Voilà à quelle logique j'obéissais… Combien de fois me suis-je demandé : qui parle en moi quand je parle ? Qui agit en moi lorsque j'agis ? Suis-je l'auteur de ma pensée ? Je ne le sais pas davantage, mais j'ai acquis la certitude qu'il s'agit d'un élan vers le bien, pas vers le mal.

Un détail de mon plan me traverse l'esprit. Je bondis vers le bar et réclame un téléphone.

— Plus personne ne nous demande ça, grommelle la patronne.

— J'ai égaré mon portable.

— Deux euros.

Elle me tend le combiné et s'éloigne pour essuyer des chopes. Je place ma main devant le récepteur pour modifier mon timbre.

— Allô, police, j'écoute, déclare une femme à la voix usée.

— La conversation est-elle enregistrée ?

— Oui.

— Des bombes ont été posées au théâtre Grammont. Elles exploseront ce soir, pendant la fête. Supprimez la séance et fermez la salle.

— Allô ? Quoi ? Présentez-vous, monsieur. Qui…

— Ce soir au théâtre Grammont. Des bombes. Tout interdire. Question de vie ou de mort.

Je raccroche, frissonnant devant l'abjection de ce que j'ai annoncé, inquiet qu'on m'ait entendu dans le café. Or les clients continuent à mastiquer, boire, converser, sans me prêter la moindre attention. Les inconscients, ils m'ignorent, tandis que je viens de sauver leurs enfants, leurs neveux, leurs amis ! Leur ingratitude me rend plus héroïque…

Mon œil est attiré par le journal traînant sur le bar. Une bande noire, funéraire, encadre la première page de *Demain* comme s'il s'agissait d'un faire-part de décès. Le titre s'étale en caractères gros et gras : « La liberté de la presse assassinée », au-dessus d'une large photographie de Philibert Pégard, les mains menottées, l'œil victimaire, un sparadrap sur la bouche.

La patronne a perçu mon étonnement et s'exclame :

— Quel bandit, ce Pégard ! On vient d'apprendre qu'il est mouillé jusqu'au cou dans un scandale de fausses factures qui finançaient les partis politiques. Non seulement il se servait largement au passage, mais il doit des millions aux impôts.

— On l'a arrêté ?

— Mais non ! Interrogé, seulement. Cette photo, c'est une mise en scène pour vendre sa feuille de chou… Il a le culot de se faire passer pour un martyr ! Quelle ordure… Il paraîtrait qu'il aurait déjà filé aux îles Caïmans. Bon débarras.

Haussant les épaules, je retourne à ma table, reprends mes pages, achève mon récit et le glisse dans une vaste enveloppe verte portant l'en-tête du journal.

À dix-huit heures, nous pénétrons, Momo et moi, dans les coulisses par un vasistas donnant sur l'impasse piétonne.

L'opération s'éternise car nous manipulons des explosifs. Toute maladresse se révélerait fatale et nous progressons doucement, en silence, coordonnés comme deux malfaiteurs professionnels.

Le bâtiment infiltré, nous descendons sous le plateau pour atteindre le framboisier géant.

Dans la cage de scène qui sent l'huile et la poussière entretenue, la prolifération des cordes et des tréteaux m'impressionne. Sous nos pieds, je découvre d'autres profondeurs, un deuxième, voire un troisième niveau en terre, où l'on descend des décors. Cet empilage favorise sans doute les revues à multiples changements que nos ancêtres adoraient.

Momo pousse la trappe du gâteau rose et nous entrons dans le réceptacle. Des sacs garnissent la cloison qui affrontera le public.

— Je les entasse depuis cinq jours, m'avoue Momo, les yeux étincelants.

— Enfilons les ceintures.

— Déjà !

— Procédure régulière.

Avec un naturel qui me confond, je me suis imposé comme chef. Nous commençons à déballer précautionneusement les pains de dynamite, puis je m'interromps.

— Je vais pisser pendant que c'est encore possible.

— Quoi ?

— Hé Momo, il faut attendre deux heures.

— Tu veux foutre le camp ? Tu te dégonfles, c'est ça ?

— Je te jure que non !

Je mime l'indignation. À moitié convaincu, Momo grommelle quelques secondes puis me cède le passage.

Je quitte le gâteau et me rends en coulisses. Une fois loin de sa vue et de ses oreilles, j'accélère et file aux étages supérieurs.

Le silence et l'obscurité règnent dans la salle à laquelle de faibles veilleuses bleues donnent une allure d'aquarium. Avec ma lampe de poche, je déniche la régie au premier balcon, découpée sur le mur du fond.

Je m'y hisse, l'allume puis retire de mon pantalon la clé numérique volée à Momo, celle qui contient le spectacle de l'année précédente. Par chance, j'ai l'habitude des régies car, dans les écoles que j'ai fréquentées, je m'installais toujours ingénieur du son lors des fêtes pour éviter de monter sur scène.

J'intègre donc la vidéo à l'appareil et programme sa diffusion pour vingt heures quinze.

L'opération accomplie, je fonce au sous-sol.

Très essoufflé, j'arrive près de Momo, qui a paniqué tout seul. Au lieu de me reprocher la durée de ma disparition, il soupire, réconforté :

— J'ai eu peur…

— De quoi ? Que je m'enfuie ?

— Peur…

— C'est le trac !

— Tu crois ?

— On dit que le trac se constitue d'impatience. On a hâte de les faire sauter, non, Momo ?

— Ouais !

Il veut m'étreindre, de plus en plus affectueux et enfantin, mais il a déjà harnaché les explosifs sur lui et se domine.

Vingt heures trente.

Tout se déroule comme dans un rêve.

Nous sommes dissimulés, Momo et moi, dans le sous-sol du théâtre, patientant sur le praticable en bois qui nous élèvera jusqu'à la scène. Collés contre mon ventre, trois pains de dynamite, prêts à éclater, gênent ma respiration ; ça ne durera pas. En nage, le pantalon souillé d'urine, Momo palpe aussi sa taille élargie par la ceinture d'explosifs. Nous échangeons des regards fiévreux tandis que nos cœurs battent à tout rompre.

D'en haut nous parvient le brouhaha des enfants qui occupent la salle, rires, cris d'excitation, braillements fougueux. Parents et professeurs tempèrent leur enthousiasme mais ils tolèrent l'effervescence, car c'est un soir de fête.

Au creux de ma main gît un dispositif relié à un fil : le détonateur.

Les trois coups résonnent, le spectacle s'amorce.

J'ai encore quelques minutes avant que retentisse la musique d'anniversaire. J'ai accompli une partie de mon plan : le théâtre est vide, nous n'entendons que la bande sonore de l'année précédente diffusée à mon initiative par les haut-parleurs, Momo n'a pas décelé la supercherie puisque d'ici, à travers les planchers, nous ne percevons que des voix assourdies, pas les mots. S'il actionne sa bombe, il n'y aura pas de dégâts humains. Enfin, seulement nous deux.

Reste maintenant à le convaincre d'abandonner. Chaque fois que j'ai essayé, durant les deux dernières heures, Hocine réapparaissait au-dessus de son frère et couvrait mes paroles par ses discours. Momo n'ayant plus que la haine pour justifier sa présence ici, Hocine la réactive en permanence.

Je n'arrive même plus à aborder le sujet.

J'ai peur, et pas de ce que je croyais. Je ne songe pas à la mort, je crains l'incident qui stopperait la réalisation de mon plan. Dans ce théâtre, comme au château de Schmitt, je n'accède pas aux grandes pensées, je demeure coincé sur les péripéties, englué dans les détails. Quelle tête étroite que la mienne ! Franchement, si un malheur se produisait, je ne manquerais pas à l'humanité…

À travers le gâteau, par la fente qui marque la jointure entre deux de ses étages, je distingue les coulisses du sous-sol, poutres et câbles dans la pénombre, et je les observe régulièrement, faute d'avoir autre chose à me mettre sous les yeux. Momo, lui, n'a qu'une cloison face à lui.

Des applaudissements se propagent en haut.

Nous nous regardons, Momo et moi, en nous demandant si notre tour s'annonce… mais une musique guillerette démarre, prélude à un nouveau sketch. Nous soufflons. De soulagement ? D'agacement ? De dépit ? De rage ? Je suis bien incapable de le dire.

— Momo, n'y a-t-il pas des amis à toi là-haut ?

Je sais bien qu'il n'y a personne mais Momo ne s'en doute pas.

— Je n'ai plus d'amis.

— Tu en as mais tu ne *veux* plus en avoir.

— J'ai toi.

— Tu ne te les imagines pas, en chair et en os, bien concrets, assis dans leurs fauteuils et grimés pour leur rôle ?

— Tais-toi !

Momo parle de plus en plus avec la voix d'Hocine, ses intonations, ses raucités, sa cruauté. J'ai l'impression que le mort a totalement pris possession du vivant. Comment vais-je…

Une silhouette apparaît au fond des coulisses. Je tressaille. Quoi ? Quelqu'un marche dans le théâtre ? Un technicien ? Un gardien ?

L'ombre s'approche du gâteau, lentement, et je reconnais… la juge Poitrenot. Comme si elle me repérait à travers la fente, elle m'incite discrètement à la rejoindre.

Comment est-ce possible ?

Pourquoi a-t-elle pris ce risque ?

Certes, elle demeure la seule personne capable de tenir tête à la police et de franchir un barrage, mais pourquoi ?

— Momo, je dois encore pisser.

— Non ! C'est bientôt.

— Fous-moi la paix. Je reviens.

— Tu vas décamper !

— Tu recommences ! Qui commande ? Je te dis que je rapplique.

Avec circonspection, je m'extrais du gâteau, attentif à ne pas brusquer le détonateur ni cogner les explosifs.

Lorsque j'arrive auprès de la juge Poitrenot, elle m'invite à la suivre plus loin dans les coulisses.

— Catastrophe, Augustin, il y a huit cents personnes au-dessus, dont cinq cents enfants !

— Quoi ? Je croyais que le théâtre était fermé.

— La police n'a pas tenu compte de ton message ! Imagine, des alertes à la bombe annoncées par un appel anonyme, elle en reçoit dix par jour en ce moment. Terletti a envoyé deux agents ratisser la salle en début d'après-midi puis, comme ils n'ont pas buté sur un colis suspect, il s'est contenté d'ordonner que l'on contrôle l'identité des spectateurs à l'entrée en fouillant leurs sacs.

— Évacuez immédiatement !

— Terletti ne m'écoute pas.

— Impossible !

— Terletti ne m'écoute plus.

— Enfin… vous êtes juge d'instruction.

— Mais pas chef de la police. Suis-moi, Augustin. Filons à temps.

— Vous êtes cinglée ? Dans deux minutes, Momo actionnera sa ceinture et le théâtre sautera. Ce sera l'Apocalypse.

— Alors, n'attendez pas de grimper sur scène, faites-le tout de suite.

Je lève la tête vers elle. J'ai l'impression que mon corps se vide de son sang.

— Non. Je vais convaincre Momo d'arrêter l'opération.

— Tu essaies déjà depuis une heure !

— Comment le savez-vous ?

— Je retire ce que j'ai dit, Augustin. Ne vous faites pas exploser tout de suite. Un plancher, c'est peu… L'explosion produira moins de morts dans la salle mais autant sur scène. Au minimum, les cinquante enfants qui s'y trouvent. Il n'y a pas d'issue !

À cet instant, j'avise les ténèbres sous mes pieds, entre les planches sur lesquelles nous nous tenons.

— Si, il y aurait une solution. Que nous allions plus bas.

Elle me regarde, interloquée. J'observe les câbles accrochés autour de nous.

— La passerelle de bois sur laquelle nous monterons, elle peut descendre aussi. Un ou deux niveaux s'empilent là-dessous. Si nous nous explosons tout au fond, le haut recevra peu de répercussions.

Elle approuve, le visage défait. Mais, alors que je croyais avoir la solution, je me décourage :

— Non, impossible…

— Quoi ?

— Qui exécutera la manœuvre ? Il n'y a pas de machiniste à ce niveau.

— Et moi, je sers à quoi, espèce de bourrique ?

Je considère la juge Poitrenot qui fulmine. Elle répète, offusquée :

— Pourquoi suis-je là, à ton avis ?

— Si vous restez, vous sauterez avec nous.

— Retourne dans ton cake.

La musique d'anniversaire vibre au-dessus de nous. Au loin, Momo crie d'un ton tordu par l'angoisse :

— Augustin !

— J'arrive !

Je me précipite autant que me le permet mon chargement et je rentre dans le gâteau. En m'accueillant, Momo me sourit pendant que ses yeux pleurent. Au-dessus de lui, Hocine a pris toute la place restant dans l'habitacle, énorme, noir, macabre, la bouche déformée par la haine.

— Momo, il faut que je te parle : il y a de vraies gens, là-haut !

— Je sais…

Happy birthday to you…

La passerelle s'ébranle. Pendant deux secondes, je redoute qu'elle remonte, mais je sens bien qu'elle descend, tandis que Momo, lui, ne s'en rend pas compte, concentrant toutes ses forces et toute son attention sur le doigt qui pressera le détonateur. Hocine m'empêche d'approcher. Je n'arriverai jamais à l'arrêter.

Happy birthday to you…

Le plateau qui nous porte tangue, râpe, couine, grince, freine et d'un coup s'immobilise.

— *Allahou Akbar !* hurle Momo.

S'ensuit un silence sur lequel le bruit prend son élan.

Explosion.

Tout devient subitement blanc.

Éric-Emmanuel Schmitt

Guermanty, le 30 juin 2016

Madame la Juge d'instruction,

Je vous transmets l'étrange document, clos dans une vaste enveloppe verte portant l'en-tête du journal *Demain*, que j'ai reçu par la poste quelques jours après le sinistre attentat qui a enflammé le théâtre Grammont à Charleroi en avril dernier. Il s'agit d'une longue confession, découpée en vingt et un chapitres, qui commence par une bombe et finit par une autre, riche de détails ignorés, de personnages inconnus, signée par un garçon aujourd'hui tristement célèbre, Augustin Trolliet.

La police, la justice et les médias ont tranché : Augustin Trolliet fut l'un des plus cruels terroristes de notre temps puisqu'il prépara la tuerie de la place Charles-II, les incendies qui lui succédèrent, enfin l'horrible explosion qui ravagea une fête d'enfants. Celui que les journalistes du monde entier appellent désormais « le cerveau » a provoqué des millions de commentaires, non seulement à cause de l'immonde ampleur de ses méfaits, mais parce que, à la différence des terroristes d'origine maghrébine, il était issu de parents belges – certes inconnus – et avait poussé dans des milieux non religieux. Sa radicalisation déroute nos analyses.

Je l'avoue – et vous le savez, la police ayant recueilli mon témoignage –, j'ai fréquenté Augustin Trolliet dont je pensais beaucoup de bien. Peu importe que je choque, on ne me fera jamais revenir sur la façon dont je l'ai perçu. M'a-t-il trompé ? Réussissait-il, comme l'estime le commissaire Terletti, à dissimuler parfaitement sa radicalisation ? Quitte à paraître naïf, je répète que j'ai rencontré un individu délicat, sensible, amoureux de la littérature, questionneur, soucieux de paix et d'honnêteté, tel qu'il se dévoile à travers ces pages.

Lisez, s'il vous plaît, ce texte qui vous troublera. J'ignore quel statut lui accorder. Est-il une chronique de ces semaines fatales ? Est-il une fiction ? Qui s'exprimait durant sa rédaction, le romancier ou le mémorialiste ? Augustin Trolliet coïncidait-il vraiment avec lui-même lorsqu'il l'écrivit ? Déchiffrons-nous les mots de l'innocent qu'il était, ou de l'innocent qu'il voulait être ?

Les faits ont les yeux crevés, la voix morte, et ne racontent rien. Les morceaux de son corps retrouvés parmi les décombres indiquèrent aux enquêteurs qu'Augustin Trolliet avait commis l'attentat en compagnie de Mohammed Badawi. Or, si l'on en croit ces pages, la présence d'Augustin révélerait plutôt le sacrifice qui, ultimement, permit de sauver la vie des enfants.

Tout le monde se réjouit aujourd'hui de la mauvaise manœuvre qui envoya le plateau chargé de dynamite au troisième sous-sol plutôt que sur la scène, car il n'en résulta que de lourds dégâts matériels et on ne déplore aucune victime. Cependant, ce que chacun tient pour une maladresse serait-il un acte intentionnel, assumé, intrépide ? Voilà ce que propose le récit qu'Augustin acheva le jour même de sa mort, habité par la prémonition de sa fin.

Certes, on ne saurait voir en ce texte un procès-verbal. Trop de faux et de flou y subsistent. Je nie, par exemple, avoir fourni de la drogue à Augustin Trolliet, ou l'avoir hébergé chez moi. De même, la présence de cette juge Poitrenot dans les coulisses le soir fatal ressortit aussi à l'invention : non seulement cette enquête ne connut jamais de « juge Poitrenot » – je ne vous l'apprends pas puisque vous la dirigez vous-même –, mais on ne découvrit aucune trace d'un troisième corps dans les débris.

L'indéfinissable nature de ce récit n'interdit pas de le prendre au sérieux. Je désirerais que vous le pesiez, ligne par ligne, mot par mot. Il s'agit de l'intégrité d'un homme, de son honneur, voire de sa réhabilitation. Le garçon qu'on nomme « le monstre du siècle » fut plus probablement un héros.

Notre temps frileux, douillet, individualiste, considère avec mépris celui qui offre sa vie à une idée. Autrefois, on estimait l'inverse, créditant l'idée capable de produire le sacrifice. Aujourd'hui comme hier, ces amalgames relèvent du préjugé. La mort ne fait pas la valeur d'une cause, c'est la cause qui fait la valeur d'une mort. Que certains se tuent pour affirmer une doctrine sectaire ne renforce pas cette doctrine mais témoigne d'un degré supérieur d'aveuglement ; en revanche, qu'un individu se tue pour sauver des vies, cela illustre l'humanisme et prouve un magnifique courage. Dans le gâteau fatal truffé d'explosifs se tenaient deux guerriers opposés, un guerrier de la mort – Mohammed Badawi –, un guerrier de la vie – Augustin. L'un effaçait le monde, l'autre s'effaçait devant lui. Le terroriste accordait plus d'importance à une chimère qu'au concret, le héros plus d'importance au concret qu'à une chimère. Le premier supprimait la réalité qui contredisait son illusion, le second sauvait la réalité où pourraient prospérer toutes les illusions.

Je soutiens qu'Augustin, malgré sa pauvreté, malgré sa solitude, malgré son absence de modèle familial, ne s'était pas radicalisé. Certes, il vivait en marge de la société et n'en obtenait aucune reconnaissance, mais il ne cherchait pas à se donner une identité – pourtant, il ignorait la sienne. Il n'appartenait à aucune communauté, sinon à la communauté humaine, celle pour laquelle il s'immola.

Tant pis si l'on m'accable, tant pis si police et justice continuent à tirer les conclusions inverses, je devais à la mémoire d'Augustin de verser cette pièce au dossier.

Veuillez recevoir, madame la Juge, l'assurance de mes sentiments les meilleurs.

E.-E.S.

Éliane Bitbol,
Greffière.

Charleroi, 5 juillet 2016

Cher Monsieur,

J'ai aussitôt transmis votre lettre, ainsi que le document joint, à madame la juge Isabelle Weyts qui, dans les plus brefs délais, vous fera connaître la suite qu'elle entend donner à votre envoi.

Le courrier que je vous adresse a un caractère confidentiel et privé, même si ma profession de greffière le rend possible. L'autre jour, en parcourant votre missive avant de la classer, un nom a réveillé des souvenirs : la juge Poitrenot. Je me suis alors permis de lire les vingt et un chapitres rédigés par Augustin Trolliet où elle apparaît régulièrement en compagnie de monsieur Méchin.

Vous avez émis l'hypothèse qu'il s'agissait d'un personnage inventé par Augustin Trolliet car tout le monde sait qu'aucune juge Poitrenot ne participa à cette affaire et que c'est la juge Isabelle Weyts qui la mène depuis le début.

Cependant, il y a bien une juge Poitrenot. Ou plutôt il y eut. Car elle est morte il y a vingt ans. Comment peut-elle se retrouver dans un récit qui se déroule aujourd'hui ? J'en ai attrapé des sueurs froides.

Je dois vous confesser, monsieur, que, jour et nuit, je brasse dans ma tête les réflexions que je vais vous livrer maintenant. Quitte à passer pour folle, je tiens à ce que certains éléments soient portés à votre connaissance.

J'ai rencontré la juge Poitrenot il y a vingt-six ans, lorsqu'on m'affecta à ce service. Tenace, originale, peu conventionnelle, elle suscitait dans notre institution des commentaires variés, du plus condescendant au plus flatteur. Pour ma part, j'appartenais au clan de ceux qui l'admiraient. Sans doute me rendait-elle fière en tant que femme, parce qu'elle occupait une position auparavant réservée aux hommes. De l'avis de la jeune stagiaire que j'étais, elle menait ses affaires d'une main de maître, avec énergie, sans préjugés.

À l'époque, je croisais aussi son assistant, monsieur Méchin, mon prédécesseur, un individu beaucoup moins marquant, plus fuyant, assez justement représenté dans le récit.

Là débute mon étonnement : comment ce jeune homme de vingt ans, Augustin Trolliet, a-t-il si parfaitement décrit des êtres qu'il n'a pas pu connaître ? Je ne m'explique pas cette performance. En effet, d'après mes calculs, la juge Poitrenot et monsieur Méchin périrent peu après la naissance d'Augustin Trolliet. Qui a renseigné ce garçon ? Les répliques de la juge Poitrenot sonnent avec une justesse confondante, reproduisant sa manie de passer du coq à l'âne, de mélanger le trivial au sublime, le grotesque au métaphysique. Pour avoir suivi des réunions où elle prenait la parole, je vous certifie que je l'ai retrouvée, saisissante d'authenticité, durant ma lecture.

Servir la vérité peut conduire à l'extrême. En rejoignant le département de la Justice, nous n'entrons pas seulement dans une profession, nous épousons une vocation. L'année de sa mort, la juge Poitrenot, préposée à la surveillance des actions terroristes, suspectait deux frères italiens de planifier un attentat. Comme le rapporte le récit d'Augustin Trolliet, elle avait l'habitude de mener ses enquêtes elle-même, en franc-tireur, à l'écart de la police, se déplaçant personnellement au besoin. Ce jour-là, dans l'atelier des deux frères, elle fut accueillie par une rafale de mitraillette, ainsi que son fidèle Méchin. Ils décédèrent tous deux sur-le-champ.

La cérémonie funéraire fut aussi grandiose que déchirante. Les photographies des deux fonctionnaires posées sur les cercueils – cercueils entourés du drapeau belge – nous regardaient prendre part à l'office, prier, chanter, pleurer. Personnellement, ma tristesse atteignit son comble au moment où le ministre de la Justice signala que monsieur Méchin laissait trois enfants derrière lui.

J'en arrive à ce que vous prendrez peut-être pour un délire… Dans son récit, Augustin Trolliet nous parle des morts qu'il voit à travers les vivants et se demande si lui-même n'a pas un mort. À plusieurs occasions, il croit apercevoir « son mort », une fois dans monsieur Versini, le veuf qui accompagnait le cercueil de son épouse sur la place Charles-II, une autre fois dans l'homme aux yeux de loup qui le filait. Avec dépit, il constatait chaque fois qu'il s'agissait de personnes réelles, et non d'un fantôme privé qui aurait agrémenté sa solitude d'orphelin. La juge Poitrenot serait-elle

« son mort » ? Elle surgit toujours dans des moments cruciaux, ne s'adresse jamais qu'à lui, ne participe à aucune réunion collective et réussit à le rejoindre dans toutes ses tanières, même quand la police ignore où il se cache.

Deux réflexions prélevées au cours de ma seconde lecture fortifient cette hypothèse.

Augustin Trolliet nous signale que, lorsqu'un homme n'a pas conscience du mort qui l'escorte, il subit sa manipulation ; dans ce cas-là, le défunt lui ôte sa liberté et devient son destin. Ainsi Momo se révèle tragiquement dirigé par son frère Hocine. La juge Poitrenot ne joue-t-elle pas ce rôle auprès d'Augustin ? Elle le harcèle pour qu'il enquête sur Dieu, sur le rapport des terroristes à Dieu. Sans elle, il n'aurait jamais approché le personnage qui porte votre nom, ni pris de la drogue, ni discuté avec le « Grand Œil », ni peut-être péri dans le sous-sol du théâtre...

Ensuite, nous apprenons avec Ophélie, la fille de monsieur Pégard, que certains morts ignorent qu'ils sont morts. En raison de la brusquerie avec laquelle elle fut assassinée, ne peut-on supputer que la juge Poitrenot ne s'est pas vue mourir ? Dans ce cas-là, elle continue à sillonner notre monde, têtue, résolue, opiniâtre, agrippée à sa tâche.

Cependant, allez-vous m'objecter, quel rapport entre la juge Poitrenot et Augustin Trolliet ? Pour qu'un mort s'impose à un vivant, il doit exister entre eux un lien singulier.

Voilà l'endroit où certains de mes souvenirs me donnent la chair de poule...

L'année de son décès, une rumeur courut sur la juge. À l'époque, j'y avais fermé mes oreilles mais je vous la rapporte aujourd'hui telle quelle. Certains prétendirent que la juge Poitrenot avait eu une aventure avec le jeune commissaire Terletti – très bel homme en ce temps – et que de cette liaison clandestine – il était marié – serait né accidentellement un enfant. Là, les informations se brouillaient : selon les uns, la juge aurait avorté au troisième mois ; selon les autres, elle aurait accouché sous X en abandonnant son nourrisson aux autorités. Les médisants expliquaient cet acte par l'ambition de la juge qui n'entendait pas freiner son ascension professionnelle, ou par l'absence d'instinct maternel, ou par le scandale que cela aurait inévitablement provoqué dans la famille Terletti. Comme elle avait séjourné au Brésil plus d'un trimestre en mission, personne n'avait constaté sa grossesse ni des relevailles de couches ; il était donc possible de tout inventer, les bruits galopèrent, d'autant qu'elle nourrissait une rancune compulsive envers Terletti… Aujourd'hui, je crois qu'une seule personne connaît la réalité, le commissaire lui-même. Mais ce taciturne – redoutable séducteur par ailleurs – s'avère plus doué pour faire cracher la vérité aux autres que pour dire la sienne.

En lisant le récit d'Augustin Trolliet, une idée m'a effleurée : Augustin serait-il le fils que la juge avait abandonné, ce fils sans traits qu'elle avait conçu, un soir d'égarement, avec l'étalon Terletti ? Encore une fois, lui seul le sait.

Mais qui le lui demandera ? Nous venons d'apprendre qu'après quarante ans de tabagisme, ce pauvre commissaire affronte un grave cancer du poumon ; la maladie risque de l'emporter bientôt avec ses secrets, et je crains que cet éventuel enfant — mort ou abandonné — demeure un mystère.

Dernier point : monsieur Méchin. Que la juge Poitrenot se soit rendu compte ou pas qu'elle trépassait en compagnie de Méchin sous les balles des voyous italiens, elle dut, dans ses heures de lucidité, se sentir très coupable de son comportement envers lui. Elle le moquait, le méprisait, l'humiliait, se vengeant peut-être sur un homme faible de ce que lui faisaient subir les hommes forts. Oserai-je ? Monsieur Méchin me paraît être « le mort » de la juge Poitrenot, son regret, son remords, celui dont le destin brisé la hante et qu'elle traînera comme un boulet pour l'éternité.

Je m'égare sans doute… Pardonnez-moi ces hypothèses, cher monsieur Schmitt. En les exposant, je sens bien que je m'affranchis du bon sens. Cependant, qui d'autre que vous me comprendra ? Ne vivons-nous pas un temps où de nombreux individus échappent à l'étroite rationalité ? Parfois pour le meilleur… Parfois pour le pire… Moi qui ai toujours pensé que j'exerçais mon libre arbitre, je tremble désormais à l'idée que nos morts sont notre destin si nous ne nous en libérons pas.

En attendant de vous saluer quand madame la juge vous recevra, je vous envoie, cher Monsieur, l'assurance de mes sentiments respectueux et de l'admiration que je porte depuis des années à votre œuvre.

Éliane Bitbol

Maïa Schmitt-Le Cam

Paris, 28 mars 2060

Mon beau-père, Éric-Emmanuel Schmitt, aurait eu cent ans aujourd'hui. Ne pouvant y songer sans nostalgie, moi-même qui entame désormais ma vieillesse, j'aurais aimé qu'il se trouve encore parmi nous, même si je sais qu'il se serait enfui car il abhorrait les anniversaires. La nouvelle publication de son œuvre entreprise à cette occasion par les vénérables éditions Albin Michel ambitionne l'exhaustivité et on m'a donc priée d'enquêter sur le cas de *L'Homme qui voyait à travers les visages*, paru en 2026 sous le nom d'Augustin Trolliet, dix ans après la vague d'attentats qui frappa Charleroi, la Belgique et la France.

À l'époque, certains soutinrent que le texte n'avait pas été écrit par Augustin Trolliet, mais par Schmitt lui-même. Il avait aussitôt diffusé un rectificatif où il précisait avoir reçu ce texte par la poste, l'avoir transmis à la justice – nous en détenons la preuve – et n'en être en aucun cas l'auteur. Sa réaction ne convainquit guère ceux qui le soupçonnaient, car un menteur aurait attesté la même chose. Des enquêteurs surveillèrent les droits d'auteur, espérant remonter jusqu'à lui, mais la totalité des sommes avait été expédiée à l'orphelinat de Charleroi où Augustin Trolliet avait passé ses premières années. L'affaire s'endormit, réveillée seulement à l'occasion de colloques universitaires.

Lorsque j'en discutais avec lui, il me servait la même thèse, accompagnée cependant d'un sourire qui m'encourageait à me méfier. De son vivant, je ne parvins jamais à le dégager de cette ambiguïté.

Aujourd'hui, avec le recul, ma perplexité persiste. Certaines phrases – les formules lapidaires qui éclairent autant qu'elles aveuglent –, j'aurais tendance à les imputer à mon beau-père. Or, si je repère des caractéristiques qui rappellent son écriture, comment pourrait-il en être autrement ? Augustin Trolliet, ainsi qu'il le clamait, avait lu tout Schmitt, il s'en inspirait, voire l'imitait.

Quant aux thèmes abordés, ils épousent également les siens, Dieu, les religions, le lien entre la violence et le sacré, l'identité fuyante, le mystère des comportements. La philosophie dégagée lors de la rencontre avec le Grand Œil correspond à la sienne : un humanisme forcené. Que les hommes croient ou non en Dieu, ils Lui échappent puisqu'ils demeurent libres. À eux de faire fructifier leur liberté, laquelle n'existera que s'ils s'en servent. Définitivement, que le Ciel soit plein ou vide, les hommes ont la charge des hommes. Mieux : les hommes ont la charge de Dieu. Ce sont eux qui peuvent Le travestir ou Le comprendre, eux qui peuvent L'entendre ou rester sourds, eux qui peuvent Le lire bien ou Le lire mal, exercer leur esprit critique, chérir l'intelligence des Livres sacrés, leur plan, leurs intentions, ou n'en garder que les déchets. Afin que nous parvenions, même différents, à vivre harmonieusement ensemble, Schmitt disait à ses amis athées et de cultes divers : « Dieu doit être le meilleur de l'homme. Que l'on y croie ou pas, faisons-le advenir. » Lorsque je détache la phrase du Grand Œil « J'ai mal à l'homme », je songe à cette autre qu'il me répétait : « J'ai mal à l'homme parce que je crois en lui. » Un de ses carnets contient cette réflexion : « J'ai longtemps estimé que Dieu agrandissait l'homme jusqu'à ce que je perçoive qu'auparavant l'homme doit agrandir Dieu. » Il appelait les intégristes « les preneurs d'otages », désignant par là les enlèvements pratiqués par les terroristes mais aussi la confiscation de Dieu à des fins malfaisantes. Comme le montre l'entretien avec le Grand Œil, les religions, ces refroidissements du feu, dérivent quasi naturellement vers l'intégrisme si l'intelligence, l'analyse, la discussion et la comparaison ne les revivifient pas. Pour lui, la raison n'était pas l'ennemie de la religion mais son plus ferme allié.

Alors que mon beau-père avait reçu la foi dans le désert du Sahara, il m'assura que, si cette grâce avait modifié sa vie, elle n'avait pas saboté son humanisme, sinon en lui « crevant le plafond », en le rendant plus ouvert, plus tolérant, moins anthroponarcissique.

Ces coïncidences fondamentales entre mon beau-père et Augustin Trolliet n'apportent néanmoins rien de décisif quant au problème de la paternité de l'œuvre car c'est bien cette fraternité d'esprit qui, selon leurs déclarations, les avait rapprochés.

Faute d'éléments déterminants, j'ai consulté les archives familiales, exhumant lettres, courriels, journaux intimes. Mon beau-père caressa longtemps l'idée de composer une conversation avec Dieu comme écrivain, auteur de trois livres marquants ; cette idée l'amusait, le passionnait, et il tourna autour. Toutefois, en 2015, il avoua dans ses notes y avoir renoncé car il souhaitait se consacrer aux romans, pas aux essais.

Un détail m'incite aujourd'hui à penser qu'il n'est pas responsable de ces pages. Permettez-moi de vous livrer ici un secret de facture « schmittien » : si l'on examine ses grands romans de cette période, ils s'achevaient toujours sur une question. Schmitt me disait souvent : « La question, voilà ma signature. »

D'abord, on hésite à déterminer où finit le roman. Le vingt et unième chapitre du récit ? La lettre de la greffière ajoutée en annexe ? Ensuite, dans les deux cas, hélas, aucune question ne clôt l'œuvre. Pour cette raison donc, je me prononce contre son attribution à mon beau-père.

Il n'empêche que je fus très émue de le retrouver dans ces pages, ainsi que, fugitivement, ma silhouette. Pour ma part, je garde peu de souvenirs de ces années et ne me remémore aucun Augustin Trolliet. Tant de monde transitait par Guermanty, acteurs, musiciens, metteurs en scène, décorateurs, chercheurs, journalistes, que son visage s'efface parmi les autres.

Ce qui me bouleverse aussi dans cet unique roman d'un inconnu, c'est l'interrogation sur l'identité, figurée par ces morts qui accompagnent les vivants, qui les influencent, les réconfortent et les critiquent. Schmitt tenait cette interrogation pour importante. Qui parle en nous quand nous parlons ? Peut-être nous… Peut-être nos parents… Peut-être la société… Peut-être Dieu… Sommes-nous l'auteur de nos actes ? l'auteur de notre vie ? Arriverons-nous jamais à la vraie liberté ? La question que la postérité se pose au sujet de *L'homme qui voyait à travers les visages* fait donc écho à l'obsession de mon beau-père : qui écrit quand j'écris ?

Du même auteur
aux Éditions Albin Michel :

Romans

LA SECTE DES ÉGOÏSTES, 1994.
L'ÉVANGILE SELON PILATE, 2000, 2005.
LA PART DE L'AUTRE, 2001.
LORSQUE J'ÉTAIS UNE ŒUVRE D'ART, 2002.
ULYSSE FROM BAGDAD, 2008.
LA FEMME AU MIROIR, 2011.
LES PERROQUETS DE LA PLACE D'AREZZO, 2013.
LA NUIT DE FEU, 2015.

Nouvelles

ODETTE TOULEMONDE ET AUTRES HISTOIRES, 2006.
LA RÊVEUSE D'OSTENDE, 2007.
CONCERTO À LA MÉMOIRE D'UN ANGE, Goncourt de la
    nouvelle, 2010.
LES DEUX MESSIEURS DE BRUXELLES, 2012.
L'ÉLIXIR D'AMOUR, 2014.
LE POISON D'AMOUR, 2014.
LA VENGEANCE DU PARDON, 2017.

Le Cycle de l'invisible

MILAREPA, 1997.

MONSIEUR IBRAHIM ET LES FLEURS DU CORAN, 2001.

OSCAR ET LA DAME ROSE, 2002.

L'ENFANT DE NOÉ, 2004.

LE SUMO QUI NE POUVAIT PAS GROSSIR, 2009.

LES DIX ENFANTS QUE MADAME MING N'A JAMAIS EUS, 2012.

Essais

DIDEROT, OU LA PHILOSOPHIE DE LA SÉDUCTION, 1997.

MA VIE AVEC MOZART, 2005.

QUAND JE PENSE QUE BEETHOVEN EST MORT ALORS QUE TANT DE CRÉTINS VIVENT, 2010.

PLUS TARD, JE SERAI UN ENFANT (entretiens avec Catherine Lalanne), éditions Bayard, 2017.

Beau livre

LE CARNAVAL DES ANIMAUX, musique de Camille Saint-Saëns, illustrations de Pascale Bordet, 2014.

Théâtre

Le Grand Prix du Théâtre de l'Académie française
a été décerné à Eric-Emmanuel Schmitt
pour l'ensemble de son œuvre

LA NUIT DE VALOGNES, 1991.

LE VISITEUR (Molière du meilleur auteur), 1993.

GOLDEN JOE, 1995.

VARIATIONS ÉNIGMATIQUES, 1996.

LE LIBERTIN, 1997.

FRÉDÉRICK, OU LE BOULEVARD DU CRIME, 1998.

HÔTEL DES DEUX MONDES, 1999.

PETITS CRIMES CONJUGAUX, 2003.

MES ÉVANGILES (*La Nuit des Oliviers*, *L'Évangile selon Pilate*), 2004.

LA TECTONIQUE DES SENTIMENTS, 2008.

UN HOMME TROP FACILE, 2013.

THE GUITRYS, 2013.

LA TRAHISON D'EINSTEIN, 2014.

GEORGES ET GEORGES, Le Livre de Poche, 2014.

SI ON RECOMMENÇAIT, Le Livre de Poche, 2014.

Site Internet : eric-emmanuel-schmitt.com

Le Livre de Poche s'engage pour
l'environnement en réduisant
l'empreinte carbone de ses livres.
Celle de cet exemplaire est de :
350 g éq. CO_2
Rendez-vous sur
www.livredepoche-durable.fr

PAPIER À BASE DE
FIBRES CERTIFIÉES

Composition réalisée par NORD COMPO

Imprimé en France par CPI
en décembre 2017
N° d'impression : 3025643
Dépôt légal 1re publication : janvier 2018
LIBRAIRIE GÉNÉRALE FRANÇAISE
21, rue du Montparnasse - 75298 Paris Cedex 06

27/1002/4